動きだした時計

ベトナム残留日本兵とその家族

小松みゆき

解説
白石昌也
古田元夫
坪井善明
栗木誠一

めこん

動きだした時計　目次

ロックさんと家族の歳月

ズンさんと家族の歳月

Baちゃんが来た

伝える責任

近づく心の距離

父の国へ

［解説］

［資料］

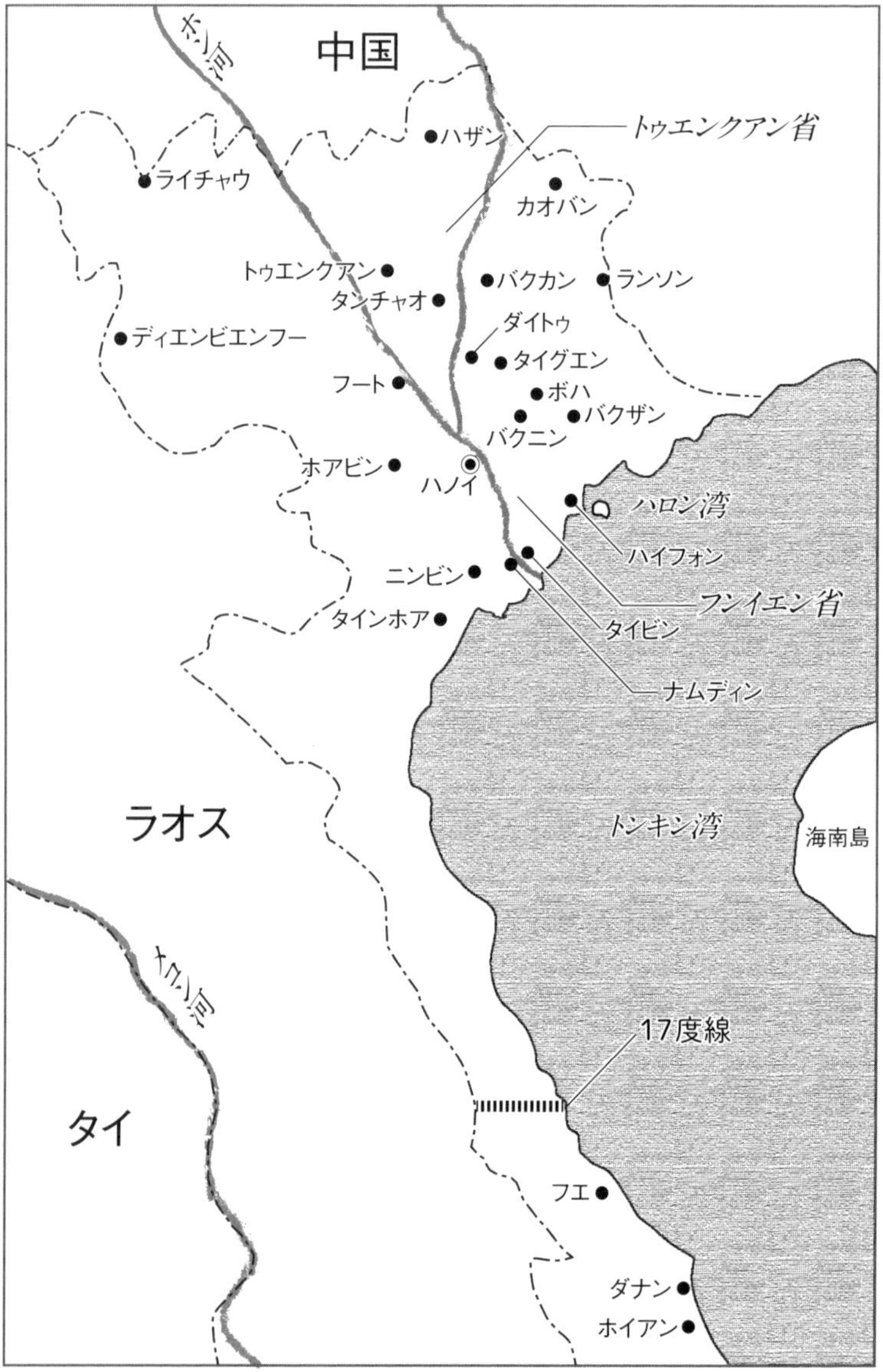
中国
ホン河
トゥエンクアン省
ハザン
ライチャウ
カオバン
トゥエンクアン
バクカン
ランソン
タンチャオ
ダイトゥ
ディエンビエンフー
タイグエン
フート
ボハ
バクザン
バクニン
ホアビン
ハノイ
ハロン湾
ハイフォン
ニンビン
フンイエン省
タインホア
タイビン
ナムディン
ラオス
トンキン湾
海南島
メコン河
17度線
タイ
フエ
ダナン
ホイアン

ホン河
ハザン
ライチャウ
カオバン
中国
トゥエンクアン
トゥエンクアン省
タンチャオ
ディエンビエンフー
タイグエン
ハノイ
ハイフォン
ハロン湾
ラオス
タインホア
トンキン湾
海南島
メコン河
17度線
タイ
フエ
ダナン
ホイアン
ホアンサ諸島
（西沙諸島）
クァンガイ
南シナ海
カンボジア
ロクニン
チュオンサ諸島
（南沙諸島）
プノンペン
ダラット
ファンティエット
ラムドン省
ミトー
カントー
ホーチミン（サイゴン）

まえがき

ベトナムの首都・ハノイにある日本語学校の教室で、私はソンさんに出会った。どこから見てもベトナムのおじさん。四〇代、あるいは五〇代かもしれない。正直に言えば、あまり裕福ではなさそうな印象だった。

「私ノ父ハ、日本人デス」

南国のねっとりした熱い空気がこもった教室で、彼はつっかえながらそう言った。なかなか言葉が聞き取れず、ようやく理解したものの、最初は意味がわからなかった。

この時のソンさんの言葉が、私の中に小さな風をおこしたのだと思う。

なぜここに日本人の子どもがいるのだろうと、まず不思議に思った。日本企業が多数進出し、日本人観光客があふれる現代とは違う。一九九二年のハノイは、資本主義経済を導入したドイモイ（刷新）政策が提唱されてたった六年、まだアメリカの経済制裁は解除されていなかった。アメリカとの国交正常化は一九九五年で、同年にようやくＡＳＥＡＮ（東南アジア諸国連合）に加盟している。日本人の姿もまだ少なかった。

その理由を知りたくなって、本を取り寄せて読み、人に話を聞いた。すると、ほかにも「父が日本人」と言う人々に次々に出会うことになった。みな、私と同世代か、少し若いくらいだった。その彼らは、人目もはばからずに顔をクシャクシャにして涙を流しながら「お父さんに会いたい」「お墓参りをしたい」と訴える。それが、一人や二人ではなかった。

ベトナムでは、人々は家族をとても大切にする。それを知っているはずの私でも、その姿には衝撃を受けた。

ベトナムは、グエン王朝時代の一九世紀、フランスの植民地になっていた。そこに日本軍が進駐した。日本軍は、当初はフランスと共同統治の形をとっていたが、一九四五年三月の明号作戦によって全権を掌握する。つまり第二次世界大戦終結時には、ベトナムは日本の支配下にあったのだ。

ところが一九四五年八月の敗戦によって、日本軍は武装解除され引き揚げることになった。この時、少なくとも六〇〇人以上が帰国せずに、ベトナムに残留したと言われている。日本軍の兵士だけでなく、商社や金融関係など勤務の民間人の中にも残留する人がいた。その多くが、ベトミン（ベトナム独立同盟）からのリクルートを受けた。

ベトミンは、日本軍撤退後に再び支配を強めていたフランスからの独立を目指して戦っており、残留日本兵たちはその中で、兵士、軍事教官、軍医などとして働いた。彼らは「新しいベトナム人」（グォイ・ベトナム・モイ）と呼ばれ、ベトナム名を名乗り、周囲に勧められて家庭を持ち、ベトナムに根を下ろして暮らしていたようだ。

しかし九年後の一九五四年に、ベトナム政府が残留日本兵の帰国を促してその生活は一変する。この時、家族の帯同は許されなかった。

その後に勃発したベトナム戦争では、日本は敵国アメリカの同盟国と見なされた。ベトナムに残された子どもたちは「ファシスト・ニャット（日本ファシスト）の子」と後ろ指をさされ、有形無形の差別を受けたという。

残された家族たちは、夫や父をひたすら待ち続け、想い続けていた。当時の衣類や、黄ばんだ写真やボロボロになった書類を、今でも大切に持っている人も多い。「夫が歌っていたから覚えた」と、私に日本の歌を歌って聞かせてくれた妻も何人もいた。彼らの夫・父を想う気持ちには、圧倒される想いであった。

私は、残留日本兵の家族探しにのめりこんでいった。

自分と同世代で、同じアジア人の彼らには、最初から何となく親しみを感じていた。また、日本ではあまり見られなくなってしまったような家族の強い絆と、肉親への豊かな愛情にも心を動かされた。そしてまた、自分とどこか縁のようなものを感じたのかもしれないとも思う。

歴史の専門家でもない私が始めた調査は、手探りで、遅々として進まなかった。しかし地道に続けているうちに、追い風が吹いてくれることもあった。理解者が徐々に増えて、専門誌に発表する機会を得たり、それをもとにしたテレビドキュメンタリーが制作されたりした。最大の追い風は、二〇一七年、天皇陛下が訪越された際残留日本兵の家族と対面したことで、これがきっかけになって、家族たちが切望していた父の国への墓参旅行が実現した。

残留日本兵とその家族というテーマは、私が、ベトナムで出会った「戦争の落とし物」なのだと思っている。

私は戦争を直接体験したわけではないが、その残り香を感じながら育った世代である。だから、その落とし物に気づいて拾い上げた。そして、その時々の風に吹かれるまま自然体で付き合っているうちに、いつの間にか四半世紀が過ぎてしまった。

これは、人の縁の濃いこの国で暮らしてきた一人の日本人である私が、歴史の狭間に埋もれかけた人々をたずね、一緒に泣き笑いしながら歩んできた記録である。

残留日本兵の家族は、私にさまざまなことを話してくれた。しかし彼らが「政府の命令だった」「当時の世の中がこうだった」と記憶していて語ったことが、結果的に間違っていたということもあるはずだ。渦中の人間は、その背景となっている政治や社会、国際情勢などの事情を知りえないまま、必死で生きているのだから。また、聞き手である私の主観も入っている。つまりこれは、戦争によってその運命を翻弄された人たちについてのきわめて個人的な記録である。

その背景にある政治や国際事情には深く言及することはできなかった。それは私の手には余ることだった。そこで、ベトナムの政治・社会史の専門家に、歴史的な背景の解説をお願いした。

一九四五年、彼らはなぜベトナムに残留したのか（白石昌也先生）

一九五四年、彼らはなぜ日本に帰国したのか（古田元夫先生）

これらを併せてお読みいただくことで、ベトナム近現代史の大きな時間の流れの中にベトナム残留日本兵・日本人とその家族の歴史を位置付けていただけるのではないかと思う。
また、残留日本兵のひとり加茂徳治さんのお墓探しにご尽力いただいた坪井善明先生は、その顛末記をお寄せくださった。さらに、残留日本兵をテーマにしたNHKドキュメンタリー「引き裂かれた家族」「遥かなる父の国へ」の担当者栗木誠一さんには、テレビマンの立場から見た残留日本兵家族を語っていただいた。深く感謝申し上げたい。

小松みゆき

残留日本兵家族との出会い

一九九二年、ハノイ

秋、ベトナムの首都ハノイ。

街のシンボルでもあるオペラハウスに沿って五分ほど歩くと、交通量の多いチャンクアンカイ通りに出る。ベトナム革命博物館は、その角の左手側にあった。このあたりはフレンチコンセッションと呼ばれ、フランス統治時代の建物が数多く残っている。近くを流れるホン河には、かつては交易船がさかんに行きかっていたらしい。革命博物館は、二〇世紀初頭にこの地に税関として建築されたという、優美で堂々たる建物だった。

この革命博物館の一部が日本語学校の教室になっていて、私はその教壇に立っていた。一九九二年九月、ベトナム政府の文化通信省が受け入れる日本語教師として、日本の文化交流団体から派遣され、夏の終わりに着任したばかりだった。

授業は早朝六時半から二時間と、夕方六時から三時間。ベトナム人教師が教科書の単元一つ分の文法を教え、日本人教師がその例文を使った応用編を教える。私の担当する初級クラスは三〇人以上いて、教室の椅子が足りなかった。

建物は古く、クーラーもなかった。天井の扇風機が、南国の温かい空気をかきまわしていた。そのたびにチョークの粉が風で舞って、目やのどが痛くなる。黒板消しがないので、雑巾を濡らして拭く。すると黒板自体がだんだん白っぽく変色していって、ますますチョークの文字が見えにくくなっていく。

そんな教室でも、学生たちの目は輝いていた。学びたいという彼らの意欲を感じて、私も授業に力が入った。

「なぜ日本語を勉強するのですか?」という問いに、学生たちは口々に「日本の会社に入りたい」「日本の文化が好き」「日本語を勉強してお金持ちになりたい」などと答える。その中のひとりが「私の父は日本人」と言ったソンさんだった。学生の多くは大学生だったので、壮年の彼は、教室で最初から目立っていた。

「私ノ名前ハ　ソンデス」

チャン・ゴック・ソンさん。昼は建築現場で肉体労働をしているという。日焼けして、眼光はするどい。

「私ハ　四二歳デス」

さらに彼は、つっかえ、どもり、相当の時間をかけながらこう言った。

「私ノ父ハ　日本人デス」

ハノイの街角にごく当たり前に立っている感じのベトナム人のおじさん。その彼の父親が日本人？　なぜ？　とっさに事態が呑み込めず、私は戸惑った。

日本語初級クラスは「あいうえお」の読み書きをやってから、「いぬ」「ねこ」と単語を覚えていく。けれども、ソンさんはそんなまどろっこしいことはいらない、と言った。覚えたい文章は、一つだけなのだという。

「オ父サンハ　私ヲ　覚エテ　イマスカ？」

暗唱するだけなのに、なかなか言えない。周囲の大学生のほうが先に覚えて口にするようになると、ソンさんは悔しそうな様子だった。

ハノイの秋はまだまだ暑く、当時の私は、慣れない土地で授業をこなすだけで精一杯だった。疲れ切っていて、充分に事情を聞くことができなかった。しばらくたってから、ようやく同僚のベトナム人教師に通訳をしてもらって話を聞いてみた。

「ソンさんのお父さんは第二次世界大戦の時に日本軍としてベトナムに来ました。彼は、日本の敗戦後、日本に帰らずに、ベトナムに留まりました。ここで結婚して家庭を持ち、ソンさんが生まれました。でもその後、一〇年くらいたって日本に帰ってしまいました。ソンさんのお母さんは年老いて弱っています。死ぬ前にもう一度夫に会わせてあげたいそうです。ソンさんも父に会いたいと言っています」

同僚の通訳を聞きながら、そんなことがあったのかと、まず意外に思った。

そのうちにもっと詳しく話を聞こうと思っているうちに、ソンさんは教室を休みがちになった。ハノイから一〇〇キロ以上離れたフート省の村の出身で、生活はあまり豊かではなく、ホン河の向こうで土木作業の仕事をしているという噂も聞いた。


戦後生まれの私にとっては、ベトナムの戦争といえば、一九六〇年代から七〇年代にかけて世界中の注目を集めた「ベトナム戦争」だ。私の子ども時代・青春時代に重なる、同時進行形の出来事だったのでよく覚えている。しかし、それよりもっと前の太平洋戦争のこととなると、とたんにあいまいになる。日本軍がフランス領インドシナ、現在のベトナム・ラオス・カンボジアに駐留していたことは歴史の知識として知っていたはずだが、それと現在のベトナムはとっさには結びつかなかった。

実は、最初にソンさんの話を聞いた時には、「何十年も前にベトナムに日本人が来ていた？まさか」とすら思った。当時のハノイには日本人は少なかったので、私は自分がベトナムに来た日本人のパイオニアの一人だと考えていたのだ。

そんな何も知らなかった私が、なぜ残留日本兵の家族との付き合いを深めていったのか、あとから考えてみると、やはりそこには、運命めいたものがあったような気がする。

ソンさんの回想

ソンさんの父山崎善作空軍士官は、終戦で日本軍が武装解除を受けたあと、ベトミンに入ったという。

ベトミンは、正式名称をベトナム独立同盟という。当時の宗主国であるフランスからの独立を目指して、ホー・チ・ミンらによって結成された。その後、フランス領だったベトナムに進駐した日本軍ともゲリラ戦を行なっている。一九四五年八月の日本の敗戦後、ベトミンはベトナム全土で蜂起し、九月二日にはホー・チ・ミンによってベトナム民主共和国樹立が宣言された。しかしフランスはこれを認めなかったので、抗仏戦争（第一次インドシナ戦争）に突入していくことになる。

山崎さんが志願したのか、誰かに勧誘されたのかはわからない。ソンさんによると、山崎さんのベトナム名はチャン・ハー、一九四六年はじめに第一一二連隊の兵士としてベトミンに受け入れられた。一九四七年一〇月、山崎さんはベトミン軍の小隊を指揮して、北部山岳地帯トゥエンクアン省に向かうフランス兵を乗せたカヌーを襲撃、一隻を沈没させたものの、銃撃戦で負傷した。その後、ベトミンがフランス軍と戦って北部ベトナムを掌握するまで軍務に従事し、引退後はハノイ近郊に住んで、ザーラム県にある会社に勤めていたという。

ザーラム地域とハノイ旧市街の間に流れるのがホン河で、ロンビエン橋という大きな古い鉄橋がかかっている。このあたりは、子ども時代のソンさんと父親との思い出の場所だ。

「あれは一九五九年の暑い時期だった。父は『ホクタップ』に何日間か通っていた。私も一緒にシクロに乗っていった」

ホクタップというのは、ベトナム政府が日本に帰国することになった人々を対象に実施していた政治教育のための学習会だという。

ソンさんは回想する。ハノイは五月初旬から蝉が鳴きだすほどの暑さになるので、季節は五月か六月ごろだったかもしれない。父たちが集中講義を受けている間、ソンさんは外で遊びながら待ち、帰りは一緒にフォーを食べた。フォーは現在でこそハノイの庶民の朝食だが、当時は「米以外の特別な食事」として、あこがれの外食メニューだったという。自宅では父親を幼い妹弟に取られてしまうソンさんにとっては、話したり手をつないだり、父を独り占めできる貴重な楽しい時間だった。

「ロンビエン橋を見ると父を思い出すんだ」

その後、ほどなくして、父は日本に帰国することになったと家族に告げた。

帰国にあたっては、家族を連れていってもいいと言われたという。しかし、ソンさんの下に四歳と一歳の子どもがいた母のマイさんは、「子どもが小さいので行きたくない」と反対した。

「父は私を日本に連れていきたいと言っていた」とソンさんは言う。聡明な子どものソンさんを、山崎さんはとてもかわいがっていたようだ。しかし、どこからか「日本までは三ヵ月の船旅」という誤った情報を聞いたソンさんは、そんな長旅はとても自分には無理だと思い込んでしまったらしい。

一九五九年八月、当時三六歳だった山崎さんは、妻と子ども三人を置いて日本に帰っていった。妻のマイさんはショックで病気になった。残された家族への支援金も多少はあったが、あっという間に使い切ってしまった。

ソンさんは一家を支える労働力として働きに出なければならず、学校は一三歳でやめてしまった。

残留日本兵の子どもたちの多くは、日本人の子であること、また父がいないことによって、周囲からの偏見にさらされ、いじめを受けている。さらに進学や就職で不利な扱いを受けている人が少なくない。ソンさんと兄弟も、近所の子どもたちから「ファシスト・ニャット（日本ファシスト）」の子どもと悪口を言われた。

学校でも職場でも偏見はあった。機械関係の技術を学んでいたソンさんは成績がよく、外国留学生の候補にもなったが、彼の履歴書を見て父親が日本人と知った学校の幹部は、候補者リストからソンさんの名前

写真１　2004年、ソンさんとロンビエン橋。（柏原力さん提供）

を外したそうだ。

「私は長い間、クレーン運転士として仕事をしていた。『優秀な労働者』という称号を受け、二回にわたり共産党入党のための訓練コースへの参加を推薦されたが、二回とも拒否された」

軍隊にも、入隊を拒否された。

「戦争をしている国の青年としての任務なのに、それを果たすことも断られたんだ」とソンさんは悔しそうに言う。弟のチャン・ゴク・ハイさんは、訓練コースには参加したものの、やはりその後、「日本人の子だから」という理由で入隊できなかった。

軍隊に入れなかったソンさんは、地域を守る民兵になった。フランスからの独立戦争中にソンさんが住むフート地区に投下された爆弾の大部分は、ソンさんの手で除去されたという。時限爆弾の除去は危険な仕事で、作業中にソンさんの指導役であった工兵士官が爆死したこともある。こうしてソンさんの功績はようやく認められ、『第三等抗戦勲章』を授与された。勲章の価値は私にはわからないが、ソンさんにとっては誇らしいことだったのだろう。

手紙

ソンさんがハノイに出てきたのは、当初は日本語の勉強のためではなかったらしい。住宅を購入するにあたって母が優遇を受けられるように、ベトナムの革命事業に対する父の功績を認めてもらおうと、労働傷病軍人社会事業省を訪問したのだった。

父の友人や戦友の紹介を通じて、国防省の保管局で、ソンさんは父の功労を証明する書類のコピーを見つけた。その書類と父母間の婚姻証明書を労働傷病軍人社会事業省に提出すると、応対した省の幹部に「君がチャン・ハーの息子であることを証明する証拠があるのか」と事務的な口調で質問された。ソンさんは、何も答えられずその場を立ち去るしかなかった。

「その幹部の言葉はとても冷たく感じられ、私の心に残った。私は父を探さなければと思ったのです」

ハノイで父に関連する資料を探していた際、ソンさんは自分と同じ残留日本兵の家族だという人々と出会った。彼らはソンさんを「父親捜し」に誘い、日本語の勉強を勧めた。

決心したソンさんは、フートに帰ると自宅を売却した。弟は既に働いており、妹は早くに嫁いでいた。母は親戚に預けた。そして日本語の勉強のため、ハノイに来たのだという。その学校で私と出会ったのだった。

一九九四年、ソンさんのもとに日本の父から手紙が届いた。そこには帰国後の事情が記されていた。

帰国したら、兄が戦死していたことがわかった。家族に頼まれて、兄の奥さんと結婚せざるを得なくなった。そして娘が生まれた。

色々あって苗字も変わった。

わたしたちは自分の生活がやっとなので、ベトナムの家族には何もしてやれない。

手紙を受け取ったソンさんは混乱した。

「お父さんの名前が変わった？　じゃ、私たちの苗字はどうなるのだ？」

ベトナムと日本では、姓に関する認識がまったく違う。男性も女性も、生まれてから死ぬまで姓は変わらない。家族の絆が強いので、姓は自分のルーツにつながる非常に大切なものなのだ。日本では結婚の時に同じ姓になり女性の側が姓を変えることが多いとか、逆に男性の側が女性の姓に合わせる場合もあるとか説明しても、ソンさんにはまったく想像できない様子だった。

その後、ソンさんは学校に来なくなり、連絡もほとんどなくなった。たまにほかの生徒から消息を聞く程度だった。電話もないので、こちらからは連絡をとる手段がなかった。

一九九八年に、思い切って、聞いていた住所に手紙を出してみた。ベトナムの国内郵送事情は当時かなりお粗末だったので、本人に届くことはほとんど期待していなかった。また、運よく宛先の住所に届いたとしても、そこに彼がいるとは限らない。

もう手紙を出したことを忘れかけていた頃、思いがけず返事が来た。

先生、お元気ですか。

わたしの母は元気ではありません。

ハノイから故郷のフート省に戻って四年目です。

まだ父を探しています。今とてもさびしい。でも先生から手紙をもらってとてもうれしい。日本人にわたしのさびしさがわかるでしょうか。ベトナム人は常に自分のルーツを考えるのです。

わたしの母は農業をやっています。私には子どもが八人います。この孫たちは祖父（日本人）をどう思うでしょうか。それは第二次世界大戦のせいです。私は今年五〇歳で、三〇年間ベトナム政府に奉仕していますが、毎月一六万五〇〇〇ドン（小松註：時価一二ドル）しか収入がありません。たったこれだけで母と子どもたちの面倒をみなければなりません。

あなたは「タッデン（Tắt đèn）」という小説を読んだことがありますか？

わたしの家族はこの小説と同じほど貧乏ですが、どうすることもできません。がまんしなければならないのです。私はどうしても父を探したいのです。私も会いたいです。

母は毎日父を待っています。

タッデンは「消灯」という意味で、貧しい農村の生活が描かれた文学作品だ。主人公の女性ザウに、夫の病気や拘禁、重税、役人からの暴力など不幸が続く。さらにある夜、官吏の老人が彼女の部屋に押し入って襲いかかる。驚いたザウは飛び出し、明かりのない真っ暗な中を逃げ惑うというストーリーだ。中学の教科書に載っていたらしく、ソンさん世代の人はみんな知っているのだという。

窮状を訴えるソンさんの手紙を読んで、私は途方に暮れるしかなかった。

残留日本兵家族と私

ほかにもいた「コンライ」たち

ソンさん以外にも、残留日本兵の子どもは身近に何人もいた。私のクラスのチャン・ドック・ヒエウさんは一九四七年生まれ、父親の姓は熱海（あつみ）、母親はガーさんという。このガーさんからは、その後詳しく話を聞くことができた。彼女は日本の歌を覚えていて、私の前で歌ってくれた。

ヒエウさんはハノイ在住で、残留日本兵家族のまとめ役のような存在だった。ヒエウさんは、帰国した父親とも交流がある。父熱海政孝さんは、ベトナム戦争終結後にヒエウさんたちに手紙を送り、一九七六年にハノイを訪問している。その後も文通を続け、数年後には政孝さんが帰国後日本で生まれたヒエウさんの弟にあたる和雄さんをともなって、再度ハノイを訪れた。政孝さんが亡くなったあとも、ヒエウさんと和雄さん兄弟の交流は続いている。帰国後音信が途絶えることが多い残留日本兵家族の中では、稀有な存在だ。

写真２　残留日本兵の妻の葬儀で、集まった残留日本兵家族と。後列：左から熱海兄弟（弟チン・兄ヒエウ）２人おいて小松、橘ズン、湯川カイン。前列：左から熱海チン夫人、高澤トシミ、高澤ロック、湯川カイン母。

後になって知ったのだが、隣のクラスにはカオ・カイン・トゥオンさんがいた。彼は「父はイシカワケンにいる」と言う。片言の発音のイシカワケンが石川県という具体的な地名に頭の中で変換されると、急に残留日本兵が現実のものとなって胸に迫ってきた。トゥオンさんは「高澤ヨシヤ」という日本の名前も持っていた。父が名付けたのだという。

橘姓を持つチャン・ドゥク・ズンさんは、ヒエウさんから紹介された。

ソンさんは一九四九年生まれ、ヒエウさんもトゥオンさんもズンさんも、みな四〇代の壮年だった。彼らの仲間の中には、ほかにもたくさんの残留日本兵の子どもたちがいるようだった。彼らと付き合ううちに、「こんな人もいた」「あんな人もいた」と、多くの日本人の名前が出てきた。招かれた冠婚葬祭の席で紹介されることもあった。

彼らは、日本人との混血の意味で「コンライ」と呼ばれている。コンは子ども、ライは混血の意味だ。ベトナム戦争中、日本との混血であることは差別や蔑みの対象となった。そのイメージは一九九〇年代まではまだ残っていて、この頃は、彼らは自虐的に「俺たちはコンライだから」と言うこともあった。しかしその後、アメリカとの国交回復など国際化が急速に進む中で、近年は差別的なニュアンスはかなり薄れてきているようだ。

彼らは仲間意識が強く、よく会っている。紹介されて「あら、うちの日本語学校にいたよね」など、結果的に以前から知っていたということも多かった。ヒエウさんに「ハイフォンに日本人の父を探している兄弟がいる」と言われ、ハノイから長距離バスに二時間半揺られて、一緒に会いに行ったこともある。ベトナムでは家族を持たなかった、独身の残留日本兵がいたこともわかってきた。

残留日本兵の家族は、自分たちを「ドンフォン（同郷）」と呼んでいた。「コンライ」である子どもたちを中心にして同じ境遇の人々が集まって、自然発生的なネットワークができているようだった。彼らにしか共有できない苦労があったのだ。

彼らは、多かれ少なかれ周囲からの偏見や差別にさらされて生きてきた。彼らが育った時代は、ベトナム戦争の真っ最中。日本政府はアメリカに歩調を合わせて南ベトナムのみを国家と認めており、北ベトナムとは対立関係にあった。ベトナムを空爆するアメリカ軍の戦闘機は日本の基地から飛び立ち、日本国内はベトナム特需で豊かになっていた。日本は、ベトナムから見ると敵国陣営の国でもあったのだ。

高校や大学に進学できないなどの進学差別、就職差別もあった。ベトナムへの忠誠心を示そうと軍隊を志願したところ、危険な前線に送られた例もある。逆に、嫌がらせのように徴兵検査で落とされ続けた人もいた。

これらの差別は、組織的ではなかったようだ。都市部では進学や就職差別が顕著で、農村部では村八分のようなものだった。地域によって差別の様相が違う。兵役に関しても、「コンライは採用しない」ということもあれば「前線勤務とせよ」ということもあり、上層部が定めた統一的な措置があったわけでもなさそうだ。しかし、このことは逆に、その差別が周囲の人の本音だったことを意味しているのではないか。

「日本人の子」であるがゆえに我が身や家族に起こったことは、やはり同じ経験をしたもの同士にしかわからない。そのことが、ドンフォンである彼らの絆を強めていった。

ベトナム人はとても家族を大切にする。家族の絆を何よりも優先する。それ故に、父を求める。この想いの強さは、日本人の私にはちょっと信じられないくらいだった。

四〇代半ばの男性が、時には涙を浮かべながら切々と「父に会いたい」「親孝行がしたい」と語るのを見て、正直なところ、「自分たちを置き去りにして日本に帰った父を、なぜそこまで思い続けられるのか」と戸惑った。

彼らの母親、つまり残留日本兵の妻たちに引き合わされて、その思いはさらに強まった。彼女たちは何十年も前に突然自分たちを置いて出ていった夫を今も想い続けており、中には毎晩枕を夫に見立てて話しかけているという人までいた。夫から教わったという日本語の歌を記憶していて、私の前で歌ってくれた妻もいた。

最初は驚いたが、しかし付き合ううちにこれがベトナム流なのだと思うようになった。いくら私が現代日本人の感覚で腑に落ちないと思ったところで、現実に、私の目の前には何十年も前に離れた家族を思い続けている人たちがいるのだった。その様子には、やはり心が動かされるものがあった。

同世代の私

終戦が一九四五年、父親たちが帰国したのは一九五〇年代だ。ハノイで出会った残留日本兵の子どもたちは、みな私に近い年齢だった。ヒエウさんにいたっては、私と生年月日が三日しか違わない。同じアジア人でよく似た風貌を持つ同世代の彼らには、だから、最初からなんとなく親近感を持っていた。

私は一九四七年(昭和二二年)新潟県の山村で生まれた。北魚沼郡堀之内町、現在は魚沼市の一部になっている。母は二五歳の時に、二一歳年上の農家の男性の後妻に入った。戦争中で、若い男性の多くは戦争に取られていた。先妻の子どもが六人いて、長子とは、大して年齢も違わなかった。そんな中で末っ子として生まれた私は、母の唯一の実子である。戸籍上は私の前年に生まれた兄がいたが、一歳で亡くなっている。山での畑仕事を終えて帰宅したらぐったりしていた、と聞いた。乳飲み子を抱えている母親でも、労働力として働きに出なくてはいけない時代だった。私たちの立場はとても弱かった。畑の世話や家事で常に忙しく立ち働いていた母は、父や兄夫婦に気兼ねし、「お前はしゃべるな」と私に言う。子ども心に母の立場は理解できたので、言いたいことも言わずに自分を押し殺していた。そして、早く大人になって家を出て、家から見えるあの山の向こうに行きたいということばかり考えていた。

一九六三年（昭和三八年）三月一八日、中学の卒業式の日。家に帰ると母に「これから東京に行くんだ」と言われた。

わけもわからず、その日の夜に母と一緒に村を出た。のちに「サンパチ豪雪」と有名になるその年の雪はまだまだ深く、ようやく数年前に吊り橋がかかったばかりの魚野川を越え、上越線の北堀之内駅まで一時間以上も歩いた。夜行列車に乗り、清水トンネルを抜けて、朝、上野駅に着くと、人がいっぱいでゴチャゴチャしていて驚いた。旅行カバンなどない時代、人々は唐草模様の風呂敷や行李を背負っていた。

その足で京橋の割烹旅館「大野屋」に行った。東京駅八重洲口から徒歩で五分のところだった。そこで母に「行儀作法を教えてもらえ」と言われた。住み込みで働くのだという。

大野屋には、子どもの頃に母と一緒に訪問したことがあった。母は若い頃にここで働いていたことがあるらしい。その時は、祖母が戦死した息子が眠る靖国神社に行きたいと言ったので、東京の事情がわかっている母が連れていくことになり、まだ子どもだった私はそこにくっついてきたのだった。見るものすべてがまぶしかった。帰りに東京駅のみやげ物売り場で人形を買ってもらったことを覚えている。六〇円だった。その頃から母は私をいずれ東京に出そうと思っていたのかもしれない。

おかみに私を託し、母は私にこう言い残した。

「口ごたえはするな、言われたことはなんでもハイハイと従うんだ」

大野屋では、北関東や東北から来た女の子が十数人も働いていた。毎日、子守りや皿洗いをした。当時の店の上客は「ホンダさん」、つまりホンダ技研で、接待はもちろん、開発チームも頻繁に店を利用していて、働き始めたばかりの私でもこの会社の勢いを感じた。

東京オリンピックを翌年に控えて、東京は次々に建物が新築されて活気づいていた。「夢の超特急」東海道新幹線の工事が進み、NHKでは大河ドラマの放送が始まる。世の中は華やかな空気に包まれていた。

「ここは、自分が生きてきたのとは違う世界なんだ」

東京の暮らしは何もかもが目新しく、農山村が生活のすべてだった私にとっては驚きの連続だった。「生まれ」「育ち」そして「身分」というものを否応なく意識させられた。

しかし、大都会の刺激を受けて、私の中の好奇心に火が付いた。それまで新潟の山村で息をひそめるように生きてきた反動かもしれない。世界は広い、知らないことがたくさんある、もっともっと世界が見たい、勉強したいと思った。

中学生の時から、高校に進学したいという希望は抱いていた。しかし、村の中学を卒業後に高校進学するのは数人で、私の年はわずか二人だった。農家の後継ぎ以外の男子はソバ屋、とうふ屋、大工の見習い、女子は紡績工場に就職するのが定番だった。兄嫁に高校進学希望のことをほのめかすと、「このあたりで高校になんか行くモンはいね。農家の子はみんな出稼ぎに行って嫁入り道具を稼いでくるもんだ」「分家の分際で何様だと思ってるんだ」と一蹴された。中三の時に進学組と就職組に分けられ、英語の補習を受けられるのは進学組だけと言われて「もう私は勉強などできないんだ」と、自分の「身分」を思い知らされた。

ところが、世の中には夜に通える高校というものがあるらしい。近所のてんぷら屋で働いていた日本橋高校定時制の男子学生からそのことを教わった。さらにその前年に公開されて大ヒットしていた吉永小百合主演の映画『キューポラのある街』をようやく観てみると、主人公ジュンも定時制高校に進学するではないか。進学したいのに家庭の事情でそれがままならず、鬱屈を抱えるジュンの姿は自分とも重なった。

「こんな方法で勉強ができるんだ、高校に行ける!」

私は舞い上がり、おかみさんに「行かせてください」と頼み込んだが、相手にされなかった。割烹は夜が繁忙時なので、そんな時間帯に若い働き手が抜けるのを認めるわけにいかなかったのだろう。

しかし私は、おかみさんの同意を待たずに入学願書を貰いに行き、申し込み手続きもしてしまった。今まで一五年間新潟の山村で押さえつけられていたものが、東京の自由の空気に触れたことで一気に化学反応を起こしたのかもしれない。

根負けしたのか、おかみさんはやがて認めてくれた。溜息まじりに「ヒロちゃんの娘だから」

と言っていたから、昔馴染みである母の顔を立ててくれたのかもしれない。

私は期待に胸を膨らませて、一九六四年四月、都立青山高校定時制の生徒になった。高校は外苑前にあって、地下鉄ですぐだった。近くにあった国立競技場ではその年東京オリンピックが開催され、二回観戦に行った。マラソンのアベベ選手のゴールインを、目の前で見た。勉強も、学校で出会う仲間たちからの刺激も楽しかった。先生方の名前が、今でもすらすらと出てくるくらいだ。私はここで学ぶことの楽しさを知ったのだと思う。卒業後は夜間の短大にも進学、それを契機に旅館の住み込みを止めてビル管理会社に転職し、アパートを借りて自活するようになった。

短大は、本の街神保町にあった。その界隈には学生がたくさん集まっていて、私の人脈も広がった。勉強のこと、社会のこと、そして自分の生活のことなど、いろいろ語り合える仲間ができた。そのうちの一人に「もっと働き甲斐のある仕事がしたい」と話したところ、新聞の募集記事を持ってきてくれて「ここに行ってみたら?」と、ある出版社を勧められた。

虎ノ門駅に近い西久保巴町にあった労働旬報社というその会社は、「良心的なジャーナリズムの一員として、出版物を通して社会の進歩に寄与する」を掲げ、労働関係の判例を紹介・解説する雑誌『労働法律旬報』を刊行していた。現在は旬報社という社名になっている。

私自身が勤労学生だから、社会問題や労働問題は身近で切実なテーマだ。願ってもない職場環境だ、と思った。

仕事は、いわゆる何でも屋だった。庶務と言えば聞こえはいいが、人事の小間使いから、社会保険事務所に出向いての従業員の健康保険の手続き、広告宣伝部の補助、先生方に依頼した原稿の受け取りなど、あらゆることをやった。読者カードの整理をしながら、その質問に答えることもあった。

何でも屋とはいえ、この職場に充満している熱気には常に触れていることになる。それは本当に刺激的だった。本の売れ行きがどうのこうのといった社員の会話が、聞くともなく耳に入ってくる。冤罪事件などの硬派な本がよく話題にのぼった。私も読者の一人として、そして社員の一人として、その売れ行きに一喜一憂していた。一九七〇年日米安保、一九七二年には沖縄返還。そんな時代の空気を肌でピリピリと感じながら、『安保黒書』『ベトナム黒書』『CIA黒書』の黒書シリーズなど、毎月出版される本を次々に読んだ。

編集作業が佳境に入ると、会社に泊まり込む社員も多かった。出勤すると、会議室に何人もが寝ていて、「労働者の権利の本を作っているのに、自分たちの権利はどうでもいいのか」などと、笑ったこともある。

社会運動にもたびたび参加した。

何か強い思いや考えがあったというわけではなく、最初は会社の仕事の延長のようなものだと思っていた。労働旬報社は労働組合の出版労協に所属していたので、集会や活動の時に「会社から何人」という割り当てが来れば、社命によって二〇歳前後の若者がいつも先頭になって出ていく。一番長い新橋コースが多かったと記憶している。

仕事も集会も、何もかもが私にとっては社会勉強だった。世の中の不条理と現実、政治と社会、経済成長と公害、安保体制と憲法。出版社という場を通してそれに関わるたくさんの人々に出会った。

「矛盾することやおかしいと思うことがあったら、声を大にして叫んでいいんだ」

心の底から、パワーが湧き上がってくるような気がした。

ところが、正義だけでは商売にならない。やがて会社は経営危機に陥った。その時、最初に首切りの対象になったのが、「所帯を持って妻子を養っているわけではない独身の女性」つまり私だった。

クビになったといっても、ちゃんと次を紹介してくれた。それがアジア・アフリカ研究所であった。国際問題や民族問題を扱うこの研究所も、学び続けたい私にとっては最高の場所で、研究者に交じってセミナーや研究会にも参加した。

二五歳の時には、一九二三年（大正一二年）関東大震災の朝鮮人虐殺の記録を拾い集め、『民族のとげ』という報告書をまとめた。同年代の仲間数人と、虐殺を見聞きした人や、当時の思い出を語る二〇人から聞き取り調査をしたものだ。半世紀がたっても、人々は克明に記憶していた。記憶がつらすぎて話せないという人もいた。

「きちんと記録をすること、それを残すことって、こんなに重要なことなんだ」

それをやっているのだという自負が原動力になって、夜なべ仕事でかなり無理をしたが、若さで乗り切った。二〇代前半の若者たちがこのようなテーマの聞き取り作業をやっていることが珍しかったのか、新聞やテレビでも紹介された。

「自分のやっていることが世の中に認められている」という実感は、私に高揚感すら味わわせてくれた。

アジア・アフリカ研究所はとても良い職場だったが、給料の安さだけが問題だった。出版社時代に知り合って結婚した夫が研究者を志して大学院博士課程に通い始めたために、この頃私は「主たる生計者」になっていたからだ。

どうしようかと思っていると、労働旬報社の編集長が、東京合同法律事務所を紹介してくれた。松川事件（一九四九年）や白鳥事件（一九五二年）など、占領下に起こった戦後の冤罪事件や労働事件などの判例に関わった弁護士たちが二三人もいる大きな事務所だった。

仕事は、訴状や準備書面などの和文タイプ打ちや受付、電話応対、関連記事のスクラップ、そして調査補助。しばらくいて全容を把握すると、欲が出てきた。

事務所では女性労働者の権利がきちんと認識されていて、生理休暇はもちろん、産休を取る人もいた。当時としては恵まれた環境だった。しかし、そうであるがゆえに「だから女性は男性並みには働けない」と言われていた。

「でも、私はもっと仕事がしたいんです。男性と同じ仕事をさせてください」

訴えは実り、やがて外勤に出るようになった。男女雇用機会均等法が施行されるよりもずっと前のことだ。

法務局で会社の登記簿謄本を取り、建物の公図を調査し、関係者に話を聞く。裁判で判決が出ても守られるとは限らず、そんな時は強制執行になるのだが、それにも立ち会った。

こうした調査を積み重ねて物事を明らかにしていく作業には、とてもやりがいを感じていた。

「私でも誰かの力になれる、人の役に立っているんだ」

これまで自分に学がないというコンプレックスがあって、貪欲に学ぶ一方だった私にとって、この充足感は大きかった。

振り返ってみると、私は二〇代から三〇代のすべてを、多くの研究者や法律家、あるいはそれを目指す人々と過ごしている。みんな、「調べてまとめる」人たちだ。そういう人たちに日常的に接するうちに、「調べてまとめる」ことは当然のふるまいで、大人のあるべき姿だと思うようになっていた。大学には行けなかったけれど、労働旬報社、アジア・アフリカ研究所、そして東京合同法律事務所という得難い三つの場で、それ以上の学びを得ることができた。

自分が主たる生計者である生活は、結局一三年続いた。

一九八八年、夫が北海道に教職を得たのを契機に、夫婦別々の道を行くことにした。愛憎劇があったわけではない。一番身近な「調べてまとめる人」である夫からは、学ぶことも多かった。たとえが適切ではないかもしれないが、巣立つ学生を送り出す寮母さんのような気分だった。そして、私も一人の大人として、何か人のためになることをしよう、それに向かって全力で生きようと思った。

この頃、日本はバブル景気の真っ最中だった。職場の雰囲気は以前と変わらなかったが、世の中がだんだん拝金主義に向かっているような気がしていた。生活インフラであるはずの国鉄が大赤字を糾弾されて解体されたり、「男女平等」の掛け声のもとに女性が男性と同じ条件で働くことを求められるようになったり。能力主義と言えば聞こえはいいものの、それでは結局求められる働き方ができない人間がはじきだされることになる。そこから差別が生まれ、社会がだんだん息苦しくなっていく。私自身は、がむしゃらに働き続けたことでそれなりの評価を得て、生活に困らないだけの給料ももらっていたが、こういう雰囲気の社会にこのままいたとしても、あまり良いことはないような気がしていた。

そのタイミングで独身に戻った。よし、人生を仕切り直そう。私は、昔からあこがれていたイタリアに、シベリア鉄道で旅立った。あの頃、作家やジャーナリストがシベリア鉄道経由でヨーロッパへ行くのが流行っていて、いつか時間ができたら自分もやってみたいと思っていた。これまで働いて家計を支えてきた自分へのご褒美のようなものだった。

小雨の横浜港を出港した船で津軽海峡を越え、二日かかってナホトカへ。ウラジオストックからシベリア鉄道、イルクーツクで一泊、バイカル湖を見て、モスクワ着。ここまでで一週間かかった。モスクワに二泊して今度はベオグラードへ二日かけて南下。ベオグラード滞在のち、ドブロブニクという美しい街に数日いてアドリア海からイタリアに入り、そこから列車でペルージアに行った。ここに外国人のためのイタリア語学校があり、私はそこで学ぶ学生ビザを取得していた。

イタリアで一年数ヵ月を過ごした頃、昭和が終わったことを知った。

「人間、そうそう怠けられるものじゃないな。さて、これからどうしよう」

そんなことをぼんやりと考えはじめていたある日、列車の中で日本の雑誌を読んでいたら、

「それは日本語かい？」と、向かい側の席のおじさんが話しかけてきた。おじさんと話すうちに、自分が当たり前に使っている日本語が、海外では興味関心の対象になることを、初めて知った。

「そうか、海外で日本語を使う仕事はどうだろう」

持っていたその雑誌には、日本語教師という資格があることも書かれていた。よし、これを目指そう。一度そう思うと、もう、イタリアでじっとしていられない気がしてきた。

帰国後に働きながら日本語教師養成の学校に通い、規定の四二〇時間を修了して証書を得た。資格を取得して、さあ仕事を探そうかと考えていた時に、四ツ谷にある日本語教育の専門書店の掲示板で求人の貼り紙に目が留まった。

「日本語教師募集　勤務地ベトナム」

特別な国

ベトナムという国には、特別な思い入れがあったように思う。

私が物心ついたころには太平洋戦争の残り香は薄れつつあったが、ベトナム戦争は青春時代の同時進行形の出来事だった。定時制に通う勤労学生だった私は、友人たちと様々な集会にも出て

いた。反戦を歌うフォークソングを、私も夢中になって聴いていた。

労働旬報社はベトナム関係の書籍も出していたので、一通り、いやそれ以上の知識は持っていたし、労働組合の組合員として半ば仕事のように組合の集会に参加していた。アジア・アフリカ研究所はもちろん、法律事務所も社会派のところだったので、社会問題、人権問題の側面から捉えるベトナム戦争はとても身近な話題だった。日々の新聞報道やルポルタージュを、むさぼるように読んでいた。

法律事務所には様々な問題を抱えた人がやってくる。人生の中で突然不条理な目にあい、窮地に立たされる人がいることを、私は知った。日常的に「こんなことが許されていいのか」と私の正義感を刺激する事例に接していた。しかし私にはそれを広く社会に知らせる力はない。その力を持っているのは報道関係者だ、と思った。

彼らの仕事を知りたくて、たくさんのルポルタージュを読み、報道写真を見た。特にロバート・キャパに心酔して、一九八四年に銀座松屋で開催された写真展「戦争と平和」に何度も足を運んだ。その中に、数えきれないほどの十字架が立ち並んだ墓地で悲嘆にくれる女性二人と子どもの写真があった。一九五四年にキャパがベトナム北部のナムディンで撮影したこの写真には、強く惹きつけられた。キャパの著書『ちょっとピンぼけ』も繰り返し読んだ。

キャパは、平和になって落ち着いた日本に来て大阪の祭りや東京駅の子どもを撮ったりしていたところに、抗仏戦争の取材依頼を受けてベトナムに赴く。ベトナム行きには、内心気が進まなかったと言われている。悪い予感が当たり、キャパは、ナムディンからタイビンに行く草むらで地雷を踏んで亡くなった。後日、ベトナムに住むようになってから、私と同じようにキャパを敬愛しているという製菓会社の駐在員佐藤さんと一緒に「最期の地」を見ようとこの地を訪れたこともある。キャパは私にとっては神のような存在だったし、その彼が亡くなった地であるベトナムには、特別な想いがあった。

当時日本で絶大な人気を誇っていた俳優アラン・ドロンも、十代の頃にフランス軍兵士としてベトナムの地を踏んでいるらしい。インドシナ戦争の時だという。私も例にもれず、『太陽がいっぱい』で初めてアラン・ドロンを知り、その後の『山猫』で胸をときめかせた日本の女の子だった。そうか、あの人もベトナムに行っていたんだ、とも思った。

ベトナム戦争が終結したのは一九七五年。反戦を訴えていた私たちは快哉を叫んだ。しかしその後、ベトナムは社会制度の違いもあって、日本とは疎遠になっていく。戦争は終えたものの、社会主義国からの支援がなくなり、国家丸抱えの「バオカップ時代」が一〇年も続いたが、この頃のことは日本ではあまり報道されていない。「バオカップ」とは国庫補助金制度で、食料品や日用品が国家から配給されていたものの、品切れや品質低下が常態化していたという。辛い戦争にようやく勝利したのに、経済は停滞し暮らしは良くならなかったのだ。そしてやがて、ボートピープルと呼ばれる難民がクローズアップされるようになっていった。

私はベトナムという国がよくわからなくなっていた。せっかくアメリカに勝って祖国を統一したのに、国民が国外に出たいってどういうこと？　危険を冒して、斡旋業者に大金を積んでまでボートピープルになるのはなぜなのだろう？

そのベトナムで一九八六年から「ドイモイ」という改革が進んでいて、徐々に外国に向けても開かれつつあることは、なんとなく知っていた。ただ、この頃は私がとても忙しく仕事をしていた時期でもあり、そのあとはイタリアに行っていたので、詳しいことまで知るにいたらなかった。だから四ツ谷の書店で「勤務地ベトナム」の貼り紙を見た時は、思いがけないところで、消息の途絶えていた幼馴染に出会ったような気分だった。

「あの戦争を乗りこえたベトナムは、今どうなっているんだろう?」

ちょうどその頃に、新聞に「戦場から市場へ」と見出しをつけたベトナムに関する記事が載った。それを読み、「もはや戦後ではない」という言葉を連想した。私自身が肌で感じていた、高度成長期の日本の空気。あのプロセスをこれからのベトナムはたどるのだという。

私の好奇心がうずいた。ベトナム戦争反対の旗を振って海のこちらから応援したあの国の、今を見てみたいと思った。

二〇代の頃に思いを寄せた国が、私を招いている。ベトナム戦争中はジャーナリストがたくさん駐在していたベトナムだが、現在は日本人は少ないという。

「フロンティアに自分が乗り込んでいこう」

四〇代半ばの私は身軽だった。イタリアでたっぷり充電してきたので、飛び立つパワーも今ならある。

意欲満々で臨んだ採用面接では、「明日ハノイに行けますか」と訊かれ、「ハイ!」と即答した。よく考えたらありえない質問だが、きっとこちらの覚悟や気概を試されたのだろう。

「姉ちゃんがやってあげるよ」

ベトナムで人生刷新。そんな気持ちでやってきた国で、想像もしていなかった残留日本兵の子どもたちと出会ったのだ。話を聞くうちに、これは運命だと思った。

日本人の私なら、ベトナムにいて日本のことを調べあぐねている彼らの手助けをすることができそうだ。簡単だとは言わないが、調査は法律事務所出身の自分の得意分野でもある。身軽に動けない彼らとは違って、日本との行き来をすることも可能だ。

「よし、姉ちゃんがやってあげるよ」という気持ちだった。

正直に言えば、好奇心もあった。

在住日本人もまだまだ少ないベトナムに、「私の父は日本人」と言う人々がいる。「なんでそんなことが起こるの？」という謎を自分の手で解き明かしてみたい、真実を知りたいとも思った。

私は、高価なものを買ったり、高級なレストランに行きたいという欲求が、あまり強いほうではない。それよりも自分の好奇心が満たされる、そっちのほうがずっといいじゃないかと思った。

調査費用を誰かが出してくれるわけでもないので持ち出しになるが、それもあまり気にならなかった。

日本で働いていた時に出会った「調べる人」「弱者のために尽くす人」たちは、私にとっては目標でもあり、大人のあるべき姿だった。自分もいつかそういうことをしたい、自分が夢中になれるようなテーマに出会いたいと、ずっと思っていた。それが残留日本兵の家族探しというテーマだったのかもしれない。

そして、やはり同じ街に住んで、彼らと日々顔を合わせていることは大きかった。目の前に日本とつながる人がいて困っていれば、自分ができる手助けをしてあげたくなるのだ。

彼らの豊かな感情の発露に突き動かされたところもあった。いい歳をした大の男が「お父さんに会いたい」と号泣し、年を取った妻たちは、突然何も言わずに帰国してしまった夫を、何十年も思い続けているのだ。その様子を目の当たりにするとやはり心が痛み、何とか会わせてあげたいと思った。

「あなたの残留日本兵の家族探しは、どこの団体からお金をもらってやっているのか」などと聞かれることもあったが、悪意はないことはわかっている。逆に、彼らにとってはお金を払うほどの価値があることを自分がやってあげられるんだ、とも思った。これは大きなやりがいだった。

ベトナムに住んでいる日本人という自分の位置づけも、強く意識していた。

日本とベトナム、似ているところも多いがやはり異文化だ。

ベトナム人の家族や先祖に対する強いこだわりには驚かされた。彼らが一途に夫や父を想う姿は、今の日本ではあまり見られないものだ。家に先祖の祭壇があり毎日手を合わせる家、あるいは毎月命日に墓参するという家が、日本に今どれくらいあるだろう。そもそも、自分たちを捨てて行ったはずの父親を、なぜベトナムの彼らがこれほどまでに求めるのか、現代の日本人には想像できないだろうと思った。

同時に、「ベトナムの家族」に対する日本側の戸惑いや拒否感も、私にはよくわかる気がした。帰国した中には、若き日にベトナムで家庭を持っていたことを隠したい人もいるはずだ。現在の家族を傷つけたくない人もいるだろう。「田舎だから世間体がある」「親戚や近所に知られたくない」という心情は、異質なものを排除する日本の農山村の空気の中で育ってきた私にとってはおなじみのものだ。

これが、日本でもっとよく知られた国だったら違っていたかもしれない。日本ではまだ、ベトナム戦争時代に開高健や近藤紘一、そして本多勝一が活写した、混沌とした東南アジアの紛争地のイメージが強烈に残っている。ベトちゃんドクちゃんの話題や枯葉剤被害がテレビで報道されれば、「そんなところに住んでいて大丈夫か」と心配してくれる日本の友人もいた。大方の日本人は、ベトナムのことを「ついこないだまで戦争をしていた、得体のしれない途上国」で、そこに住む人々は、きっと未開で貧しい暮らしをしているだろうと思いこんでいる。そんなところの人々と親戚であることを認めたら最後、経済的援助を期待されるのではないか、日本に押しかけてこられるのではないか、自分たちの平穏な生活が脅かされるのではないかという危惧を持っても、しかたないのかもしれなかった。

この両方の文化の違いを知っていて、両方の心境を理解できる位置に、自分が立っている。ベトナムに住んでいる日本人として、二つの文化の中にいる自分以外には、誰にもできないことなのではないか、と考えた。さらに、これは本当の日越交流なのかもしれないなとも思った。ちょっと気負っていたかもしれない。

もう一つ、おぼろげに思い出したことがあった。一九六三年、中学を卒業してすぐから住み込みで働いていた京橋の割烹旅館での、ある男性の姿だった。

割烹旅館にはボイラー担当の「釜炊きのSさん」がいた。直接話したことはないが、仲居のお姉さんたちの噂話によると、どうやら引き揚げ兵のようだった。当時はまだ引き揚げ者の存在は、社会の中で珍しいことではなかった。私の職場の板前さん二人や運転手さんもそうだった。お姉さん方の中にも、戦争に夫や恋人が取られて戦死したために、自力でたくましく生きている人がたくさんいた。

引き揚げ後、家族と再会して幸せになった人ばかりではない。地元に戻ったものの、家族と折り合いが悪く、居場所をなくして、逃げるように故郷を出て東京や大阪で仕事をしている人もいたという。今思えば、あの釜炊きのSさんもそんな一人だったのかもしれない。もしかして孤独の影を背負っていた無口なあの人は、ベトナムからの引き揚げ者だったのではないか。一度そう考えると、根拠はないのに、きっとそうだったに違いないと思えてきた。

私は戦後の生まれだが、太平洋戦争の爪痕は身近にあった。母の兄と弟は戦死、父の先妻の子、つまり私の兄にあたる人も戦死している。戦争は、待っている家族にとって理不尽としか言いようのない死をもたらすものだ。なぜこんなことが起こるのだろう、戦争さえなければ、という戦争に対する怒りのようなものが奥底にあって、これもエネルギーになったのかもしれないと思う。

たまたま残留日本兵の家族と知り合ったのも、身の上話を聞いたのも運命。人生やり直しのつもりでやってきた特別な国ベトナムで、自分がこれから取り組むべきライフワークが見つかったような気がした。こうして私は、残留日本兵の家族探しにのめりこんでいった。

父たちの歳月

調査開始

勢い込んで調べはじめたが、早々に調査の限界に直面することにもなった。

とっかかりとして、旧知の研究者でもある吉沢南さんの『わたしたちの中のアジアの戦争』を、一時帰国した時に日本で購入して読んだ。続いて主人公の一人がベトナム残留日本兵という設定の森村誠一『青春の源流』。これは小説なので全部が真実なのかどうかは別として、参考文献が多数掲載されていたので、とても役に立った。読まなければいけない本や資料がたくさんあるということがわかった。

しかし、ベトナムに住みながら資料を入手するのは大変だった。インターネットが爆発的に普及するのはもっと後のことで、この頃の調べものと言えば、昔ながらの本や新聞が頼りだったが、ハノイに日本語の専門書が揃う図書館や本屋があるわけでもない。日本から取り寄せようにも社会主義国ベトナムならではの事情があり、日本語の書籍は検閲に引っかかって何週間も留め置かれることが普通で、結局届かないこともあった。

旅行者のハンドキャリーならばよほどのことがない限り大丈夫だったので、一時帰国した時は、神保町の「アジア文庫」に行って、持てるだけ本を買いこんだ。しばらく一時帰国の予定がない時は、日本と往来する人に、片っ端から「この本を買ってきて」と頼んだ。ハノイに長く住んでいると、日本人の友人知人が増えるのでありがたい。日本と頻繁に行き来するビジネスマンや研究者たちはベトナムの読書事情を心得ていて、みな快く協力してくれた。

古い本や絶版になっている本は、大学の図書館を頼った。九〇年代後半になると、日本の大学生や大学院生が調査のためにベトナムにやってくることが増えていた。帰国後に大学や研究機関で職を得た人も少なくなく、その後も手紙のやり取りなどの付き合いが続いていた。そういう人たちに「おたくの大学図書館にこの本ないですか」と問い合わせて調べてもらったり、該当部分のコピーを送ってもらったりした。手許にある本のコピーには、京都大学、北海道大学、東京外国語大学などの図書館蔵書印がある。運が良いと図書館で廃棄する前に「自由にお持ちかえりください」になっていて入手できることもあり、私の家の書棚の石川達三『包囲された日本——仏印進駐誌』は昭和女子大学図書館の旧蔵書だ。

信じられない偶然もあった。ハノイ・ノイバイ空港でたまたま出会って言葉を交わした女性が、残留日本兵で一九五四年に帰国した中の一人、野波勝三郎さんの娘さんだったのだ。彼女はハノイから一〇〇キロほど東にある港町ハイフォン在住だという。野波さん自身は既に亡くなっていたが、彼が集めた残留日本兵関係の書籍が自宅にたくさん残っていて、日本の家族はそれを持て余していたらしい。

「処分しようと思っているのですが、ほしいですか?」と言われ、もちろん段ボールごとありがたく貰い受けることにした。残留日本兵調査では様々なところで何か見えない力のようなものを感じることがあったが、これは今思い出しても最大の幸運の一つだった。

人の縁にも頼った。というより、出会った人に直接話を聞いて、運が良ければだれかを紹介してもらうという、人の縁だけが頼りの地道な調査だった。

第二次大戦中に、サイゴン（現ホーチミン市）に南洋学院という教育施設があった。南方への進出を強めていた日本政府が現地で活躍できる人材を育成するために設置したもので、中等学校を卒業した学生が全寮制で学んでおり、終戦とともに閉校になった。ここで学んでいた人々が一九八〇年代終わりに、「南学」の名前を冠した日本語教室をホーチミン総合大学に設立した。そのいきさつは一期生にあたる亀山哲三さんの著書『南洋学院』に詳しいが、その中

写真3　駒屋俊夫さん。

心人物である三期生の蛭川弘尹さんがホーチミン市に健在だった。蛭川さんがハノイに来た時に会って話を聞くと、残留日本兵だった駒屋俊夫さんという人物を紹介してくれた。南洋学院の一期生で、福井に健在だという。

東京外語大の学生でハノイに留学中だった三村夏代さんが福井出身だというので、駒屋さんのことを聞いてみると、知っていると言う。そこで、彼女が夏休みで帰国する時に一緒に行き、三村家に泊めてもらって駒屋家を訪問した。この時に、ワープロ打ちをした手記をもらった。

新和物産（三井物産のダミー会社）の野村嘉彦さんには、東京で会った。野村さんは一九六〇年代のベトナムと交易をする窓口の役割を果たしていた日越貿易会に入っていて、一九五六年に渡越した初の貿易代表団一三名の中の一人でもある。中原光信さん、藤田勇さん、岩井古四郎さん、野波勝三郎さんなど、一九五四年に帰国した残留日本兵の名前をたくさん覚えていて、詳しい解説をしてくれた。

「誰々はホラ吹きだから、信用しない方がいいよ」などという具体的なアドバイスもあり、なるほど、人の証言というものは往々にして誇張やホラ話を含むものだなあ、注意しなければと改めて思った。

残留日本兵とは

二〇世紀らしい、まことに牧歌的な調査は遅々として進まなかったが、それでも調べるうちにわかってきたのは、こういうことだった。

太平洋戦争当時、ベトナム、ラオス、カンボジアはフランス領インドシナ（通称「仏印」）と呼ばれた。一九四〇年九月二三日、日本軍が北部ベトナムに侵攻した。東南アジア進出の足がかりにしようと思ったのだろう。ハノイ郊外のザーラム空港とハイフォン港の利用権を得た。当時、ヨーロッパでは宗主国フランスがドイツに降伏しており、その弱みにつけこんだ形だった。翌一九四一年には南部インドシナまで進駐している。古田元夫著『ベトナムの世界史』（東京大学出版会）によると、「これがアメリカやフランスの強い反発を招いて同年一二月の太平洋戦争の開始へとつながる」とある。

つまり日本がフランス統治下にあるベトナム（仏領インドシナ）を占領し、敗戦とともにそこから撤退したということなのだ。一九四五年には、戦時下の日本やフランスによる強制買い付けで備蓄米が減り、ジュート（黄麻）などへの転作が進められていたところに、前年秋からの台風や寒波で収穫量が大きく落ち込み、さらに輸送路が爆撃の対象になってベトナム南部からの調達もできず、多くの餓死者が出たと言われている。一九四五年九月二日の独立宣言でもホー・チ・ミンが「餓死者二〇〇万人」と言及しているが、これは当時のベトナムの人口の一割弱にあたる信じがたい数字で、日越の研究者によって検証が進められている。

日本の撤退後、再びフランスの支配を受けたベトナムは、その後フランスから独立するも、南北が分断され、混乱を深めた挙句に一九六〇年代にはアメリカとのベトナム戦争に突入していく。

一九四五年八月一五日、太平洋戦争が日本の敗戦で終結し、九月二日にはホー・チ・ミンが、ハノイを首都とするベトナム民主共和国（北ベトナム）の独立を宣言した。その後、ベトナムにいた日本兵と民間人の多くは帰国した。しかしその中の少なくとも六〇〇人以上がベトナムに残留することを選んだ。終戦時の立場は日本軍の下士官、軍医など様々だ。商社や百貨店などの、軍関係の仕事をしていた民間人が含まれていたこともわかっている。

この頃、フランスからの独立戦争を戦うために、ベトナムは軍備や国力の増強を急いでいた。ベトナム政府が目を付けたのが残留日本兵・日本人だった。「もはや彼らは敵ではない、我々のために利用せよ」（『共産党文献集』）という方針のもと、ベトナム政府は積極的に日本人に近づいた。銀行マン、デパート社員、商船マン、農業指導員などの民間人も、「ホー・チ・ミンの軍隊」ベトミン（ベトナム独立同盟）にリクルートされたという。それに応じた残留日本兵たちのうち三〇人ほどは、一九四六年にベトナム中部に設立されたクァンガイ陸軍中学で軍事教練に携わった。これは、抗仏戦争を控えたベトナム軍が設立した軍事学校で、教官はすべて元日本兵、全国から選抜された五〇〇人ほどの学生がいた。残留日本兵の一人でクァンガイ陸軍中学での教官を務めた加茂徳治さんの記録によると、教官は、第一大隊・谷本喜久雄、第二大隊・中原光信、第三大隊・猪狩和正、第四大隊・加茂徳治。それぞれに助教と通訳がついていたという。（加茂徳治『クァンガイ陸軍士官学校』暁印書館）

彼らはベトナムに請われて残ったとも、また自分の意志で残ったとも言われている。ベトミン軍から熱心にリクルートされた人も、「もう日本は焼け野原だ」「帰りの船は沈められる」と聞かされて帰国の希望を捨てた人もいた。上官がベトミン軍への合流を決意して、その部隊がそっくり残留した例もあったという。

こうして残った人々は「新しいベトナム人」（グォイ・ベトナム・モイ）と呼ばれ、その多くが「この国の土になろう」と思って現地で家族を持ち、子どもが生まれた。家族の絆が強いベトナムでは、家庭を持つことはとても大切なこととされている。上司や周囲から結婚を勧められた人も多かったようだ。

それぞれの立ち位置でベトナムになじみ、根を下ろしつつあった彼らの状況が変わったのは、一九五〇年代のことだ。一九四九年に中華人民共和国ができ、翌一九五〇年には中国から武器や軍事の専門家が入ってくるようになった。残留日本兵と日本人は居場所を失い、農業その他で生計を立てるようになっていった。

一九五四年一月、ベトミンはベトナム全土の農村を解放、五月にはベトナム北部のディエンビエンフーでフランス軍に勝利して独立を勝ち取った。この戦争に直接参加した残留日本兵はいなかったようだ。もちろんクァンガイ陸軍学校などで残留日本兵の教官によって軍事教育を受けた兵士たちは多数戦闘に参加しているが、この頃には日本人の存在感は薄いものになっていた。

この年の秋に、残留日本人たちはベトナム当局から促されて帰国することになる。これに先立って、数ヵ月前から政府が用意した学習会「ホクタップ」で、帰国に向けた研修が行なわれた。学習の場所はタイグエン省とトゥエンクアン省の省境。上空からも見つかりにくいジャングルの中だった。

このホクタップが夏の時期だったという点では証言が共通している。しかし期間については、

写真４　残留した日本人たち。（ロックさん提供）

写真５　残留日本兵による軍事訓練のようす。（ロックさん提供）。

約三ヵ月と言う人もいれば六ヵ月という証言もあり、参加者の記録や記憶が錯綜している。一九五四年のテト明けから始まり、五月七日のディエンビエンフーの勝利の報はホクタップの場で聞いたという人もいる。軍隊生活なので時計やカレンダーもなかったのかもしれない。ジャングルの中に作られた会場で、日本や世界の現状が知らされ、その中において自分たちが何をすべきかについて繰り返し議論したと言われている。結果的に、学習会に参加した人々は「自分は日本に帰らねばならぬ」と考えるようになっていったようだ。

ホクタップは秋に終了して、在留日本人たちはいったん各家庭に帰宅、一一月に再度集合して、中国経由で帰国の途に就いた。

残留日本人の帰国は、結果的には、その後も数回実施された。しかしこの時点では、今回が日本に帰国する最初で最後の機会だと思われていた。

すでにベトナムで家庭を持っていた人も多かったが、家族の帯同は許されなかった。私が話を聞いた残留日本兵の妻たちによると、「出張」と言って出かけたまま戻らなかった、「帰国することになった」と告げたなど、彼らの行動は様々だ。しかしベトナムを去るにあたって、誰もが「いずれ日本で落ち着いたら連絡しよう」「迎えに行こう」「また訪問しよう」と思っていただろう。

ところが、その後の長いベトナム戦争の間、日本から家族たちが住む北部ベトナムと連絡を取ることは難しくなった。ようやくベトナム戦争が終結に向かい、日本がベトナム民主共和国（北ベトナム）と外交関係樹立に係る交換公文に署名したのは一九七三年九月二一日。ハノイに日本大使館が置かれ初代の駐ベトナム日本国特命全権大使が着任したのは、一九七六年四月のことだ。ベトナムの傷ついた国土と人々の心がいやされ、社会が落ち着いて再び異国にいる家族と連絡が取れるようになるまでには、長い長い時間がかかってしまった。その間に、家族を結ぶ細い糸は、ほとんど切れかけてしまったのだった。

帰国、その後

家族と離れた日本兵たちは、どのようにして帰国したのだろうか。

一九五四年一一月初旬、タイグエン西北のダイトゥという町に帰国者たちが集まった。七〇人ほどという証言が多いが、その数字に食い違いが見られ、正確な人数はわからない。ホクタップに参加しながら、その後の帰宅中に病気になったり、家族との話し合いがつかなかったりして来なかった人が一〇人以上いたという。

このあたりの事情は、この時帰国した加茂徳治さんの手記（加茂徳治『クァンガイ陸軍士官学校』）に詳しい。中国経由で帰国することが告げられ、夜明け前の暗いなかを数台のトラックに分乗して出発したという。

私たちは中国に留学するベトナム幹部ということになっていた。監視所では無言で通るよう指示されていた。ベトナム幹部らしくみせるため、みな政府機関の職員が着るカーキ色の服を着ていた。付き添っていたベトナム幹部の計らいで監視所をパスし、そこから数十メートル先に中国の税関があった。税関で荷物の検査を受けたが、私たちは着のみ着のまま、携帯の布の袋の中は洗面具と下着二～三枚しか入っていない。ものの三〇分もかからず全員税関をパスした。（加茂徳治『クァンガイ陸軍士官学校』）

国境から鉄道で南寧へ。温暖なベトナムからの一行は軽装だったが、南寧は寒い。そこで中国側から綿入りの工人服が支給された。

三日後に出発し、翌日天津に到着。駅の近くのホテルに宿泊した。その後一行は、興安丸という船で舞鶴港に向かった。

天津には日本の新聞記者が大勢つめかけていて、帰国者の氏名や帰国県の行き先を取材して日本に記事を送っていた。この前後の新聞では、天津発電として帰国者の集結状況や出航のスケジュールなどが毎日のように報じられている。帰国者は全員で約六〇〇人。中国各地からの引き揚

写真６　1954年の帰国者。舞鶴の引き揚げ寮にて。1954年12月撮影。

げ者にまじっているベトナムからの引き揚げ者の状況も、記事の中で徐々に明らかになっている。

朝日新聞によると、この時のベトナムからの引き揚げ者は七一名。残留日本兵ばかりではなく、銀行マン、商船マン、百貨店勤務など民間人もいる。現地で得たベトナム人の家族帯同は許されなかったのでみんな単身者だが、大丸デパートの笠松康彦さんだけは一家六人での帰国だった。子どもの年齢から想像すると、終戦の時点で第一子は三歳前後だろう。おそらく、仏印進駐時代に家族で赴任して終戦時に残留し、その後ベトナムで生まれた子どもたちとともに帰国したのではないか。

一一月二九日の「朝日新聞」紙面では「座談会」として、数人がベトナムの暮らしなどについて語っている。家族を残してきたと語っている人もいる。ベトナムでの生活についての質問には「農業に従事」などと答えていたようで、当初は「残留日本兵はベトミン軍とは関係なし」と報道されている。

舞鶴への興安丸入港を報じる一一月三〇日は、夕刊紙面をまるまる一ページ使って、次のように伝えている。

——初冬の舞鶴としては珍しくからりと晴れた上天気だがシベリアから吹いてくる北西の風はハダをさすように冷たい。この風をつききるようにして興安丸が入ってきた。舞鶴―塘沽間を通う〝定期船〟といった顔をして……（中略）舞鶴港ではもうとっくにおなじみの真新しい工人服を身に着け、顔に鳥ハダをたてているのは暖かい南の国、ヴェトナムから帰ってきた今様浦島だ。工人服は中共赤十字社からの贈物、持物とてもほとんど持っていない。中共からの人たちが船倉に大きな荷物を入れながら、なお身の回りに、トランク、コウリを横たえているのと大きな違い。ヴェトナムのこの十年の歩みがどんなに苦しかったかをハッキリと物語ってさえいる。【「朝日新聞」夕刊一九五四年一一月三〇日】

紙面には、このほかに「ヴェトナム帰国者の話」として、当時まだ知られざる国だった統一後ベトナムの指導者ホー・チ・ミンに対する国民感情についてのコラムも掲載されている。

そして翌日一二月一日紙面では「ヴェトナムからの帰還者の大半はホー軍（ベトミン）に参加」と修正している。さらに二週間ほどして、「集団帰国者の語る　北ヴェトナムの実情」として、帰国者からの取材をもとにしたベトナムの現状を伝える大きな記事が載っている。紙面を見る限り、当時の日本ではベトナムからの帰国者はそれなりの注目を集める存在だったのだろう。

当初一回限りと思われていた帰国だったが、この時の帰国者の中から「まだ現地に残ってる人がいる」と声が上がった。一九五四年のジュネーヴ協定によって分断された南北ベトナムの対立が激しくなり、アメリカ軍の軍事介入が始まって戦争に向かう情勢のなか、ベトナムに残された仲間たちを救わねばという気持ちがあったのだろう。

一九五八年一二月ベトナムと日本の赤十字代表団が会談、二八日に「ハノイ協定」と呼ばれる「ベトナム民主共和国在留の日本人帰国問題に関するコミュニケ」に調印した。これに基づいて、一九五八年から六一年にかけて合計四回の帰国が実現した。

ハノイ協定後の帰国では家族帯同が認められ、四回の帰国者の合計は二六名、帯同家族は七九名だ。なぜ家族の帯同についての方針が変更されたのだろうか。ベトナム政府の思惑があったのか、交渉の結果の変更なのか。

協定後の第二次となる引き揚げ世帯は一〇世帯三二人。一九五九年八月一一日東京に到着した。朝日新聞の報道によると、この時も船は興安丸だったようだ。

この第二次帰国者の中に、私がハノイの日本語学校で最初に出会ったチャン・ゴック・ソンさんの父山崎善作さんの名前があった。

興安丸で帰国した一〇世帯のうち独身者は二人、あとは現地で妻を迎え、なかには五人の子持ちもいたが、全員北ベトナム政府から贈られた薄茶色の背広で、二〇年ぶりに見る日本に感激した面持ち。また現地妻は中国服に似たベトナム服の正装で、出迎えの家族と初対面したが、中にはさまった子供は日本語がわからず、押しかけた歓迎陣にキョトンとした表情だった……【「朝日新聞」夕刊一九五九年八月一一日】

ソンさんたち家族はベトナムに残留したので、山崎さんの記録は「単身者」になっている。一人で帰国したからといって、家族がいないというわけではないのだ。ソンさんが「父は子どもの自分を日本に連れていきたいと希望した」と言っていたのと合致する。一九五四年の帰国と違って、希望すればソンさんたち家族は日本に来ることができたのだった。

「中国服に似たベトナム服の正装」は、アオザイのことだろう。まだこの頃はベトナムの民族衣装アオザイを知る人も少なかった。ベトナム料理店が日本にあふれ、週末は若い女性が買い物とエステツアーを楽しみにベトナムにやってくる現在からは想像もできないくらい、日本とベトナムの距離は遠かった。

日越の架け橋に

帰国者たちは、様々な人生を歩んだ。共産圏からの帰国者ということで公安にマークされた例もあったようだ。ベトナムのことは周囲に伏せて、語らないまま亡くなった人も多い。それとは逆に、積極的にベトナムとつながりを持とうと考えた人々もいた。

帰国翌年の年明け早々の一月一四日に日本ベトナム友好協会の準備会が東京港区で行なわれた。同年三月には正式発足している。初期メンバーの一人で積極的に活動していた安藝昇一さんは一九五四年の帰国者の一人で、残留「日本兵」ではなく大阪商船勤務だった。安藝さんはこの数年後に亡くなるが、その前に『勝利の日まで——ヴェトナム解放戦記——』(新評論社)という手記を残している。これは帰国してすぐ翌年に書かれた新書版の本だ。同じ一九五四年帰国の野波勝三郎さんの遺品の中にこの本を発見して、きっとまだ記憶に新しい様々なことが書かれているものだと期待してページを開いた。しかし内容は当時のインドシナをめぐる国際情勢についての記述ばかりで、自身のベトナム残留や帰国についてのプライベートな内容には全く触れられていなかったので落胆した。

日本ベトナム友好協会は、新しいベトナムを知る運動として、第一次インドシナ戦争戦争の休戦協定である「ジュネーヴ協定」完全実施の支持を中心に活動した。会報「日本とベトナム」を発行し、ベトナム残留日本兵・日本人のうちまだベトナムに残っていた人の帰国運動などに力を入れた。

日本ベトナム友好協会の結成から半年後の一九五五年八月には日越貿易会が創立された。日本ベトナム友好協会と連動して、経済関係正常化、民間交流と相互理解促進の活動を行ない、ベトナム語講座等を主催している。この日越貿易会の歴史は、五四年帰国者の一人である中原光信さ

写真７　ベトナム友の会。杉原剛さん（最前列左から４人目）、高澤民也さん（２列目左から５人目）、藤田勇さん（最後列右端）。1976年撮影。

んの手記『ベトナムへの道〜日越貿易の歴史と展望』（社会思想社）に詳しい。

日越貿易会は、ハノイに事務所を設けていた。私がソンさんのお父さん探しをしていた時に、ハノイに駐在するマスコミ関係者から「貿易会の中原さんに聞くといい」と言われ、当時チャンニャントン通り五四番にあった日越貿易会ハノイ駐在事務所の岩澤ハノイ駐在所長を訪ねたことがある。手元の記録によると一九九三年三月二四日のことだ。

日本ベトナム友好協会と日越貿易会は、一九五九年から六一年にかけて合計四回の引き揚げを可能にした「ハノイ協定」調印において、大きな役割を果たしている。一九五八年一二月、ベトナム赤十字社と帰国問題を協議するためにハノイに向かったのは、日本赤十字社、日本平和委員会、そして日本ベトナム友好協会、日越貿易会の代表だった。この時のメンバーの中には、一九五四年帰国者である藤田勇さんの姿もあった。

これとは別に、帰国者の集まりである「ベトナム友の会」があった。いつ結成されたかなどの詳細はわからないが、親睦会や慰安旅行をしていたようだ。メンバーは一九五四年帰国者だけでなく、その後の帰国者も含まれている。「帰国四十年目にあたり」と題した一九九四年（平成四年）の資料が見つかっている。A４用紙のワープロで、会員に郵送されたものだ。それによると、初代の世話人は湯川克夫さん。残留日本兵家族の仲間の一人として、私もよく知っているゴー・ザ・カインさんの父親だった。

帰国四十周年　ベトナム友の会　平成六年十月十日

湯川克夫氏が死去されてはや数年になりますが、生前から故人の依頼で友の会のお世話を微力ながら　させていただいておりました。手数のかかることですが　こうして友の会の皆様と話ができ　文通も　できるということ自体　楽しいことと思って（中略）大正十二年生まれの私　友の会の中では若いほうかと自負しておりましたが　それも古稀をすぎてしまいました。

ベトナム友の会　世話人　駒屋俊夫

福井に訪ねて話を聞くことができた駒屋俊夫さんは、前出の亀山さん、蛭川さんとともにホーチミン総合大学内の南学日本語講座設置に尽力した一人である。彼は、その後ベトナムを二度訪問している。一九九〇年（平成二年）に、多くの残留日本兵が暮らしていたタイグエンとバクザン省のボハを訪問した。また、一九九三年（平成五年）七月には、ホーチミン総合大学南学日本語クラスの開講校式に出席している。自分のベトナム経験を日本の家族にも知ってもらいたくて、奥さん、娘婿と孫娘の四人で訪越し、「お礼の気持ちを込めて」とベトナム語でスピーチしている。

今、私の手元に「ベトナム友の会」の名簿がある。一〇〇人ほどの名前が載り、住所は日本各地に散らばっている。空欄も多いこの名簿は、二〇〇一年に福井で駒屋さんからもらったものだ。世話人を務めていた駒屋さんは二〇〇二年七月一日、肝臓がんで亡くなった。「ベトナム友の会」は、その後自然消滅してしまったのだろう。年齢的に考えても、今この名簿の中でいったい何人が存命なのか。流れてしまった年月の長さが悔やまれる。

呉さん、帰国できなかった残留日本人

「帰国しなかった残留日本人」にも出会った。

いやむしろ「帰国できなかった」と表現するべきだろう。ホクタップに招集されて参加し、帰国の意思もあったのに、いざ出発という時に「日本人ではない」と言われて帰国のメンバーから除外された呉連義さんである。呉さんは、日本統治下の台湾で生まれ育ち、日本の国策会社である台湾拓殖の社員としてハノイに赴任。その後、日本軍の軍属として働いていた時に終戦を迎え、

そのままベトナムに残留したのだ。

私と呉さんの出会いは、一九九〇年代後半、朝日新聞のハノイ支局でだった。当時は在留邦人も少なく、日本の情報に触れる機会もほとんどなかった。インターネットもまだ普及していない。そんな中で日本の活字に飢えた在住日本人たちは、日本の新聞社の支局を気軽に訪れて、新聞や月遅れの雑誌を閲覧させてもらっていた。まるで図書館である。当時のハノイはのんびりしていて、少ない日本人同士「お互いさま」のような空気があった。留学生の中には支局に届く新聞の切り抜きのアルバイトにありつく人もいて、それはとてもありがたい仕事だと言われていた。

いつものように立ち寄って軽く挨拶をして、一週間遅れの新聞の隅々まで目を通していると、「日本の方ですか？」と礼儀正しく話しかけられた。

目をあげると初老の男性が直立不動で、でもどこか懐かしそうな表情で、親しげな笑顔をたたえて立っていた。言葉を交わすうちに、残留日本人のひとりだとわかった。ハノイの南一〇〇キロほどのところにあるニンビン省に住んでいるという。歌も歌ってくれた。西條八十作詞・古賀政男作曲の『誰か故郷を想わざる』だった。

余談だが、ハノイに留学中の若い日本人学生にこの話をしたら、不思議そうに「なんでその人日本語ができたんでしょうね？」と訊かれて、こっちが驚いたことがあった。台湾は一八九五年から一九四五年まで日本の統治下にあって、この時代に育った台湾の人々は、小学校から高校まで日本語による教育を受けている。日本の中学・高校の歴史の授業では、このあたりは時間切れになって飛ばされてしまい、テストにも出ないことが多いらしい。

写真８　呉連義（右から３人目）さんとその家族。2004年撮影。（柏原力さん提供）

「皇国臣民」として育った呉さんは、日本語しか話せなかった。教育勅語も暗誦できた。

その後の付き合いの中で、呉さんは徐々に自分の歴史を語ってくれた。二〇〇二年頃には、手記を渡された。「私家版手記『日本が私を棄てた――越南残留台湾人元日本軍属の望郷』」と題されたそれは九〇ページを超えるもので、二〇〇一年一〇月の日付がある。どのページも、手書きの几帳面な文字でびっしりと綴られている。

「あとがき」には、「波乱に充ちたドラマチックな生活」を書き残したいと思いつつ放置してきたところ、「最近になって、小松みゆきさんの適切なアドバイスとご指導とあたたかい励ましが、したいと言う僕の意志に拍車をかけ追い風となって、出ない頭を無理に搾って書かせて貰いました」とある。私が興味を示していろいろ尋ねたことが、刺激になったらしい。この頃、呉さんは毎晩のように自宅で書き物をしていたそうだ。

この手記と本人の話によると、呉連義さんは一九二三年、日本統治時代の台湾南部の嘉義で生まれた。家は祭礼用具の卸問屋で姉が二人。嘉義農林学校（通称嘉農、現在の嘉義大学の前身）出身だという。

「わが母校の嘉義農林学校はね、甲子園に出た学校なんですよ」

私は呉さんの自慢についていけなかった。聞けば、嘉義農林学校は、日本統治下の台湾代表として高校野球に出場したことがあった名門校らしい。

「コマツさん、知らないのか？」

呉さんが残念そうな表情になったので、私は「呉さん、ごめんなさい。勉強します」と言った。

二〇一四年に映画「KANO―1931海の向こうの甲子園」を新宿の映画館で観て、ようやく呉さんが自慢したかった理由がわかった。そして、「この映画を呉さんに見せてあげたかった」とも思った。

そのKANOこと嘉義農林学校を戦時中の措置で一九四二年一二月に繰り上げ卒業すると、呉さんは日本の国策会社である台湾拓殖に入社。子会社の台湾綿花で綿花作を研修したのち、一九四四年に高雄港から船に乗せられた。どこへ行くのか、何をやらされるのかは告げられていなかった。仏印のハイフォンに向かったというのはあとで知ったことだった。航海中、フィリピン沖で米軍の潜水艦に追われたので、シンガポールに上陸。あとは陸路でマレーシア、タイ、カンボジアからサイゴンを経て、五月五日ハノイに到着した。

「忘れもしない二一歳の誕生日でした」

タインホア省の農業試験場に着くと、台湾拓殖のエンジニア隊はいくつかの班に分けられ、綿花、麦、芋などの栽培に入った。日本名新井良雄の呉さんは、地元の農民に対して、稲の代わりに綿花やジュート（黄麻）を栽培させる指導にあたった。黄麻というのは、穀物を入れる麻袋の材料である。

一九四五年三月九日、日本軍はこれまで手を結んでいたフランス植民地当局へのクーデターを敢行。「明号作戦」あるいは「仏印処理」と呼ばれている。これ以降の呉さんの仕事については、呉さんと交流のあった元朝日新聞ハノイ支局長水野孝昭さんが、著書の中で次のように記している。

「（呉は）仏印処理の後は、台湾拓殖の子会社のクロム工場で、日本人職員の警護にあたった。そのまま軍に徴用され、商社の事務所で砂糖取引を装いながら、南部から来る軍需米の輸送船の監視などにあたった。平服に短銃を忍ばせ、赤いボタンが任務の目印だった。」

（「ふたりの日本人」『みんな生きてきた　戦後五〇年』朝日文庫所収）

「日本人」エンジニアとして日本統治下の台湾を出た呉さんは、ベトナムで日本軍属となったのだった。

一九四五年八月一五日終戦。いずれ換金しようと勤務先から物資を持ち出していた呉さんは、預けていた恋人にそれを持ち逃げされる。越仏の混血で、自宅には使用人もいて、ピアノやギターをたしなむお嬢様だったという。財産も恋人も失って自暴自棄になっていた呉さんをリクルートしたのは、ベトミンの一員だった旧知の雑貨屋のあるじだった。呉さんはニンビン省で、ベトミンに軍事教練や柔道を指導した。

「なぜ、軍事教練が教えられたか、それは旧制中学から軍事教練の科目があったからだよ」

日本統治下の台湾で、「日本臣民」として育った日々のことを、呉さんは誇らしげにこう語っていた。

「われわれは、軍国主義の観念を幼い頃から叩き込まれてきた。毎年三月一〇日の陸軍記念日になると、日露戦争でロシアに勝った祝事の催しとして軍事演習といった市街戦の戦争ごっこをやる。それに参加するのは現役兵と学生団だ。経験のない学生に対して実戦経験のある現役の将校や在郷軍人が教練の教官となって、各個訓練から戦闘訓練まで、僕たちは激しく鍛えられたものだよ」

一九四六年からは共産党ニンビン省党委員会で働いた。後に共産党書記長になるド・ムオイが書記として着任し、呉さんは一時その部下だったこともある。

マラリアにかかってしばらく休養したり、あらぬ疑いをかけられて投獄されたりしながら、一九五三年になって結婚。農業や車引きで生計を立ててきた。その翌年、ホクタップへの参加呼びかけが、「残留日本人」である呉さんのもとに届いた。

呉さんは、自分の手記にホクタップの内容についても書き残している（巻末資料）。日本への帰国を前提としたホクタップは、参加者による討論が中心で、厳しいものではなかった。帰途は政府から支給された交通費で中古自転車を調達し、一〇〇キロの道を走ってニンビンに戻った。その呉さんを見て、妻や近所の人が「あなた、転んだら立ち上がれないよ」とからかったという。

「それほど太っていたからね。北部の山の中で過ごした半年あまりの月日は、心身ともに裕福な生活だったんだ。ほかの人もそうだったよ」

ホクタップ後、帰国までの準備期間として与えられたのは約一ヵ月だった。

「ニンビン省のワイフの家に帰っていた間に、乳飲み子はハイハイができるようになったので記念写真を撮った。その写真を持ってワイフと泣き別れた」

しかし、帰国待機地点であるタイグエン省ダイトゥに行くと、もう出発するという時になって思いがけないことを言い渡された。

「あなた方は台湾人だから日本に帰れない。日本人だけだ」

その場にいた台湾出身の「残留日本人」は五人だった。みんなホクタップにも参加していた。そもそも呉さんたちは台湾出身であることを隠していたわけでもなく、ホクタップの担当者もそれを把握していた。

「ホクタップが終わってから帰国までの一ヵ月の間に、上部の方針がきっと変わったんだろう」

そして呉さんはニンビンの家族のもとに帰った。もちろん嬉しかったが、「あんなに泣き別れたのに、再び家に帰って顔を合わせるのはバツが悪かったよ。日本に帰れない口惜しさもあった」と、複雑な心境でもあったそうだ。

土壇場で帰国拒否された五人は、その後それぞれの人生を歩んだのだという。

「林文荘と荘百伴は、後日、難民として日本に渡った。陳徳輝はトゥエンクアン省で死去し、一九九三年に台湾の家族が国際赤十字を通じて遺骨返還を実現した。北海道の大学出身で鉱業技師だった林春城は、南部サイゴン（現ホーチミン市）のチョロン（中華街）に移住、のちに台湾に帰国して郷里で死去した」

ベトナムに残った呉さんは、自転車を使った運送業や、「見よう見まねのヤブ医者業」、移動散髪屋など、ほとんどすべて無認可の仕事ばかり渡り歩いてきた。ベトナム戦争の終結はニンビンで聞いた。呉さんの手記の中には、この頃のことが時系列で記されている。

一九七九年　中越戦争。華僑の一人として省公安局に呼び出され、出国しないかと勧められた。

しかし、子どもも多く、置いて出ることはできなかったという。

一九九一年、日本テレビレポーターの杉野孝典が取材に訪越来訪、姉弟再会。レポートの放送は九一―八―十八　ヒットした。

「テレビレポーターの杉野孝典」は呉さんの記憶違いで写真家らしい。「姉弟再会」の詳細はわからない。どうやらこのとき台湾の姉が呉さんを訪問し、それがテレビ番組になったようだ。ずっと後になってから図書館の新聞縮刷版のテレビ欄を探してみると、八月一八日深夜〇時から日本テレビ「ドキュメント'91　このままでは死ねない・旧日本軍朝鮮人軍属は今」という番組が見つかった。呉さんは朝鮮人軍属ではないが、その特集の中で、台湾人軍属の例として取り上げられたのだろうか。

手記はこのあと、「九月　杉野レポーター団長が再訪問、来る十月初めに一時帰国の予画、九月末に手続きが来るから帰国準備を」と続くが、次の行には「一時帰国の予画は外れた」と記されている。「予画」は、予定もしくは計画の意味だと思われる。

これ以降、呉さんは、帰国を求めて、日本大使館を何度も訪問している。しかし日本国籍がないことを理由に門前払いされ続けた。手記には「三回訪問、最後は弾圧強行で願望を撥ねつけられた」と無念さがにじむ。一九九三年には国連難民高等弁務官ベトナム事務所にも一時帰国を願い出ているが、やはり不調に終わった。同年年末、東京で秋葉由紀彦氏が立ち上げた「一時帰国の会」にも世話になったが、結局日本への帰国は実現しなかった。

その前年一九九二年に、ハノイに台湾の台北経済文化代表部が開設されていた。呉さんが代表部を訪問して事情を話すと、台湾のパスポートを得ることができた。

翌年一九九四年五月には、三ヵ月の台湾帰国が実現した。同行した水野孝昭さんによると、呉さんは「連日の歓迎で、三ヵ月滞在するうちに、体重が六キロ増えた」（前出「ふたりの日本人」）と語っている。

呉さんの記録によると、このときテレビ朝日のレポーターやフォトジャーナリストの取材を受け、八月一五日に放送されたという。当時の新聞縮刷版には夕方六時からのテレビ朝日「ニューステーションＥＹＥ」に、「終戦特集〝私をすてたニッポン〟台湾の皇軍兵士が五〇年目の帰還」とある。放送内容を確認したわけではないが、どうやらこれが呉さんの帰郷を報じたテレビ番組のようだ。

親しくなった呉さんからは、たまにものを頼まれることもあった。

「東京音頭を聞くと元気になります。テープでいいから聞きたいが手に入りませんか？」

「ワイフがね、メンタムが欲しいというんです」

この時は、日本に一時帰国する友人に頼んでメンソレータムを買ってきてもらって渡した。実はベトナムにもよく似たメントールの入った軟膏薬がある。でも「日本のモノが欲しい」という呉さんの気持ちは、微笑ましくもあった。

二〇〇一年の終戦記念日。私は、ニンビン省の呉さんの家を訪ねることにした。ベトナム残留日本人で日本軍属だった呉さんと、この日を一緒に過ごしたかった。

「コマツさん、よく来てくれました。あ〜よく来てくださいました」

私の手を握りながら子どものように飛びはねる呉さん。奥さん、息子夫婦、孫まで取り囲んで、笑顔で迎えてくれた。

「二一世紀最初の八月一五日をどうしても呉さんと会わなければ…と思って、来ました」

「うれしいねぇ。私ね、毎年、この八月一五日を一人で過ごすのはさみしいよ」

そういう呉さんの目には光るものがあった。この言葉を聞いて、「ああ、やっぱり来て良かった」と思った。呉さんの住むニンビン省までは、私がバイクで走れる距離ではない。訪問のために、ハノイから車をチャーターしてきたのだった。

「過ぎ去れば人生短しと言われるが、半世紀余の壺の中の苦しみはひどかった」

人生を振り返ってそう語っていた呉さんは、二〇〇六年一二月八三歳で亡くなった。

「たくさんの日本人と知り合ったが、みんな帰ってしまう。コマツさん、私の最期を見届けてくださいね。私は、日本人として何も恥ずかしいことはしていません。こういう人間がいたことを忘れないでくださいね」

その声が、何年たっても私の耳に残っている。

スアンさんと家族の歳月

私はハルコ

紅河の向こうに、日本人の夫の帰りを長い間待っているベトナム人女性がいる。それを知って出向いたのは、二〇〇〇年頃のことだっただろうか。

ハノイから車で一時間弱。普段私はバイクでハノイ市内を走り回っているが、結構距離があるのと、郊外では車やバイクの運転があらっぽくなるので、さすがにその中をバイクで走る自信がなく、車を手配した。水田や畑が広がり、のどかに牛が行き交う未舗装の一本道を、土煙をあげてバイクが走っていく。そんな典型的なベトナムの農村風景の中を走って、ようやく目的の村に着いた。

訪ね当てた家は、路地を入ったところにあった。このあたりによく見られるような、レンガを積み上げモルタルで塗った簡素な住宅だった。その奥から、アオババと言われる、脇にスリットの入った白ブラウスに黒いパンタロンを履き、白髪を後ろで一つに束ねた小柄な女性が出てきた。

それがスアンさんだった。


「私ハ　ハルコ　デス」

「私ノ夫ハ　日本人デス」


来意を告げた私に、彼女はカタコトの日本語でそう言った。

なぜこの女性が日本の名前を持っているのだ？　私は面食らった。

スアン（Xuân）はベトナム語で春を意味する。日本語の「春」の音読み「シュン」にも通じる。だから「ハルコ」——。

説明を聞いてようやく事態がのみこめた。

「ハルコさん」ことスアンさんは、お茶をいただいてちょっと落ち着いたところで、歌をうたいはじめた。

♪　山ノ淋シイ　湖ニ　ヒトリ来タノモ　哀シイ心　胸ノ　痛ミニ耐エカネテ〜♪

続けて二番もうたった。

途中聞き取れないところもあったが、それは紛れもなく日本の歌のようだった。後から調べてみると、一九四〇年に高峰三枝子が歌ってヒットした「湖畔の宿」という曲だった。

写真９　スアンさんとその家族。左から次女フォン、スアン、長男フィ、次男ビン。2002年頃撮影。

続いて「支那の夜」「泣くな　妹よ、妹よ　泣くな」も歌った。

「私は日本の歌を歌える」

「日本人の夫と、長い間一緒に過ごしたんだ」

まるで歌を歌えることが、「私の夫は日本人です」という言葉の証明になると言わんばかりの様子だった。


グエン・ティ・スアンさんは、一九二四年、一〇人きょうだいの八番目としてハイフォン郊外のチャンカット村の農家に生まれた。

家族に子どもが多かったため、一一歳の時に子守りとして働きに出された。子守りをしていた家も農家だったので農業の手伝いをしていたが、一九四二年一八歳の時、軍人クラブの給仕の仕事を見つけてハイフォン市内へ出る。ハイフォンはハノイから東に約一〇〇キロにある、ベトナム北部随一の港湾都市だった。日本軍のベトナム北部への進駐は一九四〇年九月だから、この頃のハイフォンには日本の将兵が増えていた。一九四四年、二〇歳のスアンさんは、軍人クラブで清水上等兵に出会う。

清水義春さんは、一九四一年（昭和一六年）に召集された。所属していた第二一師団歩兵第八二連隊は一九四二年二月から仏領インドシナに駐屯し、司令部はハノイに置かれていた。

清水さんは、日本の敗戦から二ヵ月後の一九四五年一〇月七日、第二一師団歩兵第八二連隊を離隊している。清水さんがどのような経過でベトミンに加わったか、残留の動機になったものが何なのかは不明である。妻のスアンさんも聞いたことがないという。

「新しいベトナム人」となった清水さんはグエン・ヴァン・ドゥクを名乗り、所属部隊は三四師団第五九中団だった。一九四五年、スアンさん二一歳、清水さん二四歳の時に二人は結婚した。この頃、スアンさんは国の独立にめざめて従軍看護婦見習いとして三八師団に所属、ベトミン（ベトナム独立同盟）の看護婦として働いていた。結婚式はハイフォンで挙げたが、お茶とお菓子だけの簡単なものだったという。

一九四六年頃、清水さんはベトミンで軍事訓練の指導に励んでいた。インドシナ戦争初期のベトミンは、上層部は別として、家族を連れて移動することが一般的で、「子づれ軍隊」と言われていたそうだ。一九四六年八月、スアンさんは最初の子どもである女児をベトナム北部の山中で出産した。しかし翌月、そこから実家のあるハイフォンに向けて移動する際に、その子を死なせてしまったという。

「暑い中で十分な手当てもできず、本当にかわいそうだった」

旅の途中で、夫婦二人の手で埋葬した。

一九四八年頃には、他の日本人残留者とともにベトバック（ベトナム北部）地方のタイグエン省に移った。ここでもスアンさんは清水さんと一緒に行動し、夫婦で財務省が管轄する薬草づくりをしていた。この時の日本人仲間には、私に「友の会」名簿をくれた駒屋俊夫さんもいて、フックと名乗っていた。

その後タイグエンに落ち着いた夫婦は、三人の子どもを授かることになる。

写真10　清水さん、スアンさんとその家族。1954年撮影。次男ビンは、まだスアンさんのおなかの中。（スアンさん提供）

残された家族

一九五四年春、清水さんはスアンさんに「ディ・コンタック（出張だ）」と言い残し、長い間留守にした。数ヵ月後、もう夏も終わりかけた頃にようやく帰宅したが、浮かない顔をしていた。

そして一ヵ月ほどすると、「今回は、長い出張になる」と言い残して出ていった。

この時、清水さんはスアンさんに行き先を告げなかった。しばらくして仲間から「一緒に働いていた『新しいベトナム人（日本人）』はみんな日本へ帰ったらしい」と聞かされて、スアンさんは呆然とした。

残ったのは一九四八年生まれの次女フォン（六歳）、一九五一年生まれの長男フィ（三歳）、おなかの中に宿っていた次男ビン、そして

「ハルコ」の記憶に刻まれた日本の歌だけだった。

途方に暮れたスアンさんは、子守りとして働いていたことのあるハノイ郊外のビンゴック村に子どもたちを連れて戻り、親戚の協力を得ながら農業を営んだ。

夫の言う「長い出張」が一年なのか三年なのかわからない。何年待っても手紙さえ来ない。待ちくたびれたスアンさんは、夫はもう帰ってこないと覚悟を決めた。

スアンさんは懸命に三人の子どもたちを育てた。

ベトナムは一九五三年から土地改革を進め、一九六〇年代には、農業を地域の協同組合方式である「合作社」として推進していた。スアンさんは率先して党（ベトナム労働党。現在のベトナム共産党）の方針に従い、初期から合作社の互助会のメンバーとなった。その後、看護師の経験を見込まれて、合作社が建設し運営する託児所で保育の仕事にも携わった。保育士時代のスアンさんは、自宅の食料を持ち出して託児所の子どもたちに食べさせていたこともあったという。

「俺たちも腹ペコだったのにね」と、長男フィさんは昔を振り返って苦笑している。

一九六〇年代は、ベトナム戦争のために成年男子の多くが農村を離れ、要職を女性が担うことになって、女性の社会進出が一気に進んだ。スアンさんも地域の合作社で後方支援として懸命に働いていた。

スアンさんは明朗活発な人柄で、ベトミン時代に培った事務処理能力も高かった。様々なことをうまく切り盛りする能力を見込まれて、合作社の中の班長もやり、村人に教えを諭すなどもしたという。「いつも党と政府の政策を守るように」をモットーとしていて、子どもたちはもちろん周囲の人たちにもその姿勢を貫いていた。

そんな母親の影響を受けて、次女フォンさんは子どもの頃から家の農業や家事を手伝い、母の片腕になって働いた。成長してからは村の青年団の役割を率先して引き受けて、模範的活動をしてきた。しかし一九六六年、党員になろうとしたが、父親が日本人だということで拒否されている。

長男フィさんは、スアンさんから「青年の義務を果たすように」とベトナム戦争に送り出された。同じ残留日本兵の子どもでも、ハノイではそれを理由に入隊を拒否される例もあったが、農村部ではそういうルールはなかったようだ。

フィさんはラオス、サイゴンと転戦し、その戦功で表彰されたこともある。サイゴン陥落の四月三〇日は現地で迎えた。「長い戦争が終わった」と、みんな嬉しくて涙を流しながら抱き合ったという。

一九七三年から一九七七年まで戦地にいたフィさんは、一時行方不明になったこともある。スアンさんはとても心配したが、「帰還した時には『フィが無事に帰ってきましたよ、ありがとう』と、仏壇の向こうの夫に報告した」という。長い間何の連絡もないので、もう清水さんは亡くなったものと、スアンさんたちは考えていたのだった。

次男のビンさんも、一九七四年から一九七五年まで空軍に所属した。機体整備などが仕事で、勤務先は主に自宅に近いノイバイ空港だったが、ベトナム戦争終結はハイフォンの空港にいて、軍隊の仲間と一緒に歓喜を味わった。

父親のいない子どもたちへの中傷はあった。「どこの誰の子どもかわからない」と陰口をたたかれたこともある。しかし、彼らは合作社で一生懸命働くことでそれを跳ね返してきた。

その後、清水さんが日本で健在だということがわかった。一九九三年、トゥックという人が来て「お父さんは生きているよ」と教えてくれたのだ。それはタイグエン時代に清水さんと働いていた宮崎勇雄さんのベトナム名だった。

同じタイグエン時代の知り合い駒屋俊夫さんも、一九九〇年代にスアンさんを訪ねている。清水さんは、駒屋さんが事務局になっていた「友の会」のメンバーだったのだ。

駒屋さん自身はベトナムに家族がいたわけではないが、帰国後に二回渡越している。日本の清水さんが「ベトナムのことはもう忘れた」と話すのを聞いた駒屋さんは、スアンさんたち家族を不憫に思い、スアンさんを訪ねて「清水からだ」と輪島塗の夫婦箸を手渡したのだった。スアンさんは、この夫婦箸をずっと大切に持っていた。

スアンさんは駒屋さんから帰国時の様子を聞いた。中国を経由した清水さんたち一行が乗った中共帰国船興安丸は、一九五四年一一月三〇日に舞鶴港に入港したという。

スアンさんは、この日を夫の命日と決めた。ただ、その後もずっと、清水さんの服を着せた枕を夫に見立てて、「アイン、オーイ（ねぇ、あなた）」と語りかけ続けていた。

ロックさんと家族の歳月

日本からの人探し依頼

残留日本兵の妻はハノイ市内にもいた。そのうちの一人、ロックさんと私の出会いは二〇〇一年の暑い時だったと思う。私は、断片的な情報をもとに、ホン河の土手沿いの家を訪ね歩いていた。

「ルオン・ティ・ロックさんという『高澤さんの奥さん』を探してほしい」という話が舞い込んだからである。残留日本兵である高澤民也さんの日本の娘が、ベトナムの家族を探していて、面会することを希望しているという。

私に人探しの依頼を送ってきたのは、日本ベトナム友好協会大阪府連の杉原剛さんだった。杉原さん自身も残留日本兵で一九五四年帰国組の一人。帰国後に日本ベトナム友好協会の中心人物として、国交のない時代からベトナムと日本の交流に尽力してきた人だ。私もその少し前に大阪で会っていた。

詳しく話を聞くと、こんな事情だった。

高澤民也さんは石川県出身の軍医だった。出征してフランス領インドシナにやってくる前に日本で家庭を持っていて、一人娘がいた。その娘美香さんは、父がベトナムで家庭を持ったこと、妻と四人の子どもを残して「必ず迎えに来る」と言い置いて単身帰国したことも知っていた。しかし帰国後四〇年、約束を果たせないまま父は他界してしまう。きっと無念だったに違いない。その父の無念を自分が代わって果たすことが、父への親孝行になると美香さんは考えたのだった。

美香さんは国会図書館で一九五四年の父たちの引き揚げ当時の新聞記事を収集することから始め、資料がある程度揃ったところで日本ベトナム友好協会本部を訪ねた。その場で会員登録をして事情を説明すると、事務局長の谷本さんという人が大変熱心に話を聞き、すぐに数人かの心当たりをピックアップして電話で問い合わせてくれたのだという。そのうちの一人が、日本ベトナム友好協会大阪府連顧問（当時）の杉原さんだったのだ。

引き裂かれてしまった家族が再会できる例は多くない。ベトナム側家族が熱烈に望んでも、日本側の事情で実現しないこともある。それが、日本側から家族を探しているという。これは滅多にないことで、私は嬉しかった。絶対に探そうと思った。

しかし住所があいまいで、なかなかロックさんらしき消息はつかめず暗礁に乗り上げていた。そこに日越貿易の関係者から住所の情報が寄せられ、気持ちを切り替えて探してみると、オペラハウスに近い財務省の古い集合住宅に行きついた。

ロックさんの長男カオ・カイン・トゥオンさん（日本名ヨシヤさん）は、私がいた日本語学校に通っていたのがあとでわかった。最初に出会った残留日本兵の子どもであるチャン・ゴック・ソンさんや、残留日本兵家族のまとめ役的存在のチャン・ドック・ヒエウさんと同じ私のクラスではなく、隣のクラスで学んでいた。

高澤さんとの暮らし

初対面のロックさんは、もう八〇歳に近かったはずだ。当時のベトナムのお年寄りは長い髪をひっつめてお団子にしている人が多かったのに、ロックさんはショートカットにパーマ。きりりとしていた。服装もどこか都会風で翡翠のピアスが似合う、「いいところの奥様」というのが第一印象だった。

挨拶をすませて用件を切り出した。「日本の高澤民也さんの娘さんが近々ハノイに来るそうですが」と言うと、ロックさんの表情がさっと変わった。

「いまごろ何しに来るんだ！　高澤はもう死んだ！」と吐き捨てるように言うロックさんは、さっきまでの「いいところの奥様」の印象が一気に吹き飛ぶほどの剣幕だった。

その後、徐々に話してくれたのは次のような背景事情だった。

ルオン・ティ・ロックさんは一九二四年生まれ。ハノイで米を扱う裕福な家庭で育った。おしゃれで一〇代後半にはパーマをかけ、シルクのブラウスを着るような美しく社交的な女性だったという。私が知り合った時にはもう晩年だったが、時折見せる優雅な表情や、「ハノイの都会人」

写真11　ロックさん。2003年頃撮影。（柏原力さん提供）

を自負する物言いにその片鱗を感じた。

二〇歳頃まではお嬢さんとして天真爛漫に育った彼女は、日本軍の軍医として進駐していた高澤民也さんと出会う。詳しい事情はもう誰も知らないが、どうやら周囲を押し切っての恋愛結婚だったらしい。

高澤さんは第二一師団野戦病院部隊に所属し、軍医としてフランス領インドシナに派遣されていた。一九四五年八月、ベトナムで日本の敗戦を迎え、武装解除を受けた後に、以前からの知り合いであるベトナム人からベトミンへの誘いを受けた。この人物のことも詳細はわからない。ただ、高澤さんが一目置いていた人だったらしい。

「日本は焼け野原になり全滅した。あなたの家族はもう生きていないだろう」

「だから、これからフランスと闘うわれわれに力を貸してほしい」

いくら信頼している人からの誘いでも、動揺しなかったはずはない。高澤さんは出征前に地元金沢で結婚していて、日本に家族を残してきていた。出征した時に二歳だった娘は、九歳か一〇歳になっているはずだ。妻、老いた母親、姉たちの顔も浮かんだろう。先祖は前田藩に仕えた御典医という家系。その流れを引く高澤医院の長男でもあった。

ふるさとの家族、代々続いた入院病棟もある大きな医院。それらもみな焼けてなくなってしまったのだろうか――。インターネットのある現代とは事情が違う。日本のことを自分で確かめるすべはなかった。そして目の前には、既に自分との未来を思い描いている、若くはつらつとしたベトナム女性がいるのだ。

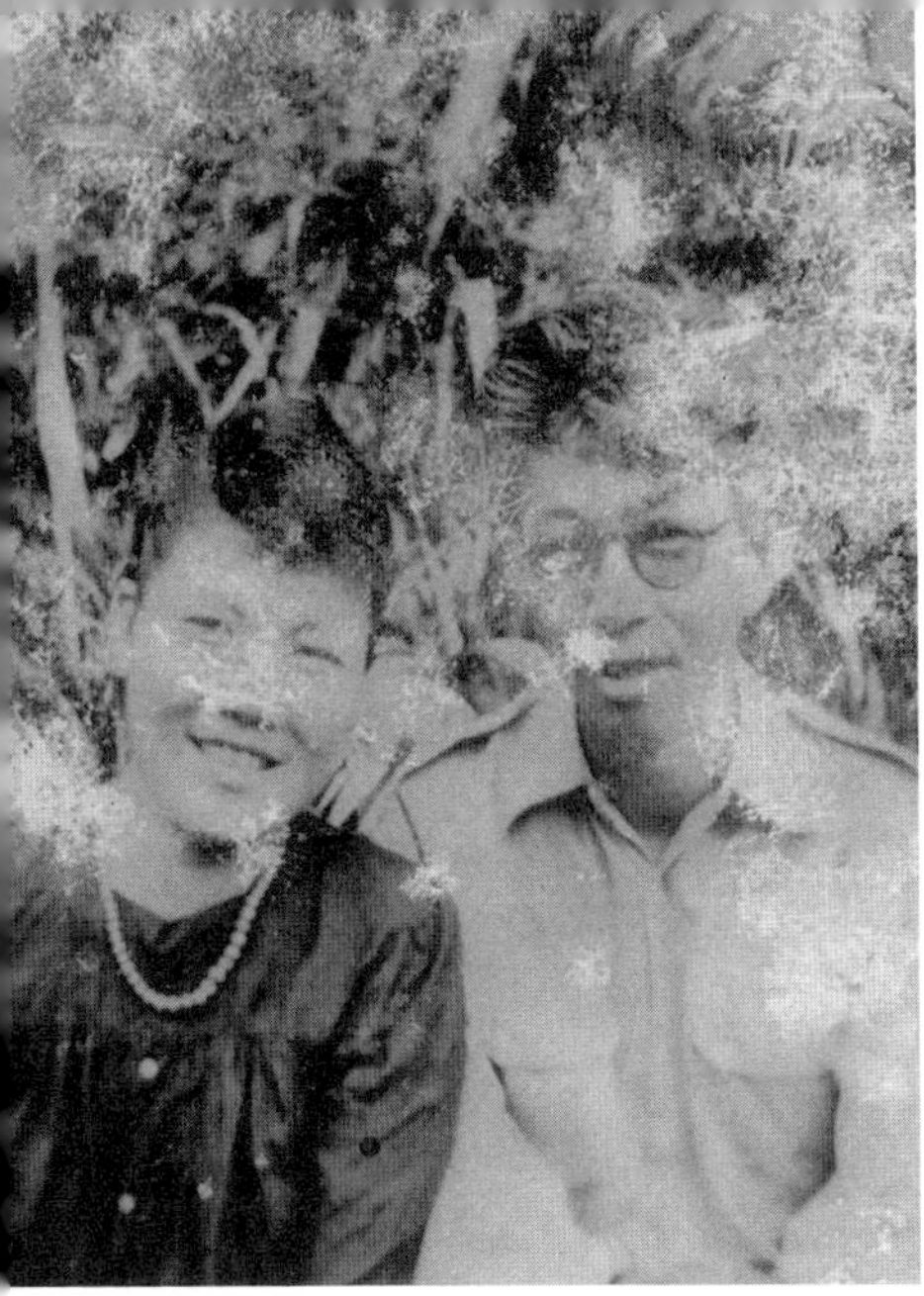

写真12　ロックさんと高澤さんの新婚時代。（ロックさん提供）

高澤さんは、日に日に独立の機運が高まっている若い国で自分が強く必要とされていることも、また感じていたのだろう。もしかすると、目の前で自分を求めて差し出す人の手を振り払うことができないのが、医師として身についていた習性だったのかもしれない。高澤さんがなぜ残ったのか、なぜベトミンに参加したのか。今ではもう想像するしかない。

「新しいベトナム人」高澤さんの名前は、カオ・タイン・フォン。結婚に際して、ロックさんは自分の名前を「ニャン」から、縁起をかついで福・禄・寿の「禄」（ロック）に変えたという。新居はハノイ大教会に近いチャンカム通り。現在は土産物店が建ち並び、観光客でにぎわっている通りから曲がったあたりだ。高澤さんは、ここからハノイ市南部にあるドンダー病院に通勤し、一九四六年九月五日、長女のトゥイさん（日本名ミズミ）が生まれた。

そのうちにフランスが再侵入してきて爆撃が始まり、ハノイ市民は疎開を余儀なくされた。高澤一家は、ハノイ中心部から市南部のバクマイ地区に引越し、その後タイグエン省に移動した。当時のタイグエンはベトナム革命の根拠地であり、軍事・政治・造幣などの指令の発信元があったため

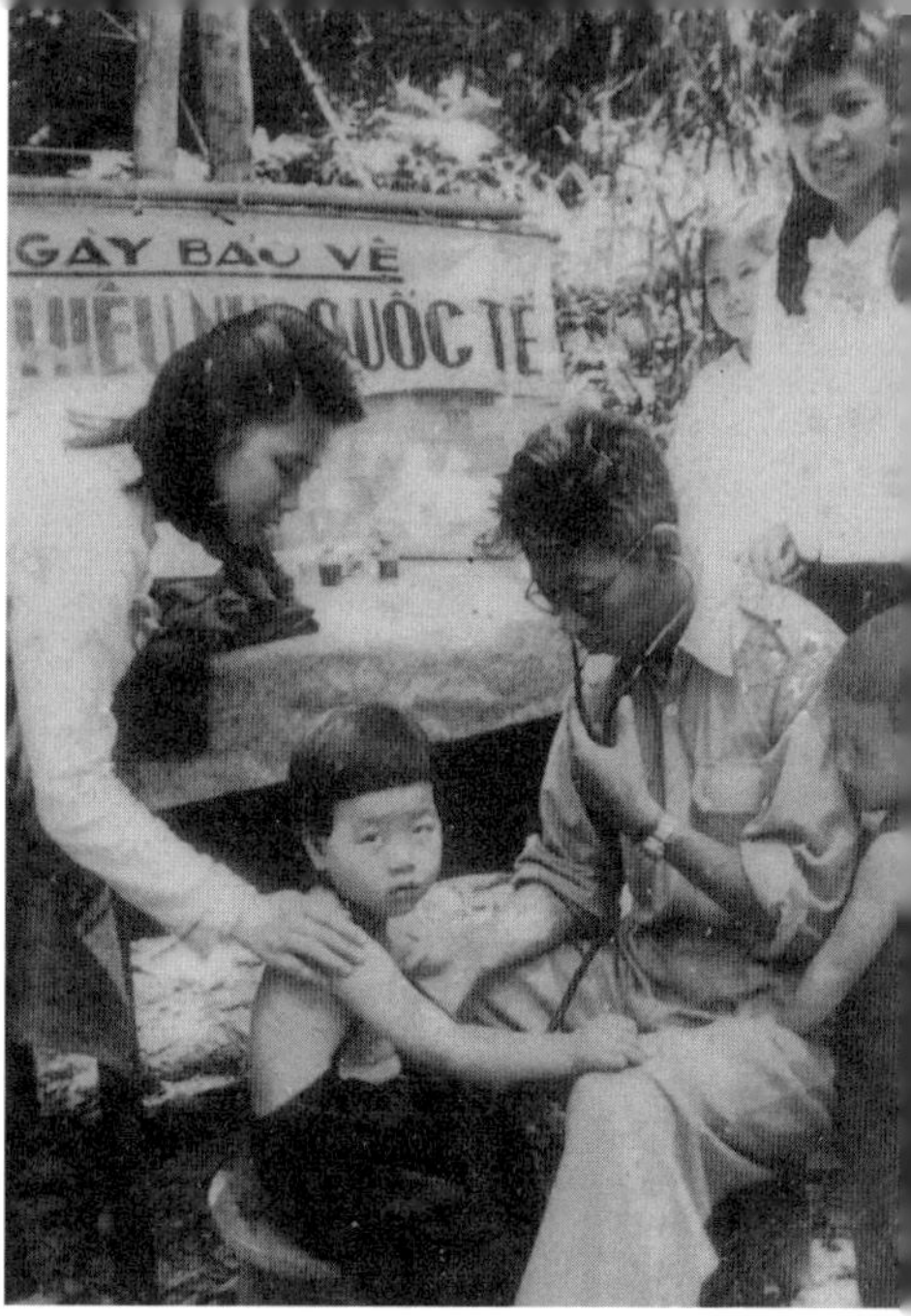

写真13　診察中の高澤さん。（ロックさん提供）

「抗戦首都」とも呼ばれていた。

　この地で高澤さんは財務省所属の医師・薬剤師として活躍した。森の中の生活でマラリアが流行し、多くの人が高澤さんに命を救われたという。

　妻のロックさんも看護助手として夫を手伝った。そして、一九四九年六月二一日に長男トゥオンさん（日本名ヨシヤ）、一九五二年一月一日に次男トゥアンさん（日本名トシヤ）、一九五四年二月二〇日にトゥックさん（日本名トシミ）を次々に授かった。

　ベトナムの歴史家ホー・ブー氏の記録によると、高澤さんは医師としての仕事のほか、タイグエンの製薬所で薬の作り方の指導、武器管理もやっていたとある。財務省管轄の仕事で、当時のレ・バン・ヒエン財務大臣（在任一九四六～一九五八年）とも親交があったようだ。

「高澤は、家に代々伝わるものだという日本刀を持っていた。ヒエン大臣がそれを見たいというので、貸してあげた。でもそれを返してもらわないうちに大臣は亡くなってしまった。今は息子のビンさんが持っているはずなので、私は返してもらうために当時の住所に行ってみたが、もうそこには住んでいなかった」と、ロックさんは後日語っている。

写真14　視察中のレ・バン・ヒエン大臣（中央）に説明する高澤さん（左）。1947〜8年頃、タイグエン診療所。（ロックさん提供）

この頃タイグエンには、医薬や薬草に詳しいドゥクさん（中村辰夫）や、トゥックさん（宮崎勇雄）らの残留日本兵がいて、彼らがよく家に来たとロックさんは話している。その後帰国した宮崎さんは二〇〇〇年代になってから訪越して、ロックさんと再会して昔を懐かしんだという。

しかし、この忙しい中にも充実していたであろうタイグエンでの家族の日々は、長くは続かなかった。

一九五四年の春にホクタップへの集合命令が来た。末っ子のトシミが生まれて間もなくのことだ。ロックさんの書類袋の中から、一九五四年九月一〇日にトゥエンクアン省公安局発行の書類が出てきた。高澤さんがホクタップからタイグエンに戻る時の通行証のようだった。

通行証
氏名　カオ・タイン・フォン
年齢　四一歳
所属　財務省
職業　医師
行先　トゥエンクアン省　バッカン省（小松註：バクカン省）
業務　会議に出席し、その後帰宅する
特徴　身長一・六六m　特徴一重まぶた　白髪まじり

同じ書類袋からは、一九七一年九月発行の高澤さんの在職証明書と帰国後の子どもたちへの補償の発給許可証も出てきた。そこには、日本人であるカオ・タイ・フォンが抗仏戦争に貢献したこと、ベトナム世界平和委員会が帰国させたことが記されている。

財務省幹部組織局はカオ・タイン・フォン（日本人）が抗戦活動に参加して財務省で業務についていたことを証明する。
ベトナム世界平和委員会がカオ・タイン・フォン氏の要請に従い一九五四年九月に氏を帰国させた。ついては子どもが成長して職業に就くまで毎月一二ドンの特別給付を行なう。

残された家族

これから先、ロックさんにとっては辛い記憶になる。彼女は、何度もため息をつきながら語りはじめた。

一九五四年九月頃、秋とはいえとても暑い朝だったという。出かける支度をした高澤さんは、ロックさんを諭すような口調で語りかけた。

「私はベトナムと日本の将来のために、帰国しなければならなくなった。だが、必ず迎えに来るから待っていてくれ」

ロックさんは面食らった。

「何を言うの？　そんな大事なことを、こんなに簡単に言うなんて…」

そして、歩き始めた夫の後を慌てて追った。腕には、まだ九ヵ月の末っ子トシミを抱いていた。高澤さんの足はどんどん速くなっていった。ロックさんはしばらくついていったが、後ろで二歳のトシヤがブラウスの裾をつかんでよちよち歩いていた。五歳のヨシヤ、八歳のミズミも不安そうについてきた。そんな状態では、すぐに速足の夫には追い付けなくなった。

もうこれ以上は追えないと思った時、ロックさんはワァッと声を出してその場に泣きくずれた。

「まるで雨が降るように泣いた」と言う。

夫が去り、ロックさんは乳飲み子と二歳、五歳、八歳の四人の子どもを一人で育てなければならなくなった。気丈なロックさんは子どもたちの前ではいつも明るく振る舞ってきたが、一人になると悲しみに襲われて泣く日が続いたという。

タイグエンにいる間、ロックさんの家によく遊びに来ていた日本人も、高澤さんと一緒に姿を見せなくなった。

「日本人はみな帰国した」と知ったロックさんは、故郷のハノイに帰る決意をした。ハノイまでは一三〇キロ。タイグエンからフートまではホン河を舟で行き、あとは鉄道と手押し車で。国道では人を雇って四人の子を木製の車に乗せて移動した。

「もう爆撃の心配もなかったからね、国道を堂々と歩いてきたよ」

と、ロックさんは言う。その頃、ディエンビエンフーの戦いで敗れたフランス軍は既に引き揚げていた。ロックさん、三〇歳の時のことだ。

ハノイに戻ってきたものの、ロックさんの両親は既に亡くなっていた。旧知のヒエン財務大臣の友人の計らいで、財務省の職員食堂の手伝いの職を得た。生活のためとはいえ、もともと裕福な家の娘だったロックさんにとってはちょっと抵抗があり、「親が生きていればこんな仕事をしなくてもいいのに」とも思った。

しかし四人の子どものことを考えると、贅沢は言っていられない。幹部の中には「あいつは抗仏闘争中、夫の手当てで安穏と暮らしてきた人間だから、『労働改造』をする必要がある」と陰で言う人もいた。

写真15　1955年、高澤さん帰国後の家族。後列左から次女トシミを抱くロックさん、ロックさんの妹、前列左から次男トシヤ、長男ヨシヤ、長女ミズミ。（ロックさん提供）

元来負けず嫌いのロックさんはぐっとこらえ、自費でタイプの勉強をした。その甲斐あって、やがてタイピストの仕事を得ることができた。

「タイプの仕事だけで生活を賄うのは大変だったけど、夜は縫製の内職をしてね。いつか夫が迎えに来ると思っていたから」

ロックさんは、高澤さんが別れ際に言った「なるべく早く迎えに来る」の言葉を信じて待ち続けた。しかし、高澤さんが帰国した翌年には、ベトナム南部に「ベトナム共和国」が誕生して日本との関係が深まっていく。そしてベトミンとの関係が悪化していった。


一九五六年、ロックさんは高澤さんからの手紙を受け取ったという。この頃、ベトナムと日本には国交がなかったが、ベトナムは一九五一年一一月二〇日に万国郵便連合に加盟していて、ある程度は日本からの郵便が届いていたらしい。

一九五八年、高澤さんから二回目の便りがあった。それは大きな小包で、子どもたちへのプレゼントとしておもちゃが入っていた。「必ず迎えに行く」と言いながらなかなか迎えに行けないことへのお詫びなのか、罪滅ぼしか、時間稼ぎか…これももう想像するしかないが、ベトナムに残した妻と子どもたちへの気持ちはあったのだろう。

長女ミズミと次女トシミには青い目と黒い目の着せ替え人形だった。姉妹はとても喜んで、ドレスを着せたり、着物を着せたりして、人形の顔が真っ黒になるまで夢中になって遊んだ。ロックさんが得意の裁縫の腕をふるって、人形の服をつくってやった。

長男ヨシヤと次男トシヤには電池で動く電車と自動車だった。当時のハノイにはそんな高価なおもちゃはなかったので、近所の子どもたちも集まって夢中になって遊んだ。しかし、やがて電池が切れて動かなくなった。結局、自動車のおもちゃはチャンティエン通り（ハノイのオペラハウスに近い商店街）の店の人が欲しいというので売ってしまった。

「電池を買おうか、おコメを買おうか迷っていたのよ。その時に、欲しいという人が現れたので、おもちゃを売ってそのお金でおコメを買いました」

さばさばした口調で言うロックさんのとなりで、長男ヨシヤさんは苦笑しながらうなずいていた。もう、六〇年も前の話だ。

両親がそろっている世帯でも生活が困難な時代、さらにもともと父方の家系を重視するベトナムで、父のいない子どもへの世間の目は冷たかった。

ロックさんが結婚した頃、ベトナムに残留した日本人は、抗仏戦争を一緒に戦う同士だった。しかしその時代を知る人はだんだん少なくなっていく。さらにベトナム戦争が始まると、日本の基地で補給を受けた米軍機が飛来してくるようになった。日本は、北ベトナムにとっては敵国になった。

ヨシヤさんは、一〇歳くらいの時に、日本人の子である自分を見る周囲の目がスーッと冷たくなったのを覚えているという。「日本ファシストの子」「父なし子」と言われるようになった。

ロックさんは、「子どもたちのためには再婚したほうがいいのではないか」と思ったこともあったという。しかし高澤さんの「必ず迎えに行く」という言葉が浮かんできてなかなか決心がつかなかった。ようやくその気になっても、話がまとまりかけた時に、「あいつは日本ファシストの女房だったんだ」と言いふらされて、破談になったこともあった。

「悔しかったけど、それは励みにもなったわね」

当時を思い出して顔をしかめながら、強気なロックさんは言う。

ロックさんは、長男ヨシヤさんに父親と同じ医学の道に進んでほしいと願っていた。しかし、大学進学は書類選考の段階で「日本人の子だから」と除外された。ヨシヤさんは進学をあきらめ、長男として母を助けようと国営自転車工場の労働者として働いた。

ベトナム戦争中、ヨシヤさんは日本人である自分がベトナムに敵対していないことを示そうと、徴兵検査を受けた。しかし不合格。一一回も受け続けたが、ついに合格しなかった。健康上の理由と説明されたが、誰もそんなことは信じていない。

次男トシヤさんは、「祖国に忠誠を尽くすことで偏見を吹き飛ばそう」と考え、一八歳で志願入隊した。一九七〇年頃のことだ。これが裏目に出た。

一九七五年四月三〇日にベトナム戦争が終結。ロックさんは次男トシヤさんが帰還するのを心待ちにしていたが、何の知らせもない。帰ってこない息子を案じて、ロックさんは関係者を訪ねたがわからない。ようやく仲間だったという人がニンビン省にいることを知って尋ね当てると、トシヤさんは南部で戦死したと聞かされ、その場所まで案内してくれるという。ハノイから列車で三日かけて移動し、「ここに埋めた」という現場まで行ったが、何も見つけられなかった。

トシヤさんの正式な戦死が知らされたのは翌年になってからだった。「偵察隊として任務遂行中、アメリカがしかけた地雷にふれ、爆死した」と聞かされた。しかもそれは、戦争終結の三年も前、一九七二年二月のことだったという。隊員五人のうち四人が死亡。遺骨探しを頼んだが「激しい戦闘であわてて埋めたため、場所が特定できない」という返事だった。だから、遺骨も遺品もない。享年二〇歳。抗仏戦争中に北部の森の中で生まれた息子は、抗米戦争で南部の森の土になったのだった。

高澤さんがベトナムを去った時にロックさんの腕の中にいた末娘のトシミさんには、父の記憶はない。思い出といえば、四歳の頃に日本の父から送られたプラスチック製の人形だけだ。トシミさんは、その人形を患者に見立てて診察する「お医者さんごっこ」が大好きだったそうだ。ロックさんから、父親が医師だったことを聞かされていたからかもしれない。「大きくなったらお医者さんになりたい」と願うようになる。しかし、やはり彼女にも「日本ファシストの子」のハードルが立ちふさがっていた。

それが突然ひらけた。兄トシヤさんの戦死が国家への貢献と評価され、ハノイ医科大学を受験することができたのだ。しかし、試験には合格したのに手続きの知らせが来ないなどの嫌がらせをされ、ロックさんが乗り出していって大学と交渉した。

「黙っていれば泣き寝入りだったんだ」

と、長男ヨシヤさんが静かな怒りを込めて語る。兄が果たせなかった医科大学進学、医師への道に進むトシミを見ながら、ロックさんは、周囲みんなから頼られていたタイグエン時代の高澤院長の姿を思い浮かべていたに違いない。

一九七七年、医科大学を卒業したトシミさんはドンダー病院の外科に配属された。偶然だが、新婚時代の高澤医師が働いていたところだ。実は、「日本ファシストの子」のトシミさんは、医科大学卒業後はハノイ市内からは遠く離れたフンイエン省の精神病院に配属される予定だった。それがハノイ市内のドンダー病院勤務になったのも、やはり兄トシヤさんの戦死つまり国家への貢献が影響したようだ。

しばらくして、同じ病院の眼科に異動した。眼科の人員不足を解決するための人事だったらしいが、これはトシミ医師にとっては大きな転機になった。腕が良く優しいトシミ医師は、年配者が多く気難しい眼科の患者たちに好かれて、高い評価を得たのだった。

トシミさんは、眼科専門医としての腕を磨くために、インドへ派遣された。帰国後の二〇〇〇年からは、ハノイ眼科病院の院長になった。さらにその後、白内障手術の技術を学ぶために中国に派遣された。全国から選抜されたのはたった二人だった。最新技術を修めて帰国。ハノイ眼科病院では、トシミさんの持ち帰った新しい手術法を実施してから患者が急増し、九ヵ月の間に前年の二倍になったという。このあたりは、現地の医療新聞「家族と社会」に詳しく報じられている。

ハノイ眼科病院のカオ・ティ・ミー・レ院長には、「黄金の腕」という称号が授与された。

「日本ファシストの子」「父なし子」と差別されてきただけに、末娘の大活躍は、母ロックさんの誇りだ。二〇〇一年、私が訪ね当てた時のロックさんは、こうして子どもたちを育てあげて、ようやく暮らしが落ち着いた頃だったはずだ。

「父の愛した妻」

二〇〇一年九月、高澤民也さんの日本の娘美香さんは、父親の写真を持ってハノイへやってきた。生まれて初めての外国旅行だった。

美香さんを迎えたハノイは快晴だった。ノイバイ国際空港に到着して青空を見上げた美香さんは、まるで自分を祝福してくれているようだと思った。

「お父さん、着きましたよ。見えますか、お父さんが愛した家族がいるハノイですよ！」と思わず口から出そうになり、涙がしばらく止まらなかったと述懐している。

ロックさん一家は、まるでこれまでも親しい付き合いをしてきた身内を迎えるように、マイクロバスいっぱいの人数で空港に繰り出し、家族みんなで美香さんを出迎えた。

「MIKA」という手書きの白い紙が目に入ったらしく、女性が出迎えの一行に近づいてきた。

「色白でね、日本人形のように美しかった」とロックさんは振り返る。

アオザイをまとったロックさんは、笑顔で美香さんに花束を渡した。そして、二人は抱き合った。

ベトナム語と日本語で言葉は通じないが、喜びの表現は万国共通だ。抱き合い、肩をなであう。精一杯の気持ちで感激を表している二人の様子に、横で見ていた私も胸が熱くなった。

後日、美香さんはこの時の様子を、日本ベトナム友好協会の機関紙にこのように書き記している。

入国審査、荷物をとって出た時、「MIKA」と「高澤美香」という二つの大きなプラカードを掲げ、初めて会うベトナムの私の家族は正装のアオザイで、家族中で迎えてくれた。父の愛した妻（以下、母と呼ぶ）は私に大きな花束を用意してくれていた。涙と微笑みが交差した人生最大の一コマであった。

長い時間の垣根を越えて寛容と無限の愛情で父を許し、私を受け入れてくれたベトナムの家族は私の大事な心の宝物です。この素晴らしい家族と共に父の命日（九月二八日）を祀ることができたことは無上の喜びです。

ロックさんは、その時のことを「夫を迎えるような気持ちで、夫の娘を迎えたのよ」と話している。

ロックさんと美香さんは、通訳を通すのももどかしいような様子で、長年の溝を埋めるように語りあった。高澤民也という一人の人物について、妻として、娘として、語ることはたくさんあった。お互いに知りたいことも山のようにあった。

美香さんは、ロックさんたちに自分の戦中・戦後を詳しく語った。美香さんから私への私信には、このあたりの事情が生き生きと記されている。

私は一九三九年生まれで、父は私が二歳の時に軍医として仏印に赴きました。父が仏印に出征した二年後、母が病気で亡くなったので私は四歳で孤独の身になりました。父は戦地にいたため、私は祖母に育てられました。父の弟や妹である伯父、叔母たちがその寂しさを埋めるようにかわいがってくれました。

一九五四年、「父が帰ってくる」と知らされたのは私が十五歳、高校一年の時でした。「引き揚げ船の到着する舞鶴へ行きましょう」ということになり、祖母(父の母)と岡山に嫁いだ叔母(父の姉)と舞鶴港へ向かいました。

明治生まれの祖母に育てられたという美香さんはとても丁寧な言葉使いで、振る舞いも上品で、さすが旧家のお嬢様という印象だった。

写真16　1954年興安丸の到着した舞鶴にて。左から高澤美香さん、父民也さん、祖母（民也の母）、叔母（民也の姉）。（高澤美香さん提供）

「父は、一番最初に船から下りてきました。すぐにわかりました」

そう言った時の美香さんは、六〇代後半には見えないくらい声も表情も生き生きして、父への想いがあふれていた。三〇歳で仏印に出征した父は、四三歳になって娘のもとに戻ってきたのだ。

両親の愛情を知らない私を、祖母が不憫に思ったのか、いつも父の写真を見せてくれていたので十三年ぶりに私の前に現れたときも何の違和感もなく私は父のふところに飛びこむことができたのです

後日学校に行くと、教室で授業が始まる前に担任の先生が『きょうはみなさんに嬉しいお知らせがあります』とおっしゃり、私を教壇に招き

ました。そして『美香さんのお父様が十三年ぶりに戦地からぶじ帰って来られました』と。一斉に拍手がわきみんなが喜んでくれました。とても嬉しくて忘れられない思い出です。

父との暮らしは、しかし長くは続かなかった。高澤さんは周囲から再婚話を持ちかけられた。

父は、結婚したくないと強く断っていました。でもあるとき、同じ一九五四年に帰国した人から『自分の妹だけど教師をしていて婚期を逃したから結婚してやってほしい』と頼み込まれ、『結婚しないと美香さんがかわいそうだ』と言われて、『美香が楽になるなら』と酔ったいきおいで結婚を承諾してしまったのです。

高澤さんは、自分の再婚を苦しんだ時期があったようだ。美香さんと新しい母親はあまりうまくいかず、高澤さんは「結局、美香を苦しめることになった」と言い、自宅から遠く離れた岐阜県の神岡鉱山の病院の住み込み医師になったのだという。

その話を聞いたロックさんは、しみじみとした口調でこう言った。

「彼はそういう人なのよ」

ロックさんが語ったのは抗仏戦争中のエピソードだ。タイグエン省にいた時、フランスの黒人傭兵がまだ小さかったヨシヤさんをかわいがってリュックサックをくれた。見ていたロックさんは、「もらっちゃダメ!」と子どもの手からリュックを奪い取り、傭兵に返した。その様子を見ていた高澤さんは、やさしく「そんな言い方しなくてもいいじゃないか」とたしなめたのだという。

「あの人にはそういうやさしさがあるのよ。だから縁談も断れなかったんじゃないの」

ロックさんは高澤さんの性格をすべてお見通しのようだった。

二〇〇一年九月二八日、高澤さんの死から八年目の命日を、ロックさん家族と美香さんはハノイで一緒に過ごした。

美香さんの訪問には、ロックさん家族はもちろん、ドンフォン（同郷）である残留日本兵家族みんなが沸き立った。

日本の家族がベトナムに会いに来たというだけでも大ニュースだ。それが、親しくなごやかに交流しているのを目の当たりにしたのだ。自分たちにもいつかそのチャンスが来るかもしれない。日本に去った父との交流を切望する残留日本兵家族たちに、大きな希望を抱かせる光景だった。

彼らは一気に活気づいた。もちろん私も、何か明るい展望が開けたような気がしていた。

ズンさんと家族の歳月

始まった文通

二〇〇一年九月の高澤美香さん歓迎のために残留日本兵の家族が集まった席で、私はチャン・ドゥク・ズンさんと出会っているはずだ。実は最初に紹介された時の印象が定かではない。あとから写真を見て「この時にズンさんもいたんだ…」と気づいたくらいだった。

ズンさんはひとことも喋らないと言ってもいいほど口数が少なく控えめで、表情もあまり明るくなく、ちょっと陰のある人という印象だった。そのせいか、私よりも七歳も若いのに、ずっと年上に感じられた。

いい意味でも悪い意味でも、ベトナムには感情豊かで声も大きい人が多い。集まるとさらに賑やかになり、気さくに、時には厚かましく会話に割り込んでくる。そんな中で、ズンさんの物静かなたたずまいは、逆に気にかかった。

そのズンさんがようやく私に心を開いてくれて深い話をするようになったのは、知り合ってか

写真17　残留日本兵の子どもたち。1976年、熱海政孝さん訪越のときに撮影。左から高澤ヨシヤ、湯川カイン、橘ズン、タイン（ズン兄）、熱海ヒエウ、チン（ヒエウ弟）。

らもうかなり経ってからのことだ。

一九五四年、ズンさんが母ミンさんのおなかの中にいる時に、残留日本兵である父の橘信義さんは帰国した。その後、ベトナムに残された家族がどのように暮らしてきたのか何度か問いかけたが、ズンさんが語ることはなかった。息子であるハイさんも、父から子ども時代の話を聞かされたことはないらしい。

日本に帰った父の消息がまったくわからない残留日本兵家族が多いなか、ズンさんは「父」の居場所を知っていた。時々は手紙を書き送り、それに対して日本の父橘さんはお金や衣類などを送っていたようだ。一九八六年に母ミンさんが、さらに一九九五年に兄のタインさんが四〇歳の若さで亡くなったことも、ズンさんが手紙で橘さんに知らせていたという。

ズンさんから「これが父親の連絡先です」と言ってメモを渡されたのが二〇〇三年の秋のことだ。私がまもなく日本へ一時帰国することを知って、父に連絡してほしいという。メモには四国の住所と電話番号があった。

普段強く自己主張をすることもない彼のたっての願いとあって、私は、これはなんとかしてあげないと、という気持ちになった。

二〇〇三年一〇月、私はハノイからの夜行便で到着した東京から、橘さんの自宅へ電話をかけた。運よく本人が出たので簡単な自己紹介をし、用件を告げた。

橘さんはとても丁寧な喋り方をする人だった。お礼の言葉と共に、「ベトナムの息子に伝えてほしい」と伝言を頼まれた。

「わたしは肝臓がんで余命いくばくもない。ベトナムへ行くつもりだったが病気になってしまった。行けなくなったことは残念だ。私がいなくなっても力を落とさず、しっかり頑張って生きていってほしい」

ベトナムに戻ってそれをズンさんに伝えた。

ズンさんはいてもたってもいられなくなって父に手紙を書き、日本に行く人に託して投函してもらった。

一九九〇年代のベトナムの郵便事情はあまり良いとは言えなかった。不着も多かったので、日本への郵便を確実に届けるために、夜行便で帰国して成田空港内の郵便局で投函し、同じ飛行機で引き返したという人もいたそうだ。

だから、この頃のベトナム在住者が、帰国する人を探して郵便物等を託し、日本到着後に投函してもらうのはよくあることだった。この共同体のような習慣や意識は、二〇〇〇年代になっても残っていた。投函を頼むためには郵便物に切手が貼ってあったほうがいいので、私も自宅には日本の郵便切手を常備していた。

ズンさんは手紙をベトナム語で書いてきた。「父はベトナム語がわかるはず」とズンさんは言っていたが、念のため日本語もつけることにした。

お父さん、日本のお母さん　そして妹たちへ

日本のご家族の皆さん　お元気でしょうか。

ベトナム在住の小松さんの厚意によりこの手紙を日本へ届けます。

初めまして、お父さん、あなたの次男のズンです。

長男のタイン兄さんは心臓病で亡くなりました。四一歳でした。

お父さんは日本へ帰ってもう五〇年になりますね。

わたしはお父さんの顔を知りません。

お父さんも私の顔を知らないでしょうね。

「ディエンビエンフーの戦い」で抗仏戦争が終わって帰ったお父さん、日本のお母さんに一つお願いがあります。

ぜひ時間をつくってベトナムに来て私と私の家族に会ってもらえませんか。

もし、お父さんがベトナムに来られないなら私を日本に招いていただけませんか？

いちど故郷の山河もみたいし、家族と会い、これまでの積もる話をしたいと思います。

〝もし会うことができるなら死んでもいい〟そんな気持ちです。

みなさんのご健康とご多幸を祈ってやみません。

二〇〇四年二月一三日

ハノイ市　あなたの息子　チャン・ドゥク・ズン

ズンさんの気持ちが痛いほど伝わってきた。

ベトナム人が日本に行くのは容易ではない。仮に航空運賃が工面できたとしても、日本のビザを取るためには、納税証明、一定金額以上の預金のある通帳などの書類を用意するほかに、日本側の受け入れ先からの招聘理由書が必要になる。だから「招いていただけませんか」という表現になったのだろう。

顔も見たことのない外国に住む息子からこんな手紙を貰って、橘さんは驚いただろうか。いや、嬉しかったのだろうか？　きっと複雑だったと思う。その気持ちは想像するしかない。

ただ、私は電話の時の橘さんの丁寧な口調から、橘さんが少なくともベトナムの家族の存在をまったく拒否しているわけではないという気がしていた。

私もハノイに戻って早々に、闘病中だという橘さんにお見舞いの手紙を出した。一ヵ月ほどして、さらにもう一通送った。これも日本に行く友人に託したので、数日で四国に到着したようだった。

私はこの手紙の中でビデオレターの提案をした。当時のNHKハノイ支局長中川さんから、「橘さんとズンさんが会うのが難しいなら、橘さんがビデオを撮って、父から息子へメッセージを送ったらどうか」というアイディアをもらい、そのことを書いたのだった。

しかし、橘さんはそれを断った。理由は、マスコミへの不信感だった。以前マスコミの取材を受けた時に対応が大変だったこと、それが報道されたあとに各方面から問い合わせが来て、帰国後に結婚した妻の綾子さんはじめ家族に不快な思いをさせてしまったことが、丁寧な筆致で書かれていた。

手紙には、橘さん家族の写真が同封されていた。妻の綾子さんと二人の娘たちの姿もあった。ズンさんは初めて、現在の父の姿を目の当たりにした。そして一緒に写っている奥さんと妹たちを見て「日本に父と家族がいる」と実感したようだ。ずっと後になってから「あの写真で気持ちが落ち着いた」と話してくれた。

まぼろしの存在だった父が、現実に生きていて、今この時も日本で暮らしている。父は確かに存在しているのだ――。家族の絆が強く、特に父方の血縁を重視するベトナムで、その大切な「父」についての部分があやふやであったことは、ズンさんの精神にも少なからぬ影響を与えていたに違いなかった。

「お父さんに、私たち家族が元気でいることを知らせなければ」とズンさんは考えた。そして友人に依頼して、パナソニックの家庭用ビデオカメラで、ズンさん夫妻、息子、娘の簡単な家族紹介ビデオを撮影した。手のひらサイズの小さな録画テープは、今回も日本に行く人に託して、日本から投函してもらった。

橘さんは、これを見てから一週間ほどで返事を書き送ってくれた。

ただ、かつてはベトナム語に堪能だったという橘さんだが、現在は手紙を書けるほどではなくなっているようだった。宛先は私になっていて、「ズンくんたちによろしく伝えて下さい」と依頼する日本語の手紙だった。

二〇〇四年五月二五日発信　橘さんから小松への手紙（抜粋）

五月十八日着　ズンくん一家のビデオをお送りくださり有り難く受け取りました。さっそく家内と二人で見せて頂きました。ズンくん夫婦と娘の新婚カップルに可愛い子ども本当に愛らしく育って呉れています。それに私たちにとって孫息子とみな温かい家庭、みなニコニコと手をとりあっての楽しい家庭を見せて頂きました。（ビデオの中で）ズンくんがたくさん色々話して呉れたのですがベトナム語から五十年も遠ざかって言葉を忘れてほとんどの話は判りませんが、その真剣な話しぶりから内容は察しがつきます。

家族の真実を見せて頂き感謝でいっぱいです。

手紙はこのあと自分のガンの再発について触れ、最後に、

ズンくんが大変会いたがって居るとのお話ですが、思ふようにいかないのが人生ですから、皆で仲良く、元気に楽しい生活ができますよう、とお伝えください。

と、結ばれていた。

親子対面

このあと、ズンさんは日本行きの行動に出た。

二〇〇四年暮れ、作家の小田実さんが代表を務める訪問団に加わることになったのだった。まだベトナム人の日本旅行が始まって間もない頃である。

一九六〇年代に発足して活発に活動していたベ平連（ベトナムに平和を！市民連合）の小田実さんたちは、二〇〇〇年代のはじめにベトナムと民間交流を行なっていた。この時にベトナム側から宿泊先として紹介されたのが、残留日本兵家族の家だった。そのうちの一軒が第二一師団歩兵八二連隊の軍曹だった熱海政孝さんのベトナムの長男チャン・ドゥク・ヒエウさんの家で、その後、小田さんたちとの交流が続いていたのだ。その一環で、今度はベトナムから民間の訪問団が日本に行くことになった。訪問団の中にヒエウさんも含まれていて、友人であるズンさんを誘ったの

だった。

一行一七人は「日越市民交流」の招きで、大阪、広島、米軍の戦車阻止闘争のあった相模原などをまわる。市民交流なので、個人宅へ民泊するという。

その話を聞いた私は、これはラストチャンスだと思った。橘さんの病気のこともある。この機会を逃したら、ズンさんは一生父に会えないかもしれない。

取り扱う旅行会社を調べると偶然にも友人が経営する会社だったので、詳しい旅程を教えてもらった。

一行はハノイから関西空港に到着するという。橘さんが住む四国は、日帰りもできる距離だ。なんとか関西滞在中に親子対面の場を設定できないかと考えた。

まず橘さんに手紙を送った。肝臓がんが再発しているという時にこんな連絡をしていいものかどうかと一瞬迷ったが、逆に、今動かないと私自身も一生後悔することになるだろう。そう思うと、力が入った。


橘さんは病気で大変かもしれませんが、ズンさんがフェリーで高松まで行きますので、何とか会っていただけませんか?

ベトナムでも数年前からパソコンが流行りだして、私も大型のデスクトップPCを購入してEメールを使うようになっていた。しかしEメールは相手が持っていないと使えない。というわけで、二一世紀に入ってからも私は相変わらず、自宅に国際郵便の封筒や便せん、そして日本で投函を依頼するための日本の切手などを用意していた。

大阪の杉原さんにはメールを送った。日本ベトナム友好協会の杉原さんは、橘さんたちと同じ一九五四年に帰国した残留日本兵のうちの一人で、橘さんとも面識がある。すがれるものにはすべてすがりたい気持ちだった。「ぜひ後押しを」とお願いすると、「私からも言ってみましょう」とメールで返事をくれた。

橘さんの手元に手紙が着いた頃を見計らって、自宅から国際電話をかけた。

まだインターネット電話が普及する前、当時ベトナムからかける国際電話はとても高かった。正直痛かったが、そんなことは言っていられなかった。

電話に出た橘さんは、いつもの手紙と同じように丁寧に私へのお礼を言い始めた。

「すみませんが」と私はそれを遮って、「手紙を読んでいただきましたか？」と、単刀直入に要件に入った。

「ズンさんがフェリーで高松まで行きますから、どうか会ってやってください」

そのあとの話は早かった。橘さんは、既にこのことについてじっくり考えていたようだった。

「私が神戸に出ますから、ホテルを教えてください」

え、本当に？　と、一瞬耳を疑った。

信じられない思いのまま、「実はホテルではなく、個人のお宅に泊まるんです」と説明したら、それでも良いといってくれた。

電話を切ってから、自宅の居間で「バンザ〜イ！」と飛び上がった。

ズンさんに伝えると、彼の顔に、今まで見たことのない笑顔が広がった。

何度も夢に見た「父」と会う。ズンさんたち訪日団一行は、朝夕は冷え込む季節の日本へ、熱い気持で向かった。

そして一一月一九日、神戸で親子対面を果たした。一九五四年父がベトナムを出発する時母親のおなかにいたズンさんが、生まれて初めて父に会った。五〇歳になった息子は、父と抱き合った。

対面の場を提供してくれたのは、ズンさんの神戸の宿泊先である恩田怜さんだった。べ平連時代からの小田実さんの仲間の一人である。訪日団の誰かが撮影していたビデオには、恩田家での対面の様子が映っている。

「はじめまして、お父さん。わたしはあなたの息子のズンです」

何度も練習したのに胸がいっぱいで言葉にならないズンさんと、無言の橘さん。二人とも沈黙したまま、座ろうともせずに棒立ちになっている二人のまわりで、訪日団の仲間や日本側メンバーが会話を促したり、賑やかに世話を焼いている。

このあと関東をまわってベトナムに戻ってから、ズンさん夫妻がわが家に挨拶に来た。今までの付き合いの中で、初めて見るズンさんの穏やかな顔つきだった。それにつられたのか、一緒にいる奥さんの表情もとても明るい。「あれ、こんなにかわいい奥さんだったかな」と思うほどだった。

ズンさんがとても饒舌になっていたのがうれしかった。私の手をがっしりと握って「チー（女性に対する呼びかけのことば）のおかげだ」と繰り返した。そして「会えてよかった、これで気持ちの整理がついた」と言った。

ズンさんは、父の顔を知らなかった。兄のタインさんは幼かったとはいえ父との時間があったので、父の記憶には残っているはずだ。帰国の時に橘さんが妻ミンさんに残した手紙の中でも、繰り返し「タインくん」と呼びかけられている。しかし、会ったこともない自分は父からどのように思われているのだろうか。「名前すら呼びかけてもらえない」「父に存在を認識されていないのではないか」という寂しさや不安が、ズンさんの中にずっとわだかまっていたのだろう。その苦しい気持ちが、念願の対面によってようやく落ち着いたようだった。

その後、ズンさんは橘家に宛てて、ベトナムのシイタケやキクラゲなどの乾物を何回も大量に送ったようだ。ズンさんにとっては、「お父さんに食べさせてあげたい」「お父さんが食べるものに困らないように」という、父を思う息子としての行為。橘さんのほうは、最初は面食らい、時には送られたバケツいっぱいのシイタケを見ながらちょっと困っただろう。でも、息子からのベトナム風の好意を、微笑ましくも感じていたに違いない。橘さんから私へ届いた手紙からは、そんな雰囲気が読み取れた。

橘さんの「戦争体験記」

ズンさん訪日の前後に、私と橘さんの間には、何度も手紙が行きかった。だんだん信頼されてきていることを、文面から感じていた。

ある時、レポート用紙四枚にびっしり書かれた手書きの手記が同封されてきた。のちにわかったのだが、それは四国のある市民団体が発行した戦争体験記をまとめた本に寄稿した文章の草稿のようだった。手記には、四国の田舎町に生まれて昭和一七年に陸軍へ入隊、陸軍中野学校で学び、フランス領インドシナ進駐から日本の終戦、そしてその後の日々が、克明に綴られていた。

橘さんはとても几帳面な人だ。遠からずこの世を去ることを覚悟していて、自分の記憶を書き残しておこうと思っていたのかもしれない。言っておかなければいけないことがある、そんな気迫すら感じさせる文面だった。そして、若き日を過ごしたベトナムに強い想いを寄せていることが伝わってきた（巻末 橘さんの「戦争体験記」と「手紙」）。

この手記には新聞の切り抜きのコピーが入っていた。それは一九九四年一二月の朝日新聞で、日本軍の進駐や今後の日越関係などについて、ボー・グエン・ザップ将軍にインタビューした長文の記事だった。

ボー・グエン・ザップ将軍は、抗仏戦争と、続く抗米戦争（ベトナム戦争）で、ベトナム軍の総司令官を務めた人物である。二〇一三年に一〇二歳で亡くなった。日本でも関連書籍が多く出版され、テレビのドキュメンタリーなどにも登場して、よく知られている。

記事の中でザップ将軍は、「敗戦後に一部の日本将兵がわれわれとともにフランス軍と戦ったことは忘れていない。特に白兵戦の戦い方を教わり、実戦で役立った。功績をあげた日本人も少なくない」と語っている。そのザップ将軍の写真の下に、橘さんはボールペンで「私が在任中の総司令官」と記していた。

橘さんは、日本でも名高いこの「ベトナムの英雄」のもとで働いていたことを誇りに思っていたのだろう。だから新聞を大切にとっておき、自分とのかかわりをメモに残したのだろう。

橘さんの「戦争体験記」には、ベトナムの家族や帰国後の生活のことは書かれていない。しかし、この時同封されていた長文の手紙にはプライベートな内容が書かれ、戦争体験記の補足資料のようになっていた。

帰国後、橘さんは苦労を重ねたようだ。その中で結婚した妻の綾子さんに支えられ、二人の娘にも恵まれた。手紙には、そのことがたんたんと、ベトナムの家族へ、さらに現在の日本の家族へも想いを寄せながら、綴られていた。そして最後に、こう記されていた。

小松様のお便りを読ませて頂き、ご意向の論文に少しでも資せればと私のベトナムでの戦闘記と帰国後の事情について色々と書きました。読みづらいと思いますが取り上げる部分があれば使ってください。

それまでのやりとりの中で、私はいずれ残留日本兵家族の記録を何らかの形でまとめようと思っていると伝えていた。それを読んだ橘さんが、「この手記を論文に使ってよい」という許可をしてくれたのだった。

橘さんから大きな使命を受け取った、と私は思った。

Baちゃんが来た

認知症の母を引き取る

高澤美香さんとロックさんたち家族の対面というビッグイベントの直後、私の暮らしにも大きな変化があった。

二〇〇一年一二月、私は郷里の新潟から母をハノイに連れてきたのだ。

連れ添った父が亡くなった時、母は既に認知症だった。施設に入れても、身体が元気なので徘徊を繰り返して入居を断られてしまった。働き者の母はじっとしていられず、草引きをしたり畑の世話をしたりするのが身体にしみついていて、施設の中でおとなしく座っていることができないのだった。

後妻だった母の居場所は実家にはなく、唯一の実子の私はベトナム住まい。父の葬儀で新潟に帰った時に、私は母をハノイに連れて帰ることを決断した。兄弟や親戚の反対を押し切って、ハノイでの母との二人暮らしを始めることにしたのだった。「認知症には環境の変化が良くない」

「母親を殺す気か」とも言われた。しかし、私はベトナムで働いている。母の介護のために帰国したとしても、日本では仕事が見つからずに共倒れになるのは目に見えていた。ほかにどんな方法があったのだろう。

周囲の批判や冷ややかな視線を振り切って、新潟県の豪雪地帯を後にして、母と一緒にハノイに着いた。ノイバイ空港には、ハノイに住みこんで考古学を研究している若い友人西村昌也さんが出迎えてくれた。ごった返す空港の出口で、頼もしい彼の笑顔を見つけた時にホッとしたことを、今でも覚えている。

ベトナム語では年配の女性に呼び掛ける時に、「Ｂａ」をつける。日本語の「婆」と通じる音ではないか。つまり母はベトナム語では「Ｂａ」、日本語では「婆ちゃん」である。私も周囲のみんなも、自然に「Ｂａちゃん」「ばーちゃん」と呼ぶようになっていった。

越後からやってきたＢａちゃんは、最初こそ「なんでここにいるのだ」などと言って新しい環境に戸惑った様子だったが、予想以上にすんなりとベトナムの暮らしになじんでくれた。特にハノイの気候が気に入ったらしく、「ここは雪が降らんで、いいのお」と、ご機嫌だった。儒教の影響が強いベトナムでは年寄りは大切にされるので、周囲の人々はみな母に優しく接してくれて、本当にありがたかった。

認知症の人との暮らしは、覚悟していたものの、現実にはなかなか大変だった。外に出ていった母が行方不明になり、大勢の人の手を借りてハノイ中を探して走り回ったこともあった。胆石になったり、憩室炎になったりした。私の日常は忙しく、あわただしく時間が過ぎていた。残留日本兵調査のために使える私の自由時間は、大幅に減少してしまった。

もっとも、母の存在が調査にプラスになると感じることもあった。

母と一緒に、残留日本兵清水義春さんの妻スアンさんの住むビンゴック村を訪ねたことがある。賑やかなハノイの街を出て北に向かうと、次第に建物がまばらになって、風景が変わってくる。車の中から外を眺めていた母の表情が急に生き生きしてきた。新潟育ちの母の目には、みずみずしい農村の風景がなつかしく映ったようだった。

スアンさんと会ってからも、その様子は変わらなかった。上機嫌で、

「ご苦労なこったね、よく働くねぇ」

などと、スアンさんに日本語で話しかけたりしていた。

スアンさんのほうは、もちろん母の言葉の意味などわからないはずだ。なのにこちらは「ハイ、そうです」と、しれっと日本語で応対している。

つまり、本物の「日本のおばあさん」を前にしたスアンさんが、周囲にいる子どもたちや嫁、孫たちに、「私だって日本のおばあさんよ」と、アピールしようとしているらしい。

そう思いながら横で見ていると、なんだかおかしくなった。

ベトナム語のスアンさんと日本語の母。言葉が通じるはずがないのに、二人が並んで座っていると、まるで仲の良い老女がおしゃべりに興じているようだった。ベトナムの農村と越後の山村で苦労を重ねて生きてきた人同士、何か感じあうものがあるのかな、と私は感じた。そのあと、

写真18　スアンさん（右）と母ヒロ。

写真19　スアンさんの家族と母ヒロ。

スアンさんやお嫁さんが用意してくれた食事が出てきて、おいしくご馳走になった。

残留日本兵の子どもが私と同世代なので、その親である残留日本兵の妻たちと、私の母親も同世代だ。母は大正生まれで、いろいろなことを我慢しながら生きてきた人だった。何かもめ事があると誰かが我慢しないといけないが、それを「みんなが言いたいことを言ったらまとまらない」と言って、常に引き受けてきたような人だった。「どうしようもないことがある」と物事を達観していた。スアンさんだけでなく、ロックさんやそのほかの妻たちにも、同世代だからだろうか、同じような雰囲気をなんとなく感じた。

家族や高齢者を大切にするベトナムの社会では、母の世話をしているのは評価されることだ。というわけで、母を引き取ってからの私は、それまでの「得体のしれない独身の日本人」であった時よりも、信頼が置ける人物だと思われるようになったのかもしれなかった。これがきっかけで、心を開いてくれたベトナム人家族もあったように思う。

ソンさんの父は

日本とベトナムの家族が交流できたロックさんの高澤ファミリーと対照的だったのが、私の残留日本兵調査のきっかけになった日本語学校の教え子、チャン・ゴック・ソンさんのケースだった。

二〇〇二年夏。この頃は、母は認知症とはいえ、まだ人に頼める状態だった。友人に母を託して所用で日本に一時帰国していた私は、静岡県に向かっていた。

ソンさんは、父の傷病記録だという紙を持っていた。触れると破れそうな、黄色く変色した紙片だった。私が判読できたのは生年月日と出身地と、日本語で書かれた「山崎善作」という名前だけだった。

山崎善作（越名　チャン・ハー）
一九二三年（十月八日生まれ）年生れ　静岡県出身
一九四六、一、一入隊
入隊後の活動　一九四六～一九五七までは越盟の軍隊

一九四七、十、一三
一九四七、十、二五　二回負傷した（書類あり）
一九五七、二月〜工場で労働者として働いた

その中に、静岡県の住所と電話番号があった。ここを訪ねてみようと思ったのだ。訪問に先立って、山崎さんには手紙を出していた。

富士山が見える小さな駅。駅舎にある公衆電話から、メモを見ながら電話をかけた。

運よく本人が出た。要件を告げると、「すぐ行きます」と言ってそそくさと切られた。たぶん近くに誰かがいて、内容を聞かれたくなかったのだろうと感じた。

しばらくすると山崎さんがやってきた。年齢を計算すると七八歳くらいのはず。ほっそりとしていて、ちょっと神経質な印象だった。その年齢にしては背筋が伸びていた。

しかしたたずまいはシャキッとしているのに、なんとなくおびえているような雰囲気をまとっていた。もちろん笑顔もなかった。さっさと用事をすませてこの場を立ち去りたいという雰囲気が伝わってきた。

「だれかに頼まれたんですか？」と、まず探るように訊かれた。

「いいえ、ソンさんが私の学生で、お父さんを探していると相談されたんです」

そのあたりの事情は手紙にも書いたはずだが、私は繰り返して説明した。しかしその手紙を、山崎さんは「受け取っていない」と言った。

「ベトナムが面倒を見ると言ったのに…」

「もう過去の話、あなたには関係のない話」

「私には私の事情があります。娘は何も知らないのです」

矢継ぎ早に繰り出される山崎さんの言葉。取りつくしまもなかった。私は黙ってそれを受け止めるしかなかった。

「そっとしておいてください、今の生活を邪魔しないでください」

そうか、これを言いにこの人はここまで来たんだ、と思った。

山崎さんは、おそれていたのだ。知り合いの日本人を使ってまで連絡してきたベトナムの息子が怖かったのだろう。現在の平穏な暮らしを脅かされるのではないかと危惧したのだ。周囲にベトナムでの経験を隠しているのならなおさらだ。過去を終わらせたい父と、いつまでも父を思う息子。両者のギャップをどう埋めたらよいのだろう。

私は、そそくさと帰る山崎さんを見送るしかなかった。

これで終わった、と思った。でも、同じ終わりにしても、もっと堂々としていてほしかった。せめてソンさんたちへのねぎらいの言葉がほしかった。「苦労をかけて悪かった」「こっちは元気にしているよ、ベトナムのみんなもどうか元気で」とでも言ってくれれば、ソンさんの気持ちはどれだけ安らいだだろう。

こんなことなら「余計なことをするな」と怒鳴られたほうがどれだけ気が楽だったろう、とも思った。情けなくて、寂しくて、切なかった。

山崎さんが立ち去った後の駅前で、私はしばらく立ち尽くしていた。

視線を転じると、目の前、左手すぐ向こうに富士山が見えた。残留日本兵の家族が日本に帰った夫や父について語る時、必ず思い浮かべるに違いない日本の山・富士山。

静岡から仰いだ富士山は本当に大きく、それがきれいな夕焼け空にくっきりとそびえていたのを覚えている。

ソンさんは、ベトナムに戻った私を待ちかねていて「どうだった?」と訊いた。

私はありのままを伝えた。そしてショックを受けたソンさんの様子を見ながら、「言うんじゃなかった…」と激しい後悔に襲われた。きっと今なら、「会えなかった、ごめんね」「また行ってみるね」と言って、ソンさんを傷つけないようにごまかすことができただろう。

ソンさんとは、その後ほとんど連絡がとれない。共通の知人を介して、向こうから連絡が来るのを待っているしかない。

しかしソンさんのことはずっと心のどこかに引っかかっている。親子の対面を果たせなかったことは痛恨だった。今でも、あの時、もっと自分ができたことがあったのではないか、違う言い方ができたのではないかと、考えこんでしまうことがある。

残留日本兵の家族探しはそう簡単にはいかないということを認識させられた、苦い経験だった。

Baちゃんとの日々

二〇〇三年は、アジアで新型肺炎SARSが猛威を振るった。ハノイの街は、患者が発生したこともあって「危険地域」に指定された。自分が住んでいる街が危険地域に指定されるなんて初めての経験だった。ハノイの日本人駐在員は本社からの指示で一斉に引き揚げたが、日本に帰ったところ、会社に出社を控えるように言われたり、遠回しに友人たちから面会を断られたり、子どもの学校編入が断られたりという話を聞いた。日本もパニックになっているようだった。

現地の私たちは、意外に平静だった。日本のテレビではベトナムの街角風景として、顔が半分隠れるような大きなマスクをしてバイクにまたがる人々の姿を映していたが、それはSARS対策ではなく何十年も前から埃除け・日よけを兼ねて着用しているものなのだ。

数ヵ月たってようやく制圧宣言が出て、ハノイの日本人社会に人が戻ってくるようになった。

我が家が街中のアパートから、ドンダー区にある通称外交団地に引っ越したのもその頃だ。ここは一九八〇年代から九〇年代初頭まで日本大使館が置かれていて、私が在住届を出したところでもあった。小さな湖の前にある団地の建物は古いが、広い敷地内には樹木や花壇やテニスコートもあり、散歩にちょうどいい。母は紺のもんぺをはいて麦わら帽子をかぶってうろうろしている。遊具も置かれていて、母はブランコがお気に入りだった。

ベトナムは年寄りに優しい国だ。誰彼となく母に声をかけてくれたり、挨拶代わりに合掌したりする。母も悠々とそれに越後弁で応じる。まるで言葉がわかっているようだ。団地内では、母は私よりもずっと顔が広く、知り合いもかなり多いようだった。

夕方、ブランコに乗っていた母に、誰かが揚げ春巻きを新聞紙にくるんで持たせてくれたこともあった。日本ではベトナム料理といえば生春巻きが定番だが、ハノイではネムと呼ばれる揚げ春巻きがよく食べられている。きっとご近所さんの誰かが、夕食のおすそ分けをしてくれたのだろう。揚げたての春巻きは、本当においしかった。

「ええね、ここは自由で。『あの婆さ、いちんちじゅうほっつき歩いている』なんて言う人もいねえしのお」

キラキラのクリスマスイルミネーションが施された団地の中を歩きながら、母はご機嫌だった。

良いことばかりではなかった。二〇〇四年の正月に、隣国カンボジアのアンコールワットへ旅行した。「親孝行できた」とちょっといい気持ちになっていたら、その一週間後、母は玄関にあったキンカンの鉢植えを動かそうとしてバランスを崩し、階段を転げ落ちて腰を強打した。ハノイの街がテト（旧正月）の準備に、浮足立っている頃のことだ。

ハノイは基本的に温暖だが、例年、旧正月前後は冷え込む。一〇度を下回ることは珍しくないし、そこに冷たい風が吹くと震えあがるほどだ。よりによって、その最悪のタイミングだった。医者ももうテト休み。頼れる友人たちも、多くがテト期間中のハノイの混雑を避けて近隣国などに出かけていた。

寝たきりになってしまった母は、自分でも動けないことが歯がゆいらしく、「こんなザマで生きていたくねえ！」と叫んだ。

ようやく診てもらった病院のフランス人医師には、手術すれば歩けるようになるがその体力があるかどうかわからない、このまま鎮痛剤を投与して持たせてはどうか、ただしその場合は体力が徐々に低下して死に向かう、と言われた。

私は迷いなく手術を選んだ。しかしもう一人の担当医である麻酔科のベトナム人医師は、八四歳という年齢では全身麻酔は危険、しかも体重三五キロでは体力が不安、と難色を示した。

大正生まれで長く山村暮らしをしていた母は、とても我慢強い。ちょっとやそっとの痛みでは弱音などはかない人なのに、その母がひどく痛がっている。その様子を見ている私のほうがまいってしまった。運を天にまかせて手術を受けた。成功だった。

三月に入り、すっかり温かくなった団地の中をゆっくり歩く母を見て、守衛のおじさんやお掃除の人たち、バイクタクシーのお兄ちゃんまでみなが、よかったよかったと喜んでくれた。また母とここで暮らせると思うと、一度はあきらめかけただけに私も嬉しかった。

とはいえ、母がいることで私の行動はそれまでのように自由ではなくなった。母の世話に時間は取られるし、長時間家を空けることも難しい。この頃の私の生活の中心は母にならざるを得なかった。残留日本兵家族たちの冠婚葬祭に呼ばれることや、残留日本兵家族を新しく紹介されることもあったが、自分から調査に動く余裕はほとんどなくなっていた。

この頃、別のリサーチの仕事でもバタバタしていた。太平洋戦争中にベトナムから日本に持ち出されたバクニン省の五戸寺の梵鐘が、弁護士の渡辺卓郎さんによって東京銀座の骨董品屋で発

写真20　バクニン博物館に収蔵された「バクニンの鐘」と渡辺弁護士。2012年撮影。

見された。ベトナム北部に進駐していた当時の日本人にとって、植民地の文化財を取り上げて持って帰ることに抵抗などなかったのだろう。

渡辺弁護士を中心にして日本で返還運動が起こって、梵鐘は買い戻された。一九七八年にベトナムに返還されたのだが、その後の周辺諸国との紛争の間に再び行方不明になった。旧知の渡辺弁護士からそれを探してほしいと言われたのだった。

探し物は得意だ。さらに、場所がバクニン省と聞いて、私の気持ちは一気に盛り上がった。バクニンには残留日本兵の墓もある。さらに「あそこには日本軍の通信基地があったはず」ということも思い出した。

そもそも梵鐘は小さくて軽いものではないのに、どうやって持ち出したのだろう。飛行機ではないだろう。船か。船にそんなものを咎められずに持ち込めるのは、軍の偉い人くらいだろう。いったいどんな人が…。バクニンの通信基地の関係者だろうか。もしかすると、私の付き合っている残留日本兵家族たちの中に、その基地で勤務していた旧日本兵の子どもがいるかもしれない…。

まるで松本清張を読んでいるような興奮だった。残留日本兵の問題とも見えない糸でつながっているように思えて、私はこの調査にものめりこんだ。梵鐘は村の精神的支柱でもあるので、ベトナムの文化や暮らしについても調べることになる。それまで日本兵家族たちとの交流で垣間見てきたベトナム人の生活を、精神的な面からもより深く知ることができたような気がした。

梵鐘は二〇〇二年、バクニン省の文化会館倉庫の奥で発見された。母を連れ帰った私をハノイの空港で出迎えてくれたハノイ在住の考古学者西村昌也さんのおかげだった。ベトナム各地の発掘現場にかかわってきた西村さんは、バクニン省の遺跡で重要な発見をしている。「俺が聞いてみるよ」と旧知のバクニン省博物館長に話をつないで、梵鐘発見のきっかけをつくってくれたのだった。

梵鐘は、バクニン省の博物館が新築されたあかつきには、そこに収蔵されることが決まった。大きな仕事が一段落して、私はほっとした。

伝える責任

二〇〇四年、「ベトナムの蝶々夫人」

二〇〇一年九月に高澤美香さんとロックさんファミリーの交流で沸き立つ残留日本兵家族たちの様子を目の当たりにし、その翌年にはソンさんの父親から拒否されて厳しい現実にも接した。私は、これはいよいよ残留日本兵家族のことをきちんとまとめないといけないと思うようになった。

私が知り合った三人の日本兵の妻、スアンさん、ロックさん、熱海政孝さんの長男ヒエウさんの母のガーさん。彼女たちと付き合っているうちに「これはまるでオペラの蝶々夫人じゃないか」と感じるようになっていた。しかし逞しいベトナムの女性は、相手が帰国後に自分の国で結婚していたとしても、それくらいのことで、蝶々夫人のように自殺なんかしない。彼女たちはベトナムでしなやかに生きている。

三人が日本の歌を覚えていたことが、さらに私の気持ちをかき立てた。「ハルコ」ことスアンさんは「湖畔の宿」ほか数曲、ロックさんは「日の丸」、ガーさんは「蘇州夜曲」を覚えていて、私の前で歌ってくれた。日本から遠く離れたベトナム北部の地で聴く日本の歌曲。民俗学者が知られざる集落で思いがけない民族芸能に出会い、「これは無形文化財なみだ！」と叫ぶのは、こんな時なのかもしれないと思った。私にとってはそれくらいの衝撃だった。

このことと出会ってしまった、知ってしまった私が、日本に向けて伝える責任があるような気がしたのだった。

ベトナム暮らしを始めてから、私は個人通信「南の風の便り」を発行していた。まだベトナムにかかわる人が少なく、知られざる国だったベトナムの現地発の話題が面白がってもらえるのではないかと考え、ワープロ・コピーの簡単なものだが、知り合った人たちに送っていた。この頃には母との日常生活を記事にすることが多かったが、その中で、連載企画「蝶々夫人」として残留日本兵の妻たちを一人ずつ取り上げて紹介していた。これが、ちょうどベトナム西北部の村に入って調査中だった文化人類学者の樫永真佐夫さん（国立民族学博物館）の目にとまった。

「これは民族学でしょ。うちの冊子で紹介できないかな」

樫永さんはそう言って、民族学博物館で発行している『季刊民族学』の担当者に話をつないでくれた。

編集部も乗り気になって掲載されることになった。「写真も付けられますか？」と言われたが、残留日本兵関係の場所や家族たちの住まいはベトナム北部に点在していて、ハノイから数十キロ離れたところが多かった。それではちょっとバイクで一走りというわけにもいかず、また母の介護をかかえていて長時間家を空けるわけにもいかず、フットワークよく動くことができなかった。かといって、カメラマンを手配するお金もない。

困っていると、これも樫永さんの紹介で、柏原力さんというプロのカメラマンが、家族たちの写真を撮影してくれることになった。もともとベトナムの写真を数多く撮影していて、現地の空気をよく知っている柏原さんに、この記事の撮影を担当してもらったことは本当にありがたかった。

「ベトナムの蝶々夫人」が載る国立民族学博物館監修『季刊民族学』一〇八号が発行されたのは、残留日本兵の第一陣が帰国してからちょうど五〇年目にあたる、二〇〇四年春のことだった。出来上がってみると、オールカラー、グラフィカルで美しい一二ページもの大特集だったので、私のほうが驚いた。写真にも唸った。彼らの表情を絶妙に切り取っている。普段私が知っている通りの、彼らだった。今にもしゃべりだしそうだと思った。

この直後にAERA誌にも取り上げられ、こちらはもっとたくさんの人の目に触れたはずだ。

残留日本兵家族の調査では、ベトナム北部六省のあちこちに足を運んだ。今のように通信や道路事情が良いわけではなく、連絡がとれなくて無駄足になったりすることもあった。当時のベトナムでは外国人の行動は制限されていたので、公安に目をつけられて「目的外活動」とされ、困ったこともあった。

自ら進んで引き受けたとはいえ、様々な制約と困難のもとで、あてもなく続けてきた仕事が一つの形になり、私はほっとするとともに、充実感を味わっていた。

NHKドキュメンタリー始動

『季刊民族学』が発行されて間もなく、二〇〇四年六月のことだった。いつものようにバイクで市内を移動中に、携帯電話が鳴った。発信を見ると日本からのようだ。慌ててバイクを路肩に寄せて電話に出た。

ＮＨＫ中部ブレーンズのコヤマと名乗る人からだった。

「『蝶々夫人』を読みました。来年は戦後六〇年の年です。その記念番組にこのテーマを扱いたいと思うが、どうですか」

誠実な雰囲気の、落ち着いた声だった。しかしこちらは騒がしいハノイの街中で聞いたので、最初は何のことがわからなかった。「ハァ？　ハァ？」と大きな声で何度も訊き返し、ようやく事態が呑み込めて、夢中で「ぜひ！」と叫んだような気がする。

その日の夕方、自宅のパソコンを開くと、丁寧なメールが送られてきていた。

二〇〇四年六月二四日、メール受信

小松様

初めてメールいたします。

ＮＨＫ中部ブレーンズでディレクターをしている小山裕司と申します。季刊「民族学」で小松様の「ベトナムの蝶々夫人」を拝読しました。一九七一年生まれの私にとってベトナムはベトナム戦争の国でした。三年前ホーチミンを旅したときもベトナム戦争のフィルターを通して人や街、自然を見つめていました。確かにベトナムはアメリカとの前にはフランスとの関係が、そしてその直前には日本との関係が存在していましたね。

小松様の記事を読んで改めて思いおこしました。

しかしこのような引き裂かれた家族たちの物語があるとは思いも寄らぬことでした。

ＮＨＫでは毎夏、第二次世界大戦の、今回はあえて太平洋戦争と呼びますが、特集番組を制作しています。

小松様の記事を元にして、私は時代に翻弄された人間ドラマとしてドキュメンタリー番組を制作したいと思いました。制作の段取りを考えると今夏には間に合いませんが、来夏、諸所の状況が許せば今秋を目標に制作を進められないかと思います。

ハノイの六月は高温多湿でげんなりするほどだ。だらだらと汗を流しながらパソコンの前でメールを読んで、『蝶々夫人』を書いてよかった」とつくづく思った。

電話の口調を思い出し、この人なら、このテーマをきっと大切にしてくれる。ぜひやりたい、やってほしいと思った。本来、こういう場合はコーディネート料などの話をしないといけないのだろうが、自分が宝物にしているテーマが電波にのるかもしれないのだ。報酬のことなど、頭から吹き飛んでいた。

企画を出してみないとわからないという話だったが、無事に通ったらしい。番組の担当は、小山さんと栗木誠一さん。栗木さんは以前NHK国際放送局でベトナム語放送を担当しており、この時は小山さんの会社のチーフプロデューサーだった。もともと一九九〇年代にハノイに語学留学したこともあるベトナム通で、流暢なベトナム語を話す栗木さんとは、私も既に面識があった。

二ヵ月後に、日本で全員が顔を合わせた。二〇〇五年春にロケハン。二〇〇五年五月から六月にかけて、それぞれ二〜三週間にわたって二回のロケが行なわれた。

打ち合せのためのメールが、日本とベトナムの間を頻繁に行き交った。その間にも「一九五四年に帰国した残留日本兵の藤田勇さんが、日本ベトナム友好協会で講演中に倒れて亡くなった」とのニュースが飛び込んでくる。ベトナムでも日本でも、関係者はどんどん歳をとっていく。急がなくては、と私は思った。

スアンさんの夫清水さんを訪ねる

ドキュメンタリーの打ち合せのために帰国した二〇〇四年、私は思い切って富山まで足をのばして、清水義春さんを訪ねることにした。枕を夫に見立てて帰りを待ち続ける「ハルコ」ことスアンさんの夫だ。

残留日本兵のことに興味を持ってくれた人がいた、それがテレビ番組になるかもしれない。そのことが私を奮いたたせていた。

北陸の富山駅に降り立った私の手元にあるのは、二〇〇〇年に福井の駒屋俊夫さんを訪ねて受け取った「友の会」住所録だった。地名を手がかりに、駅前から富山地方鉄道の電車に乗り、開発という小さな駅で降りた。

清水家には事前に連絡を入れていたわけではないので、不審者として追い払われても仕方がない。今ならストーカーと言われてしまうところだが、二〇〇四年はまだそういうことに時代が寛容だった。

道路沿いに家がぽつぽつと建っているが、少し入ると田んぼが広がる、郊外の住宅地だった。しばらく歩いてようやくたずねあてた清水家の呼び鈴を押すと、玄関にやさしそうな女性が現れた。清水さんの奥様だろうか。私はちょっと緊張しながら自己紹介した。

「ベトナムからですか？　どうぞおあがりください」

もちろん驚いただろうが、女性はすんなりと受け入れてくれた。

家に上がり、奥に入ると、リビングがあって、その奥に座敷がある。そこに置かれたベッドに、横たわっている人がいた。

「ベトナムから来なすったそうです」

と聞くと、男性の目がキラリと光った。そして徐々に顔が紅潮してきたように感じた。

清水さんは身体の自由がきかないようだった。生活のすべてに周囲の介助が必要らしい。最初に出てきたのはやはり妻の映子さんで、彼女が献身的に世話をしていた。

私は清水さんに訊きたいことがたくさんあった。ベトナムになぜ連絡しないのか、残された家族をどう思っているのか、もう忘れてしまったのか。脳裏には、スアンさんたち家族の顔が浮かんでいた。

しかし、目の前に横たわる清水さんは脳梗塞を患って半身不随。会話もままならない。その姿を見て、あきらめようと思った。映子さんは、清水さんがベトナム帰りであることは知っているようだ。しかし、ベトナムに家族を残してきたことを清水さんが話しているかどうかはわからない。

結局、私はこの時、ベトナムの家族の話をしなかった。なんだかこの場で言ってはいけないような気がした。そしてあまり長居してはまずいと思い、早々に辞去することにした。

帰り際、映子さんが「富山までは電車よりバスの方が便利だから、バス停まで送る」と言ってくれた。バス停までの道を一緒に歩きながら、いろいろな話を聞いた。普通に歩いたら一〇分くらいの道のりだったと思う。しかし、映子さんはいろいろ聞きたそうな私の気配を感じたのか、ゆっくりゆっくり歩いてくれた。結局、三〇分近くかかったような気がする。

帰国後の清水さんは、仕事が見つからなくて大変だったそうだ。せっかく見つかった仕事でも、ベトナムにいたことがわかると「共産国帰り」というレッテルを貼られ、クビになってしまうこともあった。当時、中国やベトナムからの引き揚げ者は「公安」がついていて、行動をマークされていたそうだ。

軍手やテントを製造する工場にようやく職を得た時に、映子さんに出会った。

ある時、二人で歩いていると不意に清水さんが「イヌに追いかけられた」と言い出した。映子さんが「犬なんていないわよ」と言うと、清水さんは「その犬じゃないよ、警察だ」と厳しい表情になった。

「そう言われましたが、私はそのへんがうといでねえ」

昔を振り返る映子さんの口調は、「で、ねえ」と、語尾がやわらかく上がって、とてもやさしいのだった。これが富山弁なのかなと微笑ましかった。

映子さんと話しているうちに、私の気持ちもほぐれていった。映子さんの明るい笑顔を見ながら、辛い経験をした清水さんは、この人と出会って救われたのだろうと思った。だから、ベトナムに戻れる見込みがないと悟った時に、日本で新しい家族を持つ決心をしたのかもしれなかった。

やがて清水さんは自分の店を構えるのだが、休む暇もなく働き続けたという。

「あの頃は生きるのが精いっぱいだったでねえ」と映子さん。「イヌ」に見つかるたびに住居を変えたこともあったという。

やはり清水さんは、ベトナムの家族のことを映子さんには告げていないようだった。

ただ、ベトナム戦争が盛んだった頃は、戦争反対の立場をとっていたという。所属する地域の民主商工会で「ベトナム人民を支援する」の署名活動や募金活動をやっていたこともあったそうだ。もしかするとその活動を通して、ひそかにベトナムの家族に届かぬ思いを寄せていたのかもしれないとも思った。

ドキュメンタリー放映

ドキュメンタリー「引き裂かれた家族～残留元日本兵とベトナムの60年～」は完成した。ハイビジョン特集として約二時間、BSドキュメンタリーとして五〇分の番組になって、オンエアされた。

日本で取材した部分では、『クァンガイ陸軍士官学校』の著者の加茂徳治さんと大阪の杉原剛さんが、残留日本兵本人の立場から証言していた。二人とも高齢にもかかわらず、ベトナム時代を昨日のことのように克明に語っていた。このほかに、顔や名前を出さないという条件で、取材に応じてくれた家族もあった。

ベトナム側からは、スアンさん、ロックさん、ガーさんの家族が登場した。妻たちはそれぞれの表現で夫への想いを語り、子どもたちは「一度でいいから会いたい」「お父さんと呼びたい」と感情をあらわにして訴えた。

視聴した日本の友人からは「いろいろ考えさせられた番組」「重いテーマだが、出演した人々のその後に明るい笑いと暖かな交流が見られたことが救い」と感想が送られてきた。「両国の政府に気を遣っているのか？」と背景を推理する友人もいた。

力のこもった、とてもいい番組だった。しかし、放送は一過性のものだ。放送が終了すると、よほど興味を持って番組検索してくれればどこかで見つかるのかもしれないが、基本的にはもう世の中に届ける手段はない。

　再放送してほしいと願ったが、こればかりはどうもならない。ようやく三年後の二〇〇八年、BSハイビジョンで再放送があった。この時は、もうこれが最後の再放送だろうと、私も再放送の連絡をくれた栗木さんも思っていた。

　この時、せっかく取材してカメラ撮影したものの、編集でカットされた人たちが何人かいた。番組構成上は仕方ないことなのだが、そのことも気になった。

　もう日本兵の妻たちは、生存している人のほうが少ない。そのうちの一人、ハイフォンの平口宗太郎夫人のホーさんにも、画面に出てほしかったと思った。平口さんとホーさんの間には一九五一年と一九五四年生まれの二人の息子がいて、そのうちの一人は父に会いたくてボートピープルとしてベトナムを出国、途中の海上で捕まって香港の難民収容所に送られている。その後のことは、ホーさんも亡くなってしまった今、私には知るすべもない。

「日本占領下の台湾出身の残留日本人・日本軍属」である呉連義さんも、カットされてしまった。ただでさえ複雑な残留日本兵・日本人問題なので、このケースまで取り上げると番組に収まらないという判断だったのかもしれない。丸一日カメラを回して取材したにもかかわらず、結局まったく使われなかった。

　二〇〇六年に八三歳で呉さんが亡くなった時、駆けつけた葬式の席で家族から「あの時のビデオが欲しい」と言われたが、「テレビ番組にはならなかった」とは言えなかった。録画したテープもうＮＨＫには残っていないらしく、どうしようもなかった。

残留と帰国の理由

残留日本兵がドキュメンタリーになったことは、それまでの私のあてどない調査を一気にパワーアップする効果があった。日本の家族へのコンタクトなど、今までなら躊躇していたこともできるようになった。大変になりつつあった認知症の母の世話と折り合いをつけながらも、私は「やらなければ」と意気込んでいた。

実は、ＮＨＫのドキュメンタリーに期待していたことがあった。

父たちはなぜ残留したのか、そしてなぜ帰国したのか。長年調べているうちに、背景事情らしきものはだんだんわかってきていた。しかし、一人の人間の行動として考えた時に、いま一つ納得のいかないところがあったのだ。ドキュメンタリーでは、残留日本兵本人にも話を聞いている。私個人では限界のある調査がマスコミの力によって大きく前進するかもしれないと、はなはだ他力本願だが、希望を抱いていたのだった。もっともっと知りたいと、誰よりも私自身が強く思っていた。

番組では加茂徳治さん、杉原剛さんが日本で長時間のインタビューに応じ、ボー・グエン・ザップ将軍まで画面に登場して残留日本兵の功績を証言してくれるなど大きな成果はあったが、やはり明確な答えはなかった。

加茂さん、杉原さん、カットされたが呉連義さん。彼ら残留日本兵本人が、残留の理由と帰国の理由を自分の口で語ってくれる最後のチャンスだったはずだ。これは本当に残念で、同時に私自身の深い後悔にもなっている。

特に知りたかったのは終戦時の残留についての心境だ。外部要因としては、「ベトミンにリクルートされた」が一応の定説になっている。それはそれとしても、個人として見た時に、心情的に納得がいかない例がありすぎるのだ。

日本に美香さんという娘を残して出征し、ベトナムで終戦を迎えた高澤民也さんはなぜ残留したのだろう。同じ一九五四年帰国の藤田勇さんも、安藝昇一さんも、ベトナムに来た時点で、既に日本に家族を持っていたという。その彼らはなぜ残留したのだろう。

藤田勇さんは軍人ではなく、横浜正金銀行勤務の民間人だった。一九六二年に朝日ジャーナルに手記が掲載されている。

「私は旧横浜正金銀行員として一九四三年、東京支店からハノイ支店に勤務、その後インドシナ銀行にまわされ、そこで敗戦を迎えました」(「朝日ジャーナル」一九六二年二月一一日号)

残念ながら生前の藤田さんに会うことはできなかったが、その後日本ベトナム友好協会を通じて、藤田さんの娘の越子さんと手紙を交わすようになった。越子さんは、藤田さんが帰国して家族のもとに帰った翌年に生まれている。

越子さんによると、藤田さんが結婚したのは一九四二年。妻の光子さんも同じ銀行勤務で、そこで知り合ったらしい。翌年、光子さんをベトナムへ呼ぶつもりだったようだが、果たせないままベトナムで終戦を迎えた。

藤田さんはなぜこの時に帰らなかったのだろう。

一九五四年一一月、朝日新聞夕刊が「ヴェトナム帰国者の座談会」を掲載している。日本に向かう興安丸の中で開催されたものだ。ベトナムからの帰国者のうち、藤田勇、安藝昇一、湯川克夫、平口宗太郎、清水義春、笠松康彦の六人が出席している。その中で、ベトナム残留の理由を問われ、藤田さんは「敗戦と言う厳しい現実を考えた時、敗戦国に帰りたくないと思った」と語っている。が、これは本心なのだろうか？ 私は、この座談会で参加者が本心を語っていないような気がするのだ。ベトナムに気を使っているのか？ 何かをカモフラージュしているのか？ どうも納得いかない。

藤田さんの娘越子さんも、ここが理解できないという。

「どうして母を日本に残したまま一一年もベトナムにいたのか？ 母がいくら仕事を持っていたからといっても、他の人と結婚すると思わなかったのか？ やはり何か残留には深い事情があったのか…それを父に聞かずじまいだったのが残念」

と、越子さんは今でも後悔していると言う。

藤田勇さんはその後、日越貿易会で活発に活動し、合同石炭（株）日本ベトナム産業技術協力会、母校である東京外国語大学でインドシナ事情を講義するなど、「ベトナム一筋」の人生を歩んだ。二〇〇四年、NHKのドキュメンタリー制作がスタートしてすぐの頃、日本ベトナム友好協会でまさにベトナム残留を語り始めた講演中に倒れ、救急病院に運ばれて亡くなった。生前になんとか会って話を聞きたかった、と口惜しかった。

同じ一九五四年に帰国した安藝昇一さんも、日本に家族がいたのにベトナムに残留している。安藝さんも民間人で、大阪商船の駐在員だった。一九五四年一一月二四日、残留日本兵の帰国を報じる朝日新聞紙面は、兄の東大教授安藝皎一氏の発言として「戦後は（昇一とは）音信不通だった」と伝えている。ベトナムにいる間、安藝さんは日本に連絡すらとっていなかったのだ。

同じ紙面には、「〝父帰る〟の報に喜びの安藝晶子さんと級友たち」とキャプションの付いた写真が載っている。中央で嬉しそうな笑顔を見せているのが一一歳の三女晶子さんだ。

安藝晶子さんは、後年世界的に有名なヴァイオリン奏者になり、新日本フィルハーモニー交響楽団、サイトウ・キネン・オーケストラなどのコンサートマスターを歴任している。藤田越子さんは父の勇さんと一緒にその晶子さんが出演する演奏会にも足を運び、安藝昇一さんの妻でピアニストの幸さんとも交流があった。帰国後すぐに亡くなったという安藝さんもまた、ベトナム残留の理由を深く語っていないという。

帰国についても、腑に落ちないことがある。

一九五四年の帰国者は、ベトナム人妻と子どもの帯同が許されなかった。ドキュメンタリーでは、帰国の背景には、中国との関係に配慮したベトナム政府による措置があったのだろうと推測を述べている。

では、「日本に帰る」ことを家族に告げず「長い出張」と言った清水さん、「日本に帰る」と言って別れを告げた高澤さん、帰国の途中から妻に宛てて詳細な手紙を書き送った橘さん（巻末資料「橘さんから家族への手紙」）、彼らの行動の違いはどこから生じたのだろう。私の知る限り、彼らのとった行動には統一性がないのだ。

残留日本兵・残留日本人本人に語ってほしいことが、まだまだたくさんあった。しかし、二〇〇五年の段階でも、もう存命の人から直接話を聞くことは難しくなりつつあった。

近づく心の距離

清水さん訪越、スアンさんとの再会

ドキュメンタリー「引き裂かれた家族」がきっかけになって、「ハルコ」ことスアンさんと清水義春さんの止まっていた時間が動きだした。

スアンさんと三人の子どもたちは、帰らぬ夫・父を待ち続ける残留日本兵の家族として登場した。画面では、富山の清水家から届いたビデオレターを、スアンさんと子どもたちが食い入るように見つめていた。清水家の希望で、ビデオの液晶画面にはボカシをかけて、名前も伏せられていた。

最初「元気そうね」と微笑みを浮かべていたスアンさんだったが、やがて涙を抑えきれなくなった。スアンさんは日本へ帰った夫への愛を切々と語り、スアンさんの長男フィさんは、還暦に近い男性とは思えないほどの感情をむき出しにして、あふれる涙を拭きもせずに「まだお父さんと呼んだことがないんだ」「恋しい」と訴えていた。

このシーンに、清水さんと娘である和子さんは釘付けになったという。

「ベトナムに帰りを待っている家族がいるなら、お父さんを連れていってあげないと」

和子さんは、清水さんや映子さんを必死に説得した。

和子さんの家族も応援した。夫の裕さんは「私は仕事で行けないから、そのかわりに」と、全員の旅費を負担すると申し出てくれた。さらに、若い息子たちが、身体の自由がきかない清水さんの車椅子介助要員として同行してくれるという。渡越の計画が具体性を帯びてきた。

以前に比べてベトナム旅行は身近になってきていたとはいえ、パックツアーでもないのに全員を連れてくる和子さんの責任は重く、言葉や食べ物など不安は尽きない。旅行すべてを一人で取り仕切るのは不安だと和子さんが言うので、私は、フリー通訳の加藤則夫さんに相談してみた。

加藤さんは長らくNHK国際放送局のベトナム語放送で活躍、要人通訳も数多くつとめたベトナム語の第一人者だ。ちょうどNHKを早期退職したばかりだった。ハノイが気に入っていて、何度か遊びにも来ていたので、「加藤さんを囲む会」として在住日本人が集まって勉強会をしていたこともある。頻繁に日本に帰国できず日本の書籍が手に入らない私に同情してくれて、いつも快く本を運んでくれた。そんな加藤さんに清水家の相談をしてみたら、「それはとても意義のあること。そんな話なら、ぜひ手伝いたいよ」と手弁当での協力を申し出て、スアンさんと日本の和子さんたちとの連絡係をやってくれることになった。

清水さんがベトナムにやってくる。そのニュースは二〇〇六年の師走、ハノイ郊外のスアンさん宅に届いた。そのニュースを届けたのも加藤さんだった。

二〇〇六年一二月七日夜、スアンさんたちはハノイ・ノイバイ国際空港にいた。

家族や友人のつながりが強いベトナムでは、海外渡航の見送りや出迎えは一大行事で、親類縁者の何十人もが駆けつけることが珍しくない。特に深夜の時間帯は、日本や韓国への便が多く発着し、その送迎の人々で空港はごった返す。この日も空港は大混雑だった。スアンさんたちも、子ども三人にそれぞれの家族の総勢八人で、村からマイクロバスを仕立ててやってきた。

スアンさんと次女のフォンさんは、ベトナムの正装であるアオザイを着て、花束を抱えていた。普段は農業をしている長男フィさんと次男のビンさんも、慣れない背広にネクタイをして緊張気味で落ち着かない。子どもたちは空港が珍しいようで、元気にはしゃぎまわっていた。

日本からの便が到着したらしいと知ると、みんなそわそわと立ち上がった。

「まだまだ入国の手続きに時間がかかるから。座ってて」と私が言っても、誰も耳を貸さず、みんな出口をじっと見つめていた。いつも明るいスアンさんも、泣きそうな深刻な顔になっていた。そのまま、ずいぶん長い時間がたった。

空港の出口に日本人旅客の姿が見え始めた。今か今かと待っていると、最後のほうになって、ようやく清水さん一行が現れた。

車椅子に乗った清水さん、奥さんの映子さんが寄り添う。この旅を企画して強力に推進した長女和子さんと、清水さんの介助役である二人の孫たちの頼もしい姿もあった。おみやげらしい大きな荷物を持っている。

加藤さんも一緒だった。関西空港で清水さん一家と合流、ベトナム滞在中もずっと付き合って通訳と調整役をしてくれるのだ。

挨拶もそこそこに、一行は車に乗り込んでハノイ市内のホテルに向かった。ノイバイ国際空港からハノイ市内までは当時まだ高速道路もなく、一時間ほどかかった。

ハノイのシンボルとも言えるオペラハウスに隣接して建つヒルトンホテルは、海外要人の宿泊も多く、格式も高い。その高級ホテルに、もう日付が変わろうとする時刻だというのに大勢のベトナム人がぞろぞろと入ってきて、そのまま客室に向かおうとするのを見て、フロントの人が飛んできた。

「お客様、客室はご宿泊の方だけとなりますが」

そこを強引に「ちょっとだけです、すぐ帰りますから」とお願いして、みんなでエレベーターに乗り込んだ。

ホテルの部屋に入ると、まず長旅で疲れている清水さんに、ベッドに横たわってもらった。ハノイの一二月は一応冬だが、日本に比べるとはるかに気温が高い。清水さんは汗びっしょりだった。

その額をタオルでふく長男フィさん。優しく肩をもむ次女フォンさん。そしてスアンさんは、「アイン・オーイ」（あなた）と清水さんにベトナム語で語りかけた。はじめのうちは、母やきょうだいの様子を見ているばかりだった末っ子のビンさんも、やがて遠慮がちに手を出して父の足をもみはじめた。

空港では周囲の人に遠慮していたのか、あるいは緊張していたのか、意外にあっさりした対面風景だったのだが、こうして部屋に入るとやはり感情があふれてくる。その光景は、長らく出張していた父が帰ってきて、家族が総出でその労をねぎらっているように見えた。

清水さんが帰国した当時、六歳、三歳、一〇歳だった子どもたちは、五〇代の壮年になっている。五二年の歳月を埋めるかのように、みんな一瞬たりとも、清水さんに触れることを止めようとはしなかった。

ベッド上の清水さんが、あっちからこっちから「ボ・オーイ」（お父さん）「アイン・オーイ」（あなた）と呼びかけられ、触れられている。その様子に、映子さんも、和子さんと二人の息子たちも、ただ圧倒されていた。

しばらくして部屋の電話が鳴った。「お客様、長い時間は困ります」というフロントからだった。

それでも清水さんから離れようとしないスアンさんと子どもたち。「明日また会えるから」と説得して、ようやく腰を浮かした。みんな何度も何度も振り返りながら、名残惜し気に帰っていった。

翌日、スアンさんの家で歓迎会があった。

ビンゴック村までの一時間ほどの道のりの間、車内の清水さんは、ベトナムのあまりの変化に驚いたのか、何も言わずに食い入るように窓外を見続けていた。

長老はじめ村人を招いての大宴会だった。もちろん家には入りきらず、村人たちは中庭に設営されたテントの席についた。村の長老が歓迎の挨拶に立ち、並んだ料理も、豚肉、鶏肉、牛肉、海鮮ものと結婚披露宴以上の豪華さだった。

ベトナム北部には、日本の古稀や米寿のように、七〇歳八〇歳九〇歳の節目で「寿」（Thọ）のお祝いをする習慣があり、本人は黄色い民族衣装を着るのが習わしになっている。清水さんにも用意した衣装を着せ、スアンさんが横に並んだ。その様子は長年連れ添った夫婦そのものだった。

村人たちの中には、スアンさんが残された子どもたちを懸命に育てているのを見ながら、「スアンさんは日本人に捨てられたんだ」と心無いことを言う人もいたという。子どもたちも、ベトナム戦争中は「コンライ（混血児）」と呼ばれ、差別されることもあった。

そのスアンさんたちが今、みんなに祝福されながら笑顔で座っている。スアンさん家族の様々なつらい経験を聴いてきた私の目には、スアンさんと子どもたちが「私には夫がいるんだ」「私たちにはお父さんがいるんだ」と、誇らしげに胸を張っているようにも見えた。

清水さんも嬉しそうだ。徐々にベトナム語を思い出しているようで、カタコトの単語が出はじめていた。帰国後に連絡できなかったことを詫びる言葉もあった。そのたびに周囲が沸き立つ。

「お父さん、ここに住んではどうですか？　孫も多いし家族が多いので、いたれりつくせりでお世話ができますよ」

「ドゥク（清水さん）だけ残ってもいいですよ」

スアンさんや子どもたちが次々に笑顔でそう話しかける。

その様子を、妻の映子さんは少し離れたところから眺めていた。帰国後の夫の困難な人生を支えた、優しくて賢い映子さん。ベトナム語は全く理解できなくても、自分の夫がみんなにとても

写真21　清水さん訪越。中央が清水さん、車椅子を押す妻映子さんとスアンさん。

歓迎されていることはわかる。スアンさんの笑顔にも胸があつくなり、二人を祝福する気持ちはありながらも、映子さんは一抹の寂しさを感じていたのかもしれない。今日の主役は、やはり黄色い民族衣装を着た二人だった。

「私、来ない方がよかったかしら」

ぽつりとつぶやいた映子さんの姿に、私は胸をつかれた。これまで私は、ベトナムに残された家族と残留日本兵本人との再会のことばかりを考えてきた。しかし、それは現在の日本の家族を否定することにもつながりかねないことなのだった。

映子さんの横に座って飲み物と料理を勧めながら、私は二つの家族のことを考え続けていた。そして改めて、この再会を強く推進してくれた和子さんに感謝する気持ちでいっぱいになった。

「若かりし頃の父がベトナムで家庭を持ってい て、現地にはその妻と子どもたちが帰りを待っている」という現実を受け入れるまでに、和子さんにどれほどの葛藤があっただろうか。妻の映子さんはもちろんだが、和子さん自身だって、おそらくは夢にも思わなかっただろう。「お父さんとベトナムの家族を会わせる」と決心するまでに多くの複雑な感情を乗り越え、そして強い意志で周囲を説得してきたに違いないのだ。

これまで多くのベトナム残留日本兵・日本人の家族と交流する中で私が一番つらいと思うのは、家族が思うように見つからないことではなかった。せっかく訪ねあてても「もう過ぎたこと」「今の家族に知られたくない」「狭い地元で噂になったら困る」などという、当人や現在の家族の拒否だった。もう少しでつながるはずだった糸がそこで断ち切られてしまう切なさを、何度も味わってきた。

その中で「お父さんをベトナムの家族に会わせなきゃ」と周囲を説得した和子さん、娘の助言を受け入れた清水さんと映子さん。安くはない渡航費用を進んで負担してくれた夫と、車椅子海外旅行の介助という力仕事を買って出てくれた息子たち。和子さんを中心に、日本の清水家の家族は一つになって、ベトナムの「もう一つの家族」をこんなにも喜ばせてくれたのだった。なんて素敵な家族なのだろうと私は思った。

その後、スアンさんたち家族と日本の清水家は手紙をやりとりするようになった。

「みなさんお元気ですか?」

「お父さんの具合はどうですか?」

「息子さんのお嫁さんは見つかりましたか？」

「お父さん、寒い時期はベトナムに来ればいいですよ」

次々にベトナム語の手紙を書いては、フィさんに託された長男が「日本の切手を貼って出してくれ」と、我が家に持ってきた。

日本からも時候の挨拶や「何々の花が咲いた」と、日本語の手紙が来る。私が訪問する時に、その内容を伝えていた。

「お父さんの国が大変だ」

二〇一一年の東日本大震災は、ハノイ在住の日本人たちにも大きなショックを与えた。街を飲み込む津波や原子力発電所爆発の映像はベトナムでも繰り返し放送され、同情の声が寄せられた。

当初「義援金はベトナム赤十字を通して」と言っていた日本大使館だが、数日たって特設の窓口を設けた。そこには、たくさんのベトナム人が訪れた。

震災のニュースを知った残留日本兵の家族たちが、日本にいる父のことを思ったのは当然だった。居ても立ってもいられず「お父さんの国を救おう」と立ち上がった。

中心になったのはゴー・ザ・カインさんだった。一九五四年に帰国、後にベトナム友の会の初代世話人を務めた湯川克夫さんの息子である。

「じっとしていられなかったんだ」とカインさんは言った。

震災から一週間ほどたった、とても寒い日だった。みんなで日本大使館に義援金を持っていくので一四時三〇分に集合することになっていたが、一四時頃にはもう二〇人ほどが集まっていた。ハノイの冬は冷えるが、いつもなら三月はもうかなり温かくなっているはずだ。しかしこの日は特に寒かった。震災に震えている日本と一緒に、ここでみんなも震えているのだと思った。

通常、ベトナム人はビザ発給などの窓口以外、大使館内部には入れない。それが今日は、義援金と記帳のためとはいえ、「日本」に入れる。

いくら「父親が日本人だ」と訴えても大使館が日本人として処遇することはなく、彼らは「ベトナム人」として扱われるのが常だった。一方で、彼らは、日本人との混血であるためにベトナム社会から有形無形の差別を受けてきた。つまり、ベトナムからも日本からも排除されてきた。このことは地縁血縁を大切にするベトナム人にとっては、アイデンティティにかかわる本当につらいことだったのだ。非常時とはいえ、初めて日本大使館から「ちゃんとした扱い」を受けたことが、嬉しかったのだという。

この時、私は「この人たちは、本当に心の底から祖国日本と父を求めているんだ」と実感した。彼らとの長い付き合いの中でそのことはわかっていたつもりだったが、やはり完全には腑に落ちていなかったのだった。

お父さんが家族を置いて帰ってもう何十年？　どうしてそこまで思い続けるの？

日本にも交渉の途絶えた離別家族なんていくらでもいる。「そんなもの、さっさと忘れて切り替えなさいよ」と言いたくなることも、正直なかったわけではない。

言い方は悪いのだが、パフォーマンスじゃないの？　日本国籍が欲しいとかの下心があるんじゃないの？　と、ちょっと意地悪な見方をしてしまうことすらあった。

それが、父の国の災難に心を寄せて悲しんでいる彼らの様子を見ているうちに、薄れていくのを感じた。これがベトナムの家族のありかたなのだ。彼らは本当に父を求めているのだ。だったら、私もその覚悟で彼らととことん付き合わないといけない、と思った。

この国には儒教精神というか、父系の血が大河のように流れているのだ。それはこの国に暮らし彼らと接すればわかってくる。

若いころ東京で観た森繁久弥のミュージカル『屋根の上のヴァイオリン弾き』で、イエンテ婆さんが「どんな亭主でも、いないよりはいた方がマシだよ」という台詞を言うのだが、当時の私はそれがどうも納得いかなかった。しかしベトナムに来て考え方が変わった。女子どもだけの所帯は軽んじられる。たとえ酒ばかり飲んで仕事もしないでぶらぶらしている亭主でも、あの家には男がいるという「番犬」にはなるのだ。彼らには、ともかく「夫・父」という存在そのものが重要なのだった。

この日、仲間たちと顔を合わせ、一緒に大使館にお見舞い訪問をして、彼らは精神的に落ち着いたらしい。帰途はもう、いつもの賑やかなドンフォン（同郷）たちのグループに戻っていた。

義援金と記帳をドンフォンたちに呼びかけたカインさんは、後日、日本大使に宛ててこの時の写真を送っている。同封されていた手紙には、こんな想いが記されていた。

二〇一一年三月一一日一四時二〇分　NHKのニュースで知りましたが、日本が地震と津波に襲われたということがわかりました。それでもまだ半信半疑ですので、小松さんに電話し、確認いたしました。小松さんに「そのとおり、日本の東北で地震と津波が起きた」と言われた時にすごく驚いたので、すぐに各地の日本人の子どもたちに電話いたしました。「現時点ではどうしたら良いのかわかりません。そのうち大使館が犠牲者のために追悼式を行なうかもしれませんので、その時にぜひ集まってほしいです。VTV1（ベトナムのテレビ局）で報道されると思いますので、待ちましょう」と皆に言いました。

我々は今までの日本人の皆様にどのような存在として認識されていたか存じませんが、我々のお父さんたちは日本人です。我々はベトナムで人生を送るという共通の運命を持っていますが、我々の心は日本にあると確信しております。そのため、故郷がこのような災害に襲われたことを見て大変悲しいです。

その後、大使館が追悼式をハノイで行なうということを知りましたので、二〇一一年三月二一日、日本大使館の前で集合しました。「参加したいのですが、遠方のため参加できない」と残念がっていた人が何人もいました。「その気持ちを持つことが大事です。ご都合で来れないなら仕方がありません。ハノイにいるメンバーが代表で追悼式に行ってきます」と伝えました。

私は作家でもジャーナリストでもなく、写真家でもございませんが、後日のため当日の光景を撮らせていただきました。参加者の氏名も記入させていただきましたので、どうぞご査収ください。

相次ぐ喪失

東日本大震災は我が家にも深刻な影響をもたらした。

まず、テレビで津波の様子を見ていた母がおかしくなった。「ひやっこい」「水が来る」と頻繁に言うようになり、粗相の回数が増えた。仕事や帰省などで日本を往復する人に頼んで、オムツを運んでもらうことが多くなった。

私のほうも無為な日々を送っていた。そろそろ発表のあてはなくても、残留日本兵のことをまとめはじめようと思っていた。やらないといけない気がしていた。その矢先の地震、津波、そして原発事故。とりわけ原発事故はこたえた。突然理不尽に日常の暮らしが奪われた福島の人々の様子を見て、戦争と同じだ、とむなしさを感じた。無気力になり、母の介護が忙しくなったこともあって、日々の生活を無為に送るだけになっていった。

清水義春さんの訃報がそれに追い打ちをかけた。スアンさん一家と清水さんの文通は続いていた。清水さんの体調がよくないことは何となくわかっていたが、震災から半年ほどたった二〇一一年一二月、いつもよりも厚い封筒が届いた。清水さんの死を伝えるもので、お葬式の写真が入っていた。

いつもは私が日本語の内容を伝えていたが、写真は一目瞭然だ。

「父の死を知ったら、母はショック死するだろう」

フィさんたちきょうだいは話し合い、スアンさんには秘密にすることに決めた。私も厳しく口止めされた。

その後、スアンさんから「清水は元気か？」と訊かれるたびにハラハラした。

翌二〇一二年、バクニン省博物館が完成。日本占領下のベトナムから持ち出され、銀座で発見されて返還、その後行方不明になるという数奇な運命をたどった五戸寺の梵鐘が陳列されることになり、日本から鐘の発見者である渡辺卓郎弁護士を迎えて式典が行なわれた。バクニンの梵鐘のことはこれで区切りがついた、と私は思った。続いて一二月に、バクニンの梵鐘探しの調査に協力してくれた考古学者の西村昌也さんが、東南アジア学会賞をもらったというニュースが飛び込んできた。震災のショックは徐々に癒えてきたとはいえ、認知症が進み、日々大変になっていく母の世話に追われていた私にとっては、久々の嬉しいニュースだった。

西村さんとは、彼が留学生時代からの付き合いだ。同じくベトナムで考古学研究をする範子さんと知り合って結婚、二人の男の子がいる。私は彼らから「こまっちゃん」と呼ばれ、私は「にしやん」「のりちゃん」と呼んでいた。親戚のおばちゃんと甥っ子夫婦のような付き合いで、もちろん母とも何度となく顔を合わせている。一大決心をして親戚の大反対を押し切って母を新潟からベトナム連れてきた時に、「ばーちゃん、よく来たな！」と、ノイバイ空港に出迎えてくれたのは西村さんだった。

写真22　母ヒロの米寿の会にて。左から、ガーさん、子どもを抱く西村昌也さん、スアンさん、ヒロ。

西村さんは私の残留日本兵調査のよき理解者であり応援団でもあり、残留日本兵をテーマにしたNHKのドキュメンタリー制作が実現したことを、とても喜んでくれた。母の米寿の祝いの席に招いたスアンさん、ロックさん、ガーさんたちとも、同じ写真に納まっている。

「いずれ、家族のみなさんから話をゆっくり聞きたいな」と言いながら、彼の研究論文執筆の追い込みと重なったりして対面はなかなか実現できず、「そのうち」と思っているうちに、そのチャンスは永遠に失われてしまった。東南アジア学会賞受賞からちょうど半年後、二〇一三年の暑い日に、西村さんはハノイからバクニン省に向かう幹線道路でバイク事故にあい、突然この世を去ってしまったのだ。

あまりに突然のことでなかなか事態が受

け入れられず、当時の私は精神的にも安定を欠いていたかもしれない。しばらくして気を取り直し、追悼文集のプロジェクトを立ち上げ、原稿依頼から受領、編集作業そして資金計画に没頭した。忙しく動くことによって、前向きになろうとしたような気がする。

西村さんの「ガハハハ！」という豪快な笑い声を思い出しながら頑張り、文集は生きていれば西村さんが四八歳になる一二月初めに完成した。年末年始にかけて、各方面に送付したり持参したりした。そのうちに二〇一四年の旧正月が来て、それが明けると、もうハノイの街には夏の雰囲気が漂うようになっていた。

映画と母の死と

西村さんが急逝する少し前に、私と母にとって驚くべき事態が持ち上がっていた。ベトナムでの母の介護の日々をまとめた本をもとに、映画が制作されるのだという。

話が来たのは二〇一三年四月一日で、しかもしばらくは口外してはいけないという。私は、てっきりこれはエイプリールフールだろうと思っていた。どうやら本当だったらしいと思ったのは、打ち合せが始まってからだ。その後も途中で制作会社が代わったり、頓挫しかけたり、いろいろあった。

シナリオも二転三転した。スポンサーの関係で主人公を大阪出身にしたいとか、このエピソードを入れようとか、そのたびに変更される。なるほど映画とはこうやってつくるのかと興味深かったが、どこか他人事のようにも感じられた。

打ち合せの中で、私は自分がハノイで大切にしてきたことの一つとして、残留日本兵の調査の話をした。素人が映画に口を出すものではないことくらい私もわかっている。でも言わないで後悔するより、私のライフワークについて話してみようと思ったのだった。もしこれが少しでも映画に反映されたら、とひそかに願いを抱いていた。監督とシナリオライターの反応は上々だった。

映画のプロジェクトが始まると忙しくなり、気分も活性化したようだった。

二〇一四年六月、ハノイの最も暑い季節に、大森一樹監督、主役をつとめる松坂慶子さん、エグゼクティブプロデューサーの上田義朗さんとプロデューサーの岡田裕さん、脚本、衣装関係者がそろって我が家を訪問した。あの松坂慶子さんが我が家で、しかも母の前に立っているなんて、夢ではないかと思った。

認知症が進んでいた母は、松坂さんを見ながら、「キレイな人だねえ、女優さんみたいだね」と感心したように繰り返した。ベトナムでも契約をすればNHKの海外向け有料放送が視聴できる。ごく最近も大河ドラマで見ていたはずなのに、まさか本人だとは思わなかったらしい。そのたびに私が「女優さんだよ」と混ぜ返すと、みんなが笑った。

映画というのは、世に出ずにお蔵入りになる企画や作品が多いのだと聞いていた。しかし企画は何とか進んで映画化が決定。記者発表をして、新聞に載った。どうやら本当にできるらしいと思って、私は胸を撫で下ろしていた。

もうすぐロケが始まるねと話していた二〇一四年七月の暑い朝、母は九四年の人生に幕を閉じた。

大正九年越後の豪雪地帯に生まれ、育ち、戦死した兄の代わりに製糸工場で働き、一家を支えてきた母。嫁いだ家には先妻の子が六人いて、そこに私が生まれた。働きどおして、服を買うことも旅行に行くこともなかった。新潟からハノイに連れてきて一三年。まさかベトナム・ハノイで人生を終えるとは、本人は想像すらしていなかっただろう。

しばらくは何を目にしても母のことを思い出した。しかし、落ち込んでいる暇はなかった。映画にまつわるいろいろなことが次々に降ってきて、その手配や交渉に忙殺されていた。おかげで私は悲しさや寂しさを紛らわせることができたのかもしれない。

一一月末に日本から撮影チームがやってきて、ハノイのあちこちで撮影が行なわれた。

映画の中盤に、日本から若い女性がハノイにやってくるエピソードがある。彼女の祖父は残留日本兵で、ベトナムに残した奥さんと息子に、祖父のかわりに会いに来るというストーリーだった。

主人公みさおが認知症の母親を連れ、その女性を残留日本兵の家族のところまで案内する。そこで出会った残留日本兵の妻は、日本の歌をうたい「恨んでいない」と言う。壮年の息子は「お父さんと呼びたい」と心情を吐露する。

それを聞いたみさおの母親は感極まって泣き出し、二人の老女が抱き合うというシーンだった。

余談だが、主演の松坂慶子さんはこのシーンのセリフをめぐって、ＮＨＫ時代劇ドラマの撮影の合間を縫って、一泊の強行軍でハノイを訪れている。

「残留日本兵ってどういうことですか？　ずっと小松さんがやってこられたことなのですよね？」と尋ねられて、私はこれまでのことを話した。松坂さんはうなずきながら熱心に耳を傾けてくれた。

映画に「ベトナム残留日本兵」という言葉が登場した。そして日本を代表する女優さんが、その言葉の内容に興味を示し、内容をきちんと理解した上でセリフにのせてくれたのだ。それが、映画を見てくれるたくさんの人の耳に入る。そう思うと不思議な感情が込み上げてきた。

二〇一五年秋に映画「ベトナムの風に吹かれて」は公開された。封切上映館は、若き日に数えきれないほどの映画を観た有楽町のスバル座であった。そこで監督・俳優さんたちと並んで舞台挨拶をする計画もあるという。なんだかとても気分が高揚した。

大森一樹監督久々の作品、六年ぶりの主演の松坂慶子、草村礼子、奥田瑛二、吉川晃司という豪華キャスト。この頃急速に日本との関係を深めて人気の出始めていたベトナムが舞台、そして日本でも大きな社会問題である介護など、多くのテーマを背負ったこの映画は好評で、その後数年の間、各地で上映会も開催された。私もいくつかに招かれて、挨拶やトークショーをすることもあった。

母とのハノイの日々は楽しく幸せではあったが、認知症の介護はきれいごとではなく、つらいこともたくさんあった。勘弁してほしいと弱音を吐いたこともあるし、正直なところ、手がかかる母を疎ましく思ったことだってあった。

その母が、最後に映画という大きなプレゼントを私に残してくれたような気がする。

父の国へ

二〇一七年、天皇皇后両陛下訪越

私がハノイに来てから二五年。この間、日本大使館では何度も大使が入れ替わった。私は、折に触れて、残留日本兵の資料を担当者を通して届けるようにしていた。しかし、だからといって、興味を示してもらえるわけでもなかったし、事態がすぐに動くわけもなかった。一九九〇年代のまだ日本人が少なかった時代は何かのイベントの時に大使館から声がかかることもあったが、それ以降は日本企業が増えるにしたがって、民間人の私にとっては、大使館は遠い存在になっていた。

二〇一六年に、思いがけないことに大使館から連絡があった。着任早々の梅田邦夫大使が残留日本兵問題に興味を持って、私を探して声をかけてくれたのだ。バクニン省の梵鐘の時に尽力してくれたのは前々任の谷崎大使で、この時に大使館とのつながりができかけていた。さらに、「映画になった人」という肩書も少しは影響したかもしれない。

写真23　日本大使館で梅田邦夫大使と面会。2016年。

何度かのやり取りのあと、大使着任後わずか一ヵ月余りで、残留日本兵家族との面会が実現した。もう明日から大使館が年末休みに入るという日だった。事前に私からは何も言わなかったのに、スアンさんもロックさんも、そのほかのみんなも、「自分と夫」「自分と父」のつながりを証明する書類などを持ってきていて、驚いた。

梅田大使の「みなさんのご主人、お父さん、お祖父さんは日本人で、いろいろ苦労をされたでしょう。これからも日越友好のために協力してください」という挨拶に家族たちはとても感動し、大使と写真を撮りたいとみんなが列をつくった。梅田大使の前任地はブラジルだという。二世や移民について特別な理解や共感があったのかもしれない。そのような大使がこのタイミングでハノイに赴任してくれたことに、私は心から感謝した。

さらに信じがたいことが続く。しばらくして大使館から打診があったのだ。

「来年、天皇皇后両陛下がベトナムを訪問される。その時に残留日本兵家族との面会が可能だろうか」

こんな日が来るとは夢にも思っていなかった。

もちろん嬉しかった。ただ、若き日に社会運動にかかわった経験もある私だ。正直なところ、天皇制や皇室に対して、微妙な感情がなかったわけではない。

大日本帝国によるアジア侵略の歴史を振り返ると、手放しで喜んでいいのだろうか。母の兄弟や私の異母兄や伯父や親戚たちは、太平洋戦争で帰らぬ人となった。残された者たちは労働力を失い、悲しみにくれた。そもそも戦争がなかったら、私の知っているスアンさんやロックさんや何十もの家族たちが引き裂かれるという悲劇もおきなかったのだ。

しかし、テレビや新聞報道で目にする平成時代の明仁天皇は、父親である昭和天皇の戦争責任を強く意識しているような気がしていた。その後始末のために、各地へ慰霊の旅を続けているのではないか。沖縄、サイパン、パラオ…。その巡礼が、とうとうベトナムにも及ぶのだ、とも思った。

インドネシアやフィリピンに残留日本兵がいたことは、映画やルポルタージュがあって、それなりに知られている。しかし「ベトナムにもいたのか」と日本の人に知ってもらうことは、私の目標の一つでもあったし、残留日本兵家族にとっては、それこそが最大の願いだ。「日本から認められる」ことを彼らがどんなに望んでいるか、東日本大震災の記帳の時に目の当たりにしたばかりだった。

そう考えると、今は、彼らの気持ちを第一に考えたいと思った。この人たちの気持ちが癒されるのなら、私個人の天皇制へのこだわりなんか小さいことだ。この際、自分の気持ちの揺れには目をつぶろうと思った。

旧正月テト明けから急に忙しくなった。対面するのは約一〇名、誰にするか。

私は迷うことなく一九五四年に帰国した残留日本兵の家族たちだと考えた。家族帯同が許されずに引き裂かれた家族。「ベトナムの蝶々夫人」に登場した人たちを中心にしよう。子どもたちも合わせれば十数人だからちょうどいい。この選考基準に不公平があってはいけないので、そのつど在ベトナム日本大使館の担当者と連絡を取り合い、慎重に進めていった。

「天皇皇后両陛下がハノイで残留日本兵と面会」という予定が明らかになると、報道機関からの問い合わせが相次いだ。それまで世間に知られていなかったということは、その問い合わせの一つ一つに、一から答えないといけないということを意味した。時代背景から関係者の名前や家族関係など、説明しなければならないことがたくさんあった。

陛下との対面者はプロフィールを作成しないといけないのだが、その写真の提供や個人情報がそろうのにも時間がかかった。大使館とは一日に何度もメールが飛び交い、訪越直前の時期には、こちらが夜の一〇時ごろに送ったメールに一一時ごろ返信が来て驚いたこともあった。一大イベントとあって、大使館は非常時体制のような雰囲気で、館員は深夜まで仕事をしていたと後から聞いた。

膨大な準備が必要だった。しかし、やっと彼らの存在が陽の目を見ると思うと、疲れも感じなかった。集中してどんどん作業が進んだ。

二〇一七年三月二日（木）は、この時期のハノイには珍しく快晴だった。

私は前夜、ほとんど眠れなかった。タイグエンの人たちは本当に来るんだろうか？　ハノイまでは九〇キロくらいあるはずだ。どうやって？　クルマをチャーターするのだろうか？　ハイフォンはどうか？　タインホアは？　と、次々に家族たちの顔が浮かび、大丈夫だろうか、ちゃんと間に合うのだろうかと心配になった。

私は、残留日本兵家族を両陛下にご紹介する役目を務めることになっていた。梅田大使から早朝に電話があって、「今日は小松さんが案内役ですよ」と念を押されていた。

会場のホテルには、早くてもならず遅くてもならずということで指定時間ぴったりに行ったのだが、既に家族たちはみんな集まっていた。

家族の立ち位置、私の位置などは決まっていて、事前にレクチャーを受けていた。しかしそれは、両陛下の登場であっという間に崩れてしまった。両陛下は前列の三人だけにお声掛けされるはずだったのが、後ろの人たちもどんどん前に出てきてしまった。きちんと並んで待っていたのに。その様子が、まるで大阪の駅でホームに電車が入ってきた時のようだと、私はなぜか呑気なことを考えていた。

いったん列が崩れると、事前の取り決めなどどこへやら、みんな私も私もと手を差し出し、中

写真24　両陛下との対面を終えた家族たち。

には手を握って離さない人までいた。待合室ではいつになく無口で、出されたお茶も飲まず静かにしていた人たちが、感情をあらわにしたのだった。

その中にあって、スアンさんはアオザイで正装し、背筋をすっと伸ばして立っていた。

「ずいぶん苦労なさったんでしょう」という陛下の問いかけに、スアンさんは笑みを浮かべてこう答えた。

「両陛下はご高齢にもかかわらず、私たちに会ってくださり、これ以上嬉しいことはありません。私がいなくなってもこの友好が続きますように」

この言葉を聞いた皇后陛下は、小柄なスアンさんを思わず抱きしめられた。

この時の映像はマスコミの代表撮影によるもので、その後、NHKでも民放でも、同じシーンが何度も放映された。スアンさんがしっかりした口調でインタビューに答える様子は気品があり、まるで外交官のようだと私は思った。

私自身も舞い上がっていた。目の前の光景が現実のものとは思えなかった。両陛下の醸し出す優しい雰囲気にすっかり魅了された。

予定の接見時間を倍以上も過ぎて、ようやくひととおりご紹介を終えた時、思いがけなく天皇陛下から「こちらには長いんですか？　ご苦労さまでしたね。これからも日本とベトナムのために頑張ってください」と声を掛けられた。「え？　私のことをご存じなの？」と驚いていると、今度は美智子皇后陛下から「お母さまをお連れになったんですってね」というお言葉があった。心臓が飛び出るかと思った。

美智子妃の「ミッチーブーム」は、私の子ども時代に巻き起こった。中学ではテニス部に入ったこともあるくらい、私も影響を受けた一人だった。天皇制や戦争責任に対して思うところはあっても、社会運動に目覚める前の山村の子どもだった頃の興奮は別だった。ここでも、自分の心にひっかかっているものには目をつぶり、この幸福感を味わおうと思った。

あこがれの人をご案内して会話しているなんて、あの当時の私に教えてあげたいと思った。そして母がきっと空の上からこの様子を、「えかったのぉ」と笑顔で頷きながら見守ってくれていると感じていた。

墓参の旅

天皇皇后両陛下訪越のインパクトは大きかった。日本のメディアも、残留日本兵と家族のことを大きく報じた。

感激の対面からしばらくして家族たちが日本大使館を訪問したとき、梅田大使から「日本で対面のニュースを見ていた篤志家から、『スアンさん一家を支援したい、日本に留学したい人がいるなら受け入れたい』という申し出がありますが」と打診された。それに対しスアンさんは、「ありがたいお話ですが」と謝意を述べた上で、丁重に断った。

「ベトナム戦争中の頃ならぜひ行かせてやりたかった。子どもたちはファシスト・ニャット（日本ファシスト）と周囲からいじめられ、進学もままならず、ベトナム共産党員にもなれなかった。みんな還暦を過ぎてしまい、いまさら就職もできません。孫たち世代も、子どもの頃から農民として育って、現在は近所の工業団地で働いています」

すべてが遅かったのだった。そのやりとりを横で聞いていた次女のフォンさんが「そのかわり……」と、遠慮がちに切り出した。

「日本は父の国だから永遠のあこがれ。一度でいいから行ってみたいのです」

フォンさんは当時六八歳。残留日本兵の子どもたちは、みんなもう六〇歳を過ぎている。幼少期に父と離れ、青春時代は抗米戦争（ベトナム戦争）、ずっと生活に追われてきた彼らにとって、今やっと口にできた長年の夢だった。

彼らの願いを知った梅田大使の動きは早かった。さっそく各方面に交渉してくれ、日本財団が彼らを日本へ招待することになった。

ただ、この時スアンさんは病気のために入院中だった。スアンさんは「私の代わりに、長男の嫁を仲間に入れてください。我が家の困難な事情を承知の上で嫁ぎ、身を粉にして働いてきた大黒柱なんです」と大使に直訴して認めてもらった。

翌年の桜の時期を待つべきだったのかもしれない。しかし、家族の高齢化が進み、健康状態などの面から明日どうなるかわからないという人もいた。妻たちは既に九〇代、子どもたちも七〇代、六〇代だった。三月の両陛下との対面後、体調を崩した人もいた。

それならば早いうちに、この秋にということになり、急遽一〇月と日程が定まって一四人の訪日が決定した。そんなわけで、準備期間は半年もなかった。

これは観光旅行ではない。「父の国」に行くのだ。ならば、日本の家族に会う、あるいは墓参ができないと意味がない。しかし実は、この段階で「父の墓」は、一つも判明していなかった。家族と対面できそうなのも、清水家のように、既に日越の家族交流を持っている数人だけだった。その清水家も、お墓についての情報はなかった。

「それで誰のお墓参りができるというのだ？」と私はつぶやいた。

だいたい父親や日本の家族が、今どこにいるのかわからない家族が大半だ。連絡先が判明しても、相手が拒否すれば対面はできない。あるいは、うまく連絡がついて墓参ができることになっても、それが旅行ルートから遠く外れていたら物理的に無理だ…。

あちこちに連絡し、問い合わせ、大量のメールを書いた。私がやらないと誰がやるという重圧はものすごく、胃が痛くなり腸が不調になった。しかし火事場の馬鹿力とはよく言ったもので、「人間、追い詰められればやれるものだ」ということもまた実感した。

幸い、たくさんの人が助けてくれた。ベトナム政治・社会学の権威である坪井善明さんは、断

写真25　訪日旅の一行が羽田空港に到着。

片的な情報をもとに加茂徳治さんの菩提寺を訪ねあててくれた（巻末「加茂徳治さんのお墓探し」）。また、ハノイに支局を置く日本の新聞社・通信社の皆さんは、家族の記事を発信したり、日本の本社に話をつないでくれたりした。その記事が、いくつかの日本の新聞に掲載された。

一行は二〇一七年一〇月一八日に、雨の東京に到着した。ここから富士山、舞鶴とまわり、二四日に大阪から帰国する。

東京では、外務省の主催で歓迎夕食会が開かれた。初めての会合なので外務省も誰をどう招待するか困ったようで、私にも相談があった。この訪日旅の一行を歓迎してほしい人の顔を思い浮かべ、「この人は、こういう関係がありま す」と、一人一人説明しながら関係者リストを作った。これも出発前の大仕事だった。招待の連絡をすれば、今度はその人からの問い合わせメールや電話がやってきて、さらに忙しくなった。

東京会場には、一九五四年帰国者の子どもである、清水義春さんの娘の田中和子さん、藤田勇さんの娘の越子さん、岩井古四郎さんの娘の久門和美さん、綱河忠三郎さんの娘の添野江実子さんらが姿を見せた。

安藝昇一さんの娘、ヴァイオリニストの晶子さんの連絡先は、ハノイに住んで長年ベトナム国立交響楽団の指導を続けている指揮者の本名徹次さんが「僕、安藝さんと共演したことありますよ」と言って、所属の音楽事務所経由で調べてくれた。アメリカ在住のために残念ながら当日は不参加だった。

一九六〇年帰国者の子どもは、NHKのドキュメンタリーに出演した猪狩正男さんと夫人、高校生の時に帰国してのちに日商岩井で活躍、双日のハノイ所長を務めた松田一郎さんはじめ、堀伊三男さんの娘の保泉昭子さん、肥後寛作さんの娘の肥後菊子さん。このほかに、終戦時に帰国せずに南部サイゴンに移動した人々がつくった「サイゴン寿会」の関係者。

「残留日本兵・日本人」本人はいない。でもこれだけの数の「残留日本兵・日本人の子どもたち」を目の当たりにすると、改めて圧倒される思いだった。

残留日本兵のリサーチ等に協力してくれた研究者も招いた。残留日本兵の研究論文をまとめた元朝日新聞サイゴン支局長・ハノイ支局長の井川一久さん。北海道大学の湯山英子さんは一九五四年帰国者の高崎正男さんのお墓を見つけてくれ、この日アルバムを持参してくれていた。そして、「季刊民族学」でベトナムの蝶々夫人とその家族たちを撮影し、その後も調査に協力してくれているカメラマンの柏原力さんにも会えて、私もとても嬉しかった。

一行は、一九五四年帰国組が乗った引き揚げ船が着いた舞鶴にも足を延ばした。当時の写真を見ながら、妻子を置いて日本の地を踏んだ父の心境を想い、話は尽きなかった。あいにくの荒天だったが、それをものともせずに海を見つめていた。清水さんの長男フィさんは「父がここにいるような気がする」とつぶやいた。

舞鶴港には舞鶴引揚記念館という施設がある。館内には引き揚げ船の模型などが展示されていて、案内してくれた館長が「この船がみなさんのお父さんが乗ってこられた船だと思います」と、興安丸の模型を指すと、みんな目を見開いて近づき、写真を撮った。

館内を一通り見たあと、セミナールームを借りて、一九五四年帰国当時の写真や資料をもとに、その背景事情を説明した。

引き揚げ者の記念写真がプロジェクターで大きく映写されると、それまで行儀よくしていた彼らの雰囲気が一気に変わった。みんな我先に席を立って来て、「お父さん！」「ほら、似ているだろう！」と、画面を指さしはじめた。

そのあと、私は「岸壁の母」を紹介した。舞鶴港で戦地から戻らない息子を待ち続ける母の心情を歌った名曲だ。歌を流し、プロジェクターでベトナム語に翻訳した歌詞を見せた。実はその前夜、急にこれを思いついたのだった。通訳として同行してくれていたザンさんに相談すると、「私が翻訳しましょう」と言って、夜のうちに翻訳してパワーポイントもつくってくれた。

写真26　全員で加茂徳治さんの墓参へ。中央はファン・ホン・チャウさん。

画面を見ながら曲を聴いていた彼らの表情が、徐々に変わっていった。涙をこらえきれず、拳やハンカチで顔をぬぐう人もいた。

「父には、日本にも待っていた人がいた」

それは、父に置いて行かれたという現実を「なぜ」と問い続けてきた家族たちにとっては、衝撃をともなう事実でもあった。

舞鶴のあと大阪にまわった。一〇月二一日には大阪で、日越堺友好協会の加藤均理事長が主催の歓迎夕食会、さらに二三日には、大阪の日本ベトナム友好協会が主催して「杉原剛さんを囲む会」が行なわれた。ここでもたくさんの関係者と会うことができた。

会場には九〇歳を超えた残留日本兵の杉原剛さんの元気な姿があった。車椅子を押しているのは、日本のＮＴＴ系列会社で働く孫のナムくんだった。日本ベトナム友好協会兵庫県連会長の神戸大学・藤田誠一さん、梅田章二弁護士、大阪府連合会副理事長の小豆島正典さん。大阪経済法科大学の林英一さん、大阪大学の桃木至朗さん、映画の支援者・山根香代子さん。加茂徳治さんのお墓を発見してくれた早稲田大学の坪井善明さんも、多忙な中、出張先から大阪に足をのばし、加茂さんの息子ファン・ホン・チャウさんと対面した。ヒエウさんは、異母弟である熱海和雄さんと再会を喜び合った。そして、二〇〇四年、ズンさんと橋さんの対面の場を提供してくれた神戸の恩田怜さんも健在だった。

ベトナム語と日本語が飛び交う会場で、ひっきりなしに誰彼と挨拶を交わしながら、私はまだ実感が持てずにいた。こんな日が来るとは思っていなかった。どこか現実のものと思えない目の前の風景を眺めながら、私はこの場にいない人たちのことを考えていた。

残留日本兵という存在を知るきっかけになったチャン・ゴック・ソンさん。日本人としての帰国を望みながら果たせないまま亡くなった呉連義さん。いつも勝気で皮肉交じりに、でも誇らしげに夫高澤さんのことを語っているロックさん。そして夫清水さんが亡くなったことを知らないまま病床についているスアンさん。調査で出会った数えきれないほどの人々の顔が浮かんだ。

わずか一週間の滞在、しかも天気に恵まれずに雨ばかり降っていた。墓参が果たせなかった人のほうが多い。しかし、六〇年以上の胸のつかえが取れたのか、みんな今迄に見せたこともない晴れやかな表情になっていたことが救いだった。

この旅の様子は、ハノイから同行取材していたNHK取材班が撮影している。二〇〇五年に「引き裂かれた家族」をつくった栗木さんが率いるチームが、今回も担当してくれていた。この

写真27　カインさん、父湯川克夫さんのお墓へ。

旅の発端から後日談まで丁寧に取材されたドキュメンタリーは、「遙かなる父の国へ～ベトナム残留日本兵家族の旅～」と題して、NHK国際放送で英語版が、翌年春に日本国内向けに日本語版がつくられて放送された。

高澤さんのお墓が見つかった

ハノイを出発するまでは、今回の旅で墓参や家族との対面は難しいだろうな、というのが私の正直な気持ちだった。

出発時点で判明していたのは加茂徳治さんの墓所のみ。東京都青梅市にある加茂さんのお墓には全員でお参りすることにしており、「私の父のお墓はわからないから、加茂さんのお墓を自分の父のお墓のつもりでお参りしよう」と言っていたメンバーもいた。

ところが、日本に着いて二日目に、御殿場と金沢の二ヵ所から待望の知らせがあった。

東日本大震災の時に「お父さんの国が大変だ」と仲間たちに募金を呼びかけたゴー・ザ・カインさんの父、湯川克夫さんのお墓は、朝日新聞に情報が寄せられて判明した。

実はカインさんは、戦後一度ベトナムを訪ねてきた父の湯川さんと会っている。しかしこの時に「日本に連れて帰ってほしい」と頼むカインさんと「それは無理だ」と言う湯川さんは、喧嘩別れしてしまったのだった。カインさんは「父に拒否された」という心の傷をずっと抱えて生きてきて、いつか父と和解する日を夢見ていた。

御殿場の霊園を訪ねたカインさんは、ようやく父の眠る場所に来て感情があふれたのだろう、雨の中、濡れるのもいとわずに墓石にしがみつくようにして慟哭していた。


高齢で体調がすぐれず訪日ができなかったロックさんだが、旅には母ロックさんに送り出された長男トゥオンさんこと高澤ヨシヤさんが参加していた。そのヨシヤさんには、思いがけない展開が待っていた。

二〇〇四年の高澤美香さんの訪越のあと、ロックさん家族と日本との連絡は途絶えてしまった。高澤民也さんが帰国後に再婚した家族とは、連絡が取れない。郷里の石川県で亡くなったということは美香さんから聞いていたが、手掛かりはそれだけだった。美香さんも墓地の場所を知らないようだった。

共同通信社がハノイ発の話題として、ヨシヤさんのことを記事にしてくれていた。私たちは、これが、北陸の地方紙にも掲載される望みを持っていた。だから、ハノイでの取材に応じた時は、「金沢に父のお墓があるらしい」ということを強調した。

「なんとか訪日中に見つかりますように、せめて何か情報提供がありますように」と祈るような思いだった。

訪日二日目、一行が雨の中を浅草寺に出かけ、参拝を終えたところに、男性が声を掛けてきた。北國新聞の東京報道部長田中さん（当時）だった。手には北國新聞の記事。

「エッこれ、載ったんですね、北國新聞に！　記事が！」と私は大きな声を出してしまった。

『「父の祖国」へようやく　金沢の医師の子あす初来日』「墓わかれば慰霊したい」――紙面には、そう訴えるヨシヤさんの写真と、晩年の父高澤さんの黄ばんだ写真があった。

田中さんが伝えてくれたのは、高澤民也さんの遺族が見つかったという知らせだった。「なんだかよくわからないが、誰かに会えるらしい」と、まだ状況がつかめないヨシヤさんは当惑した表情だったが、通訳が状況を説明すると信じられないという表情になった。

対面の場所は金沢だという。明日の一行の予定は富士山だが、どうするか。別行動できるだろか、と私は計算していた。田中さんに訊くと、金沢は新幹線を使って日帰りできるという。

田中さんに「金沢に行きますか」と尋ねられて、いつもはおだやかなヨシヤさんが、嚙みつくような勢いで「もちろんだ！　行きたい！」と大きな声で答えた。

「そうだよ、そのために来たんだもんね！」と私も興奮していた。

ドラマのような展開に、仲間たちも沸き立った。「今お参りしたばかりなのに、仏さまはすごいな」と、ヨシヤさんはまだ信じられないという表情で浅草寺のお堂を仰いでつぶやいた。

翌日早朝、新幹線で金沢へ。車窓に流れる父の故郷の風景を、ヨシヤさんは食い入るように見つめていた。

金沢のホテルで初めて対面した九歳年下の弟は、和也さんと名乗った。父と同じ、医師だという。

高澤民也さんは帰国後も医学の分野で活躍したらしい。内科医で、透析を専門としていたそうだ。高澤民也の名前で論考が掲載された新聞のコピーを和也さんが持って来て「父が書いたものです」と渡してくれた。

もう一つ、嬉しいプレゼントがあった。「これ、壊れてはいるんですが…、父が使っていたものです」と、腕時計と懐中時計を差し出されたのだ。ヨシヤさんは、それを大切に受け取った。

「また会いに来たい」と言うヨシヤさんに、弟の和也さんは大きくうなずき、「私も一度ベトナムに行ってみたいと思っているんです」と言った。通訳された言葉を聞いて、ヨシヤさんは、「ぜひ！　いつでも！」と前のめりになって答えた。別れ際には、二人で立ち上がり「兄」「弟」とお互いを指さして笑いあった。

兄弟対面のあと、夕暮れの道をしばらく車で走って、すっかり暮れた頃に墓地に着いた。全昌寺という大きな寺で、前田藩の関係の史跡でもあるらしかった。

真っ暗な中で、ヨシヤさんは墓石にむかって手を合わせ、「お父さんが病気になった時、お世話できなかったことを悔いていています。どうか許してください。母は九三歳です。来年は家族全員でお父さんを訪ねます」と、いつまでも語りかけていた。

御殿場も金沢も、もちろんツアーの日程に入っていなかったが、特別体制をとり、チームを分けて対応した。北海道大学の湯山英子さんが発見してくれた高崎正男さんの墓所だけは、日程の都合上どうしても無理で涙をのんであきらめた。

次々に事態が動いて、目が回りそうだった。でもそれは嬉しい悲鳴でもあった。

ズンさんと四国の妹たち

チャン・ドゥク・ズンさんに関しては、当初から訪日旅でなんとかお墓参りができるのではないかと期待していた。二〇一七年に家族と連絡が取れていたからだ。

二〇〇四年に、追い求めた瞼の父と神戸で対面を果たし、自分のアイデンティティを確認できたのだろう。精神的に安定したズンさんは、廃棄物関係の仕事に通い続けた。詳しくは知らないが、あまり安全ではない仕事らしい。やがて、長男のハイくんを日本の大学に進学させた。ハイくんは卒業後ベトナムに戻って、今は父のそばで働いている。

神戸での対面が実現できたことで、ズンさん家族に関しては、私はある種の達成感を持っていた。その後は、私のほうも母の認知症が進んで介護が大変になったこともあって少し離れていた。もちろん、残留日本兵家族の冠婚葬祭などで顔を合わせることはあったが、積極的にズンさんや橘さんに連絡を取ることはしていなかった。

実は怖かったということもある。橘さんは手紙で、「ガンで余命いくばくもない」と書いていた。連絡して返事がなかったらどうしよう、「死亡しました」という返事が来たらどうしよう、という気持ちが先に立った。ズンさんも同じ思いだったようで、たまに会った時に「手紙出した?」と聞いても、やはりちょっとためらっているようだった。

二〇一七年の天皇陛下来越が決まり、ズンさんも面会することになって、やはりこれは知らせなくてはと思い、久しぶりに橘さんに手紙を書いた。神戸の親子対面から一〇年以上たっているので、橘さん本人はきっともう亡くなっているだろう。同じ住所で手紙が着くかどうかわからないが、それ以外の方法がない。

「届いてくれますように」と祈りながら、今回も日本へ行く友人に、切手を貼った封書を託した。しばらくして、橘さんの長女和江さんから「ズンさんに渡してほしい」と手紙が来た。

ズン兄さんへ
わたしは父信義の長女です。若いつもりでいましたが六〇歳になりました。
私も妹も家庭を持ちつつがなく暮らしております。
伝えるのが遅くなってしまいましたが、父は二〇一二年四月二九日、肝臓がんで亡くなりました。満九〇歳でした。ベトナムの兄さんのことは父から聞いていたので連絡しなければと思いましたが住所がみつからず途方に暮れて居ました。父の死後五年もたちましたが、今回小松様のお手紙により連絡するすべが見つかりそうで安心しました。

遠い過去の話ですが私の知る処では、戦後心ならずも日本に送還された父は自分が長男でもあり周囲の勧めも断れず、いとこである現在の母と結婚しました。母の手前もあり家庭内ではベトナムの事は話題にしませんでしたが、わたしたち姉妹には母に隠れてベトナムのお母さんやお兄さんらの写真を見せてくれたことがあります。たぶん大切にしまっておいたのだろうと思います。

現在はその母も、私たち夫婦が引き取り、介護にふりまわされる毎日です。

いまとなっては父の本心はわかりませんが私たち家族は兄さんと今後とも交流を持ち続けることを希望しております。それは妹にも理解してもらっていますので、いつかお会いできるときがあればいいなあと楽しみにしております。

手元にある父の晩年の写真を同封しますのでお受け取りください。


交信できるメールアドレスを追記しておきます。

ベトナム語を理解できるかどうかわかりませんが翻訳アプリで挑戦してみます。

どうぞ皆様が健康でお幸せでありますように。

和江

誠実な人柄を思わせる文面を読みながら、私は橋さんの丁寧で几帳面な物腰を思い出していた。

橘さんの死をズンさんに告げると、もうすっかり覚悟ができていた様子だった。ただ月命日にお参りをしたいので、その日付を知ることができてよかった、と落ち着いた口調で言った。ズンさんの中で、日本の父の存在がきちんと位置付けられているのを感じた。

橘さんは亡くなるにあたって、ベトナムの家族の資料を処分したのだろう。ベトナムの家族の連絡先も残さなかったのだった。

やはり、と私は思った。橘さんとの文通で、あるいは電話で、私は橘さんがベトナムの家族のことを「終わらせよう」としているのを感じていた。

しかしそれはベトナムの家族への想いがないとか、かかわりたくないということではないと思うのだ。もちろん現在の家族への気遣いもあったに違いないが、それよりも、運命を受容して前に進むことを潔しとする、一種の武士道めいた考え方だったのではないだろうか。自分はとてもつらいけれども、そのつらさに打ち克ってこそ人生だ、過去にとらわれてはいけないのだという、いかにも大正の人らしい考え方。自分が我慢することで事態をおさめて先に進もうとする思考は、同じ大正生まれの私の母にも共通する気質なのだった。

そして今回、黙殺することもできたベトナムからの便りに、丁寧で配慮のある返事を書き送ってくれた長女の和江さんにも頭が下がった。ズンさんを「兄さん」と呼び、家族ぐるみでの交流を呼びかける、こんなに温かい便りがあるだろうか。

私が「日本に行けることになったよ、お父さんのお墓参りができるよ」と伝えた時、ズンさんはまず「日本の家族に迷惑をかけないだろうか、迷惑をかけるのならば私たちは行けない」と言

写真28　ズンさん親子、橘さんの墓参。

った。いかにもズンさんらしい反応だった。

後の始末をすっかりつけて旅立ったつもりの橘さんは、天国から自分の子どもたちの様子を苦笑しながら、でも嬉しく見守っているに違いないと思った。

今回の旅には、ズンさんとハイくんが参加していた。六〇代七〇代のメンバーが多い中で、若くて、しかも日本語の堪能なハイくんはとても頼りになる存在だった。

父たちの乗った引き揚げ船の到着した舞鶴へまわった一行とは別れて、ズンさんとハイくんは四国に向かった。ズンさんによると、橘さんの墓参をし、さらに和江さんたち妹ファミリーとも対面して歓待を受けたのだという。

今回も四国でのテレビ取材は断られたが、ドキュメンタリーの映像には、スーツケースいっぱいのお土産をもらって大阪のホテルに戻ってきたズンさんとハイくんの笑顔があった。お土産は一つ一つ美しくラッピングされ、「ズンさんの奥さんへ」「ズンさんの娘ちゃんへ」など、小さなカードがついていた。和江さんたちの気遣いが感じられた。

そのうちの一つに私の目が留まった。カードには「ハイ君のお嫁さんへ」とあった。

私が「えーっ、お嫁さんだって！」と声をあげると、ハイくんが照れた顔になり、そこにいた仲間のみんなが声をあげて笑った。

実はハイくんは、訪日旅の翌月一一月早々に結婚式を控えていた。これから結婚する甥っ子への、叔母さんからのプレゼント。そんな、家族や親しい親戚にとってはごくあたりまえの光景が、何千キロも離れた場所で、つらい歴史を乗り越えてきた人々の間で繰り広げられている。まるで夢を見ているようだった。

橘家をめぐる日越のストーリーは、こうして未来へつながっていくのだろう。温かく明るい笑いにつつまれたその光景を見ながら、私はそう感じていた。

スアンさん、分骨・その後

夫清水さんの死を知らされないまま病床にあったスアンさんは、訪日旅には参加できなかった。次女フォンさん、長男フィさん、次男ビンさんは、その病床の母の想いを背負って初めて日本の地を踏んでいた。

東京滞在中に、清水家の和子さんが富山からやってきて、フィさんたち兄弟と対面した。既に二〇〇六年にハノイを訪問し、その後も手紙のやりとりをしている日越のきょうだいたちは再会を喜び合った。和子さんはまず「スアンさん、具合どうですか?」と尋ね、長女フォンさんは入院中の母のことを話した。

この時、和子さんは、六年前に亡くなっていた清水さんの遺骨の一部を持ってきていた。分骨して、ベトナムの兄姉たちに渡すのだという。

思いがけない申し出に、小さな包みを受け取った長男のフィさんは、「これは私たち家族にとって精神的な支えです」と言って、あふれる涙もふかずに頭を下げた。

清水さんは分家に出たので、先祖代々のお墓はないのだという。それで分譲墓地に応募したのだが、どういうわけか抽選に外れ続けていた。だから遺骨は、ずっと清水家の仏壇に置かれたままだったのだ。

そこに、ベトナムの兄姉たちが日本にやってくることになった。和子さんは実家と相談し、分骨に同意してもらったのだという。

「分譲墓地になんど応募しても当たらなかったのは、『ベトナムの家族に分けてやってほしい』という父の気持ちだったかもしれませんね」と、感無量の面持ちで語る和子さんの姿に、何か見えない力のようなものを感じて、私もこみあげてくるものがあった。

清水さんの遺骨は、ベトナムに行きたがっていたのかもしれない。

分骨を受け取ってベトナムに戻ったフィさんたちは、ビンゴック村の近所の人や関係者五〇人以上を招待して、清水さんの供養を執り行なった。スアンさんの体調はまだ思わしくなく、入院中だった。誰もが、供養を取り仕切ることなどは無理だと思っていた。その日、招かれた私も、「スアンさん、今日は病院で残念がっているだろうな」と考えながらスアン家に向かっていた。

ところが家に入ると、病院の痛々しい姿とは別人のようなスアンさんが、いつものようにピンと背筋を伸ばしてそこに座っている。私は思わず「いるよ！　スアンさんがいるよ！」と大きな声を上げていた。

「これは妻の役目ですからね」

毅然としたスアンさんの姿は、神々しささえ感じさせた。

清水さんの供養を終えたあと、スアンさんの病状は再び悪化した。そして二〇一八年一月一八日、清水さんの待つ天国へ旅立っていった。

「ナモアジダファッ（南無阿弥陀仏）」

ハノイ郊外の農村地帯に読経が響く。

自宅で葬儀をすませたあと出棺となり、村はずれまで弔いの行列が続いた。

子どもたちは白い粗衣をまとい白いガーゼ鉢巻のような伝統的な装束で、にぎやかな中にも悲しみの叫びが響くような楽隊の奏でるメロディに合わせてゆっくり歩んだ。音楽は、時に天まで届くかと思うほどけたたましく高まった。

長男フィさんは号泣しながら、前方に進むお棺に手をかけながら杖で地面にたたき、お棺の進

写真29　清水さん供養の日。子ども、孫、ひ孫たちに囲まれて、奥から２列目左端スアンさん。

行をくいとめようとする伝統的なしぐさで悲しみをあらわした。

日本のお葬式が「静」だとすれば、ベトナムのお葬式は慟哭を素直に表す「動」のようだ。

赤や黄色の花輪、赤いビロード地に「極楽浄土」「西方極楽」と刺繡された旗。三〇人近い子や孫、ひ孫、親族に続き、近所の人や村の高齢者クラブのメンバー、元残留日本兵の子どもや孫たち、一〇〇人を超す人たちが参列していただろうか。その中には、スアンさんたちにとって恩人とも言うべき存在の梅田邦夫駐ベトナム大使夫妻の姿もあった。

私もその中の一人に加わり、ゆっくり歩きながらスアンさんとの思い出をふりかえっていた。

以前、スアンさんに「今一番欲しいも

のはなんですか？」と聞いたことがある。

すると彼女は迷うことなく「ひと目でいい、死ぬ前にあの人に会いたい」と即答したのだ。

何十年もの間、一度も手紙すら送ってこない夫をそんなに待てるものなのだろうか。三一歳で別れ、数十年以上たって、還暦も古稀もすぎて、子どもたちが結婚し孫ができても、なお夫を愛し続けられるものなのだろうか。スアンさんとの長い付き合いの中で、私は常にそのことを考えさせられてきたような気がする。

一家の長として家族を取り仕切るスアンさんは厳しい母でありながら、さりげなく長男のお嫁さんを立てるなど、心遣いはこまやかで、とても優しい人でもあった。親戚みんなに好かれて、尊敬されていた。

その一方で私には屈託のない笑顔を見せ、時には甘えるようなものの言い方をすることもあった。私だけには、まるで姉妹のように心を許してくれているのではないかと、ずっと思っていた。

ベトナムに単身やってきた私がスアンさんに出会えて、家族のような存在になれたことは本当に幸せだった。そんなスアンさんに魅了されて、私はこんなに長い間、残留日本兵・日本人の家族探しにかかわってこられたのかもしれないとも思った。


スアンさんの葬式から一週間後、再びフィさんに呼ばれた。

二つのお墓をこしらえたのでお骨を納めるという。ベトナムのお墓は一基に家族全員が入るのではなく、一人一つになっている。だから、スアンさんのお骨と、分骨してもらった清水さんのお骨は、二つ並んだそれぞれのお墓に納められた。

スアンさんは、「この世で一緒になれないなら、あの世でドゥク（清水さん）と一緒になりたい」とよく言っていたが、思い続けた愛がやっと今成就する。

「ハルコさん、願いがかなったね。これからは毎日、アイン（男性への呼びかけ）、エム（女性への呼びかけ）と語らえるね」と、私は墓石の前でスアンさんにつぶやいた。

ロックさん、動きだした時計

スアンさんが清水さんのもとに旅立った頃、ロックさんの家では不思議なことが起こっていた。ヨシヤさんは、金沢で対面した弟の和也さんからもらった父の形見の時計を持ち帰って、ロックさんの家の神棚に飾っていた。ロックさんもヨシヤさんも、長年の念願だった父のお墓参りができたことへの感謝の気持ちと、日本とベトナムの家族がみんな健康でありますようにと、毎日手を合わせていた。

二〇一八年が始まり、ベトナムの旧正月・テトを前にして神棚を掃除していた時のことだ。ヨシヤさんは、カチカチカチ…というかすかな音を聞いたような気がした。まさかと思って見てみると、それは壊れていたはずの父の腕時計から聞こえていた。

「動きだしたんだ！　奇跡だ！」

いつもは物静かなヨシヤさんが、興奮気味に目を大きくして話してくれた。私も驚いて声も出

写真30　動きだした時計。高澤民也さんの形見。

なかった。ヨシヤさんの手の中で時を刻む腕時計。それは、今まで歴史の中で忘れられ、止まっていたままだった残留日本兵家族の時間が、再び動きだしたように思われた。

私は、その後も時々革命博物館裏のトンダン通りにある財務省集合住宅のロックさん宅を訪問していた。ヨシヤさんは、毎日ロックさんの家に通って、昼と夜の食事を用意し一緒に食べる生活をこの数年来続けている。ベトナムに介護制度はなく、ディサービスもないので、お年寄りはどの家もみな家族が面倒をみている。老人ホームもあるにはあるが、施設に入れる家庭はまだ少ない。

ハノイの夏は蒸し暑い。とりわけ二〇一九年は春先から気温がぐんぐん上がった。ベトナムの小中学校の夏休みは毎年六月一日からだが、この年はあまりの暑さに五月下旬から休みになった。

六月一五日夜、いつもベトナム語の通訳や家族との橋渡しをしてくれているザンさんから「ロックさんが危ないらしい」のメッセージが入った。時計を見るともう二〇時を過ぎていたので、この時間から訪問するのはためらわれて「明日行く」と返したら、「今日の方がいい」と、再度返事が来た。あわてて着替え、バイクに乗って出かけた。

大通りを東に走った。立体交差になっているキムリエンの大きな交差点のあたりでは、大勢の人が夕涼みをしていた。空には、満月に近い十三夜の明るい月があった。

オペラハウスの前にもたくさんの人が出て月を眺めていた。土曜日の夜の解放感もあってみんな楽しそうだった。その中を縫うようにバイクで走った。

数日前の会話を思い出していた。

ロックさんの住む築半世紀以上になる年代物の集合住宅は、昔、原宿にあった同潤会青山アパートを思わせるたたずまいだ。暑さが室内にこもるので扇風機を回してもほとんど効果がなく、夜になっても気温が下がらない。それなのに、クーラーを入れようと言うヨシヤさんに「体に良くない、昔はそんなもの使わなかった」とロックさんが取り合わなかったという話を聞いていた。扇風機も使っていなかったという。

夏のハノイでクーラーなしの生活なんて考えられない。でもそういえば、私の母もそうだった。汗を流しながらでも常温を好んだことを思いだした。扇風機を止めようと、コードを手繰って電源を抜いたこともあった。ロックさんもそうなんだなと思っていたのだが…。この年の尋常ではない暑さで、やはり体調を崩してしまったらしかった。意識がもうろうとして起きられなくなり、食事もできなくなっていた。もともと腎不全を患っていたところに、熱中症も追い打ちをかけたのだろう。

ロックさんの家に着くと、私の顔を見たヨシヤさんが焦った様子で「遺影の写真が欲しい」と言う。「なんで今ごろ言うの？　準備しておかなかったの？」と言いながら中に入ると、フックさんがいた。

フックさんの父も一九五四年帰国の残留日本兵だが、残念ながらわかっているのは「中島三郎」という父の名前と、新聞に掲載されていた「北海道旭川市二条」という住所だけだった。郵便を出してみたが、「宛先不完全につき」で戻ってきた。共同通信の配信で報道もされたが情報は入らなかったため、訪日旅での墓参も、日本の家族との対面も叶わなかった。彼女はハイフォンから陸路で数時間の道をやってきて、泊まり込みで看病を手伝っているようだった。

部屋にはクーラーが入っていて、ちょっと安心した。

皆の看病とクーラーが効いたのか、ロックさんは何とか持ち直し、寝たきり状態のまま六月二一日に九五歳の誕生日を迎えた。

「黄金の腕」の眼科医である次女トシミさんも看病に駆けつけた。ハノイの病院を五五歳で定年退職し、その後はアフリカのモザンビークで医療活動をしている。もう一〇年たつが、健康である限りモザンビークにいるつもりだという。しかし今回母の危篤の知らせを受けて帰国、泊まり込んで介護にあたっていた。私が訪ねた時は、「今まで看病していなかったからね」と言いつつ、来るべき別れの日に向けて静かに心の準備をしているようだった。

ロックさんは会話もままならない状態だが、久しぶりに会うトシミさんとヨシヤさんとの間で昔話に花が咲いた。自然と、話題は高澤民也さんのことにも及んだ。

ベトミン軍に加わり、ベトナムで家族を持った高澤さんが、一九四六年に最初に勤務したのが、ハノイの南部にあるドンダー病院だった。長女のミズミさんが生まれた頃のことだ。

ヨシヤさんがそう言うのを聞いて、トシミさんは声をあげた。

「ドンダー病院は、私が医師としてはじめて勤めた病院よ。お父さんが勤務していたなんて、そんなこと今まで知らなかった！」

そして「嬉しい…」と笑顔になった。

思い出話をしている子どもたちの横で眠るロックさん。思い続けた夫の墓参は、自分は叶わなかったけれども息子が果たしてくれた。そして夫の後を継ぐように医師になり、高い評価を得て国際的に活躍している自慢の娘。

二人の子どもに見守られて、いま彼女の心に去来するのは、どんなことだろう。

「和」への想い

ロックさんの寝顔を見ているうちに、彼女が「日の丸」を歌う姿を思い出した。「高澤がよく歌っていたから覚えたのよ」と、自慢気に語っていた。

日本の歌を私に聞かせてくれたのはロックさんだけではなかった。チャン・ドック・ヒエウさんの母のガーさん、そして「ハルコ」ことスアンさん。私はこの三人の姿に触発されて、『季刊民族学』の「ベトナムの蝶々夫人」を書いた。そこからドキュメンタリーが生まれ、映画の中のエピソードにもなった。徐々にその存在が認知されて、さらに大使館から招かれ、まさかの天皇皇后陛下との対面まで実現した。そして、残留日本兵の子どもたちが生きているうちに叶うことなど絶対にないだろうと思っていた、日本への墓参の旅も実現した。一九九〇年代のはじめ、ハノイの片隅で、たった一人で始めた残留日本兵の家族探しは、三〇年近い歳月を経て、たくさんの理解者と協力者を得て、大きな花を咲かせることができたのだった。

訪日旅の記録文集を、旅の翌年二〇一八年に発行している。記録写真と、この旅にかかわった人々、応援してくれた人々の寄稿によるものだ。

タイトルは、『「父の国」へ行く　元ベトナム残留日本兵御家族訪日報告書』と決めた。残留日本兵の子どもたちにとって、日本は、外国でもなく、自分の故郷でもなく、「父の国」なのだ。彼らとの付き合いの中で自然にそう思うようになった私は、以前、読売新聞に書いたコラムでもこの言葉を使っていた。パソコンの中に山のようにたまっている残留日本兵関係のファイルも、旅の手配等でやりとりした膨大な書類も、すべて「父の国」というフォルダに納めている。私は、このフォルダを一日に何度となく開いている。

だから、二〇一八年元旦に美智子皇后が詠まれた御歌の中に「父の国」という言葉を発見して、ひそかに快哉を叫んだものだ。

皇后陛下御製「旅」

「父の国」と　日本を語る　人ら住む　遠きベトナムを　訪ひ来たり

『「父の国」へ行く』のベトナム語のタイトルは『Đi "Quê cha"』。Điは「行く」、"Quê cha"は「父の国」の意味である。

しかし、と、私は考え込んだ。彼らにとって日本は「父の国」、つまり自分のルーツがある国でもあるのだ。彼らの心情としては、「行く」という言葉はしっくりこないような気がした。最終校正まで迷った挙句、私はĐiを「帰る」の意味のVềに差し替え、『Về "Quê cha"』とした。「こんなタイミングの修正で、すみません」と印刷会社に断りを入れながら、私は旅の最終日の会話を思い出していた。

私が「悲願の訪日を果たしたね」と言うと、みんなはこう言ったのだった。

「コマツ、自分の国へ帰ったんだから、訪日じゃないよ、帰郷だよ」

その時の彼らの笑顔は、旅の手配やアテンドで疲労困憊していた私にとって、最高の贈り物だった。

現在、ハノイの日本大使館では、残留日本兵の家族を様々な形で気にかけてくれるようになっている。式典やイベントに招かれることも多い。日本から茶道裏千家第一五代家元の千玄室大宗匠が来越して、彼らのためにお茶を点ててくれたこともあった。残留日本兵の子どもたちから見れば「父親世代」である大宗匠は、自らも海軍での従軍経験があるのだという。「何かのお役にたてば」と、一〇万円の入った封筒をそっと差し出した。これを基金として、「残留日本兵家族会」が結成され、共済金として活用されることになった。

個人ベースでも交流が続いている。訪日旅で墓所が判明しつつもスケジュールの都合上あきらめた残留日本兵高崎正男さんの子どもたちも、二〇一九年秋に北海道を訪問して念願の墓参をすることができた。

この三〇年のベトナムの変貌は著しい。郵送事情はいまだに少々問題があるが、インターネットのおかげで、リアルタイムで日本と通信も交わせるようになった。一九九二年に私が初めて日本語教師として赴任した時は直行便すらなかったのに、今では一日に何便もが両国の複数都市間を飛び交うようになり、日本との行き来もはるかに容易になった。日本企業も続々と進出し、在住日本人も大幅に増えた。土日に旧市街などの観光地に行くと、「ちょっと週末の小旅行でリフレッシュ」という風情の日本人観光客にたくさん出会う。

その中のいったい何人が、ベトナムと日本の間で引き裂かれた家族がいることを知っているだろうか。その原因となったフランス領インドシナでの戦争のこと、日本軍がこの国に駐留していたこと、敗戦後にこの地にとどまった日本兵・日本人がいたこと、彼らがベトミンで活躍したこと、ここで家族を得たこと、そして残された家族が夫・父を待ち続けていることを。

残留日本兵の家族探しをする中で、気づいたことがある。

清水義春さんを待ち続けたスアンさんたち家族に、父の遺骨を分骨した和子さん。橘さんの墓参に来たズンさんとハイくんを歓待した四国の和江さん。訪日した兄・ヨシヤさんに名乗り出て、父の形見の時計を渡してくれた高澤和也さん。父亡きあとも、兄ヒエウさんと家族ぐるみの交流を続けている弟の熱海和雄さん。

帰国した残留日本兵たちが、その後日本で持った家庭に生まれた子どもの名前に「和」という文字を使っているのだった。注意して探してみると、ほかにも「和」のついた名前が見つかった。もともと名前によく使われる文字ではあるだろう。しかし、それにしてもこれは多いのではないか、と私には感じられた。

ベトナムの家族と東京で会って、分骨をした際に「ビンさんとよく似ているね」と周囲から言われた清水家の和子さんは、ちょっと嬉しそうな表情になってこう答えている。

「ビンさんは漢字で書くと『平』。だから、ビンさんと私の名前を合わせると『平和』になるんですよ！」

「和」の文字の意味に気づいた時、ベトナムの家族に後ろ髪をひかれながら、それでも帰国せざるを得なかった父たちの心に触れた気がした。国家と歴史に翻弄されつつ懸命に生きた彼らは、何よりも平和を求めていたのではないか。その想いが、わが子につけた「和」という文字に凝縮しているのだろうと思った。

単身ベトナムにやってきた私は、日本語学校の教え子ソンさんとの出会いから残留日本兵という存在を初めて知った。一〇代後半から三〇代にかけて東京で出会った尊敬すべき大人たちを目

写真31　いつも見送ってくれたスアンさん。

標に、人のためになることをしよう、必死に生きようと思っていた。だから私はこのテーマに興味をひかれ、取り組むことを決めた。幸い家族たちとも親しくなって信頼され、多くの協力者に恵まれ、応援されて、ここまできた。充分ではないかもしれないが、いくつもの家族を探し当て、再会や交流を手助けすることができた。

しかしそれは単なる「人探し」ではなかったのかもしれない。残留日本兵とその家族の悲劇の背景にあるものを考えると、やはり「反戦・平和」に行きつく。それは若い頃の私が夢中になって叫んだ言葉であり、私の原点とも言えるものだ。そしてその想いは、半世紀以上も前の残留日本兵たちと共通しているものなのだった。

ベトナムに来てよかった。残留日本兵・日本人の家族探しは、やはり私にとっては運命のライフワークだったのだろう。

解説

「新しいベトナム人」の時代背景

早稲田大学名誉教授・日本ベトナム研究者会議会長　白石昌也

編集者から求められている本章のテーマは、第一に、日本軍がなぜ一九四五年八月の終戦時点にベトナムに駐屯していたのか？　第二に、そのうちの一部の兵士が、終戦後もなぜベトナムに残留することになったのか？　第三に、残留兵の多くが参加することになった「ベトミン」とは、いったいどんな組織だったのか？　それらの疑問に答えることにある。

もう一つの大きなテーマ、なぜ、どのように彼らが日本に帰国することになったのか？　という疑問については、古田元夫氏が別稿を用意しているので、本章では触れないこととする。

日本軍がなぜ終戦時点にベトナムに駐屯していたのか？

ベトナムは一九世紀後半にフランスによって植民地化され、隣国のカンボジア、ラオスとともにフランス領インドシナ連邦（略称・仏印）に編入された。明治時代以降、日本人がインドシナを訪れたり、そこでビジネスをしたりするためには、いちいちフランス当局に申請して許可を得る必要があった。ただし、インドシナでの権益をなるたけ独占したいフランスは、日本人の進出に関して常に警戒的であった。

一九二九〜一九三〇年の世界恐慌後、日本は自己の勢力圏を拡大するために、まず満州で、次に中国大陸全体で戦争を開始した。かくして始まった日中戦争は、しかしながら、一九三〇年代後半になると行き詰まり状態に陥った。局面を打開するために、日本は中国に隣接するインドシナ、とりわけベトナムに着目した。

インドシナに関して、日本がまずフランス当局に要求したのは、北部ベトナムから中国領へと至る輸送ルートの遮断であった。そのルートをつたって、欧米諸国からの戦略物資が、日本に敵対する蔣介石勢力に搬送されていたからである。フランスは当初、そのような日本の要求を拒絶し続けた。ところが、一九三九年九月にナチス・ドイツのポーランド侵攻によって欧州大戦が勃発し、さらに翌一九四〇年六月にドイツ軍の攻勢を前にフランスが降伏するに至ると、事態は一変した。ドイツの同盟国である日本からの要求を、もはや無視できなくなったからである。

ドイツに降伏した直後にフランス当局は日本に対して、対中国輸送ルートを遮断し、さらにそれを検証するための監視団を受け入れると回答した。かくして、西原一策陸軍少将を団長とし陸海軍の軍人や外務省の職員から成る仏印国境監視団が派遣された。ただし、フランスによる日本への譲歩は、これが最後ではなかった。首都をパリからヴィシーという温泉町に移した親ナチス・フランス政府、そしてその指揮下にあるハノイの仏印当局に対して、日本は次から次へと新たな要求を突きつけた。

その結果、日本軍は一九四〇年九月に北部仏印進駐を、一九四一年七月に南部仏印進駐を、フランス当局からの「同意」を取り付ける形で実現した。また、一九四一年五月には、日本にとって圧倒的に有利な日・仏印間の経済諸協定を結ぶことに成功した。

一九四一年一二月八日にアジア太平洋戦争が始まってからも、インドシナの現状は維持された。つまり、東南アジアの他の地域でアメリカやイギリス、オランダの諸勢力が日本軍によって実力で粉砕されたのとは異なって、インドシナではフランス植民地支配体制が温存された。戦争を遂行する上で、インドシナは日本にとって、重要物資（コメ、ゴム、石炭など）の調達地、そして中国大陸と東南アジアを連結する中継連絡拠点としてきわめて重要であったが、そのような目的を達成するために、現地のフランス人が日本に対して十分協力的であるのならば、現状を変更すべき理由はなかったのである。

ただし、「フランス領」インドシナの現状を維持するという政策は、「大東亜戦争」の大義名分と明らかに矛盾するものであった。そのような大義名分に従えば、日本はアジアの諸民族を欧米植民地主義の支配から「解放」するために、戦争を戦っているはずであった。ところが、インドシナにおいて、日本はフランス植民地主義者による統治を容認し続けたのである。

ただし、戦争遂行のための便益と「大東亜解放」の大義の間に存在した矛盾は、やがて解消された。一九四五年三月九日夜半に、インドシナに駐屯する日本軍が武力処理（秘匿名・明号作戦）を実施したからである。日本軍は現地の仏印軍を武装解除し、フランスによる支配体制を解体した。その間の経緯を述べれば、以下のとおりである。

第二次世界大戦は当初、枢軸国側にとって有利な形で展開した。しかし、一九四三年ごろを境に、徐々に戦況が逆転し始めた。太平洋戦線でも欧州戦線でも連合軍による反抗が開始され、九月にはイタリアが降伏した。そして、一九四四年八月には連合軍によってフランス本土が解放され、ド・ゴールの臨時政府がパリに帰還、ドイツの傀儡であったヴィシー政府が崩壊した。太平洋戦線でも、一九四四年末からアメリカによるフィリピン奪還作戦が始まり、翌一九四五年一月にはインドシナに対して米軍機の大規模な空襲が実施された。このような状況の中で、日本はインドシナにおけるフランス人たちが反旗を翻すのではないかと懸念し、その機先を制するために、仏印武力処理を実施したのである。

一九四五年三月の明号作戦後、日本は王都フエに名目的に存続していたグエン王朝のバオ・ダイ皇帝に、フランスからの「独立」を宣言させ、さらに四月には同皇帝の下に、チャン・チョン・キムを首班とする親日政権を組織させた。しかし、既に日本の敗色は濃厚であり、事実、明号作戦から五ヵ月後の八月一五日には、天皇による終戦の声明が放送された。[*1]

日本が降伏した時点で、インドシナの北部には第二一師団（司令部ハノイ）、中部には第三四独立混成旅団（司令部フエ）、南部には第二師団（司令部サイゴン）が駐屯していたほか、中国方面から第二二師団が、タイ方面から第五五師団などがインドシナに転進中であった。これら日本軍の部隊は連合軍の到着を待って武装解除され、集中キャンプに収容されたのち、順次引き揚げ船で本国に帰還することとなる。[*2]

九月になると、日本軍の武装解除のために、北緯一六度線を境として、北部インドシナには中国国民党軍、南部インドシナにはイギリス軍が進駐した。連合軍による分割進駐は、七月にベルリン郊外のポツダムで実施された米英ソ首脳会談において、最終的に合意されていた。この会談には中国国民党政府を代表する蔣介石総統は出席していなかったが、その意図を代弁する米国のトルーマン大統領と、英国のアトリー首相との間に妥協が成立した。中国はベトナムに対する影響力を拡大したいと望んでいたし、イギリスはインドシナを含む東南アジアに戦前の植民地支配体制を復活させたいと望んでいた。

一部の日本兵が終戦後もなぜベトナムに残留することになったのか？

以上のようにして武装解除された日本兵は、北部インドシナで三万人程度、南部インドシナで七万人程度であった。そのほとんどが日本に引き揚げることになったが、北部については、一八九人が戦犯容疑者として留め置かれ、三八四人が逃亡兵として失踪した。南部については、約六〇〇人が戦犯容疑者として留め置かれ、また七二八人が逃亡兵として失踪した。[*3]

逃亡兵の中にはラオスやカンボジアに残留した者もいたであろうが、大半はベトナムに残留した。彼らが日本に引き揚げず、敢えて現地に留まる道を選んだ理由は、何だったのか？

この点について、小松みゆきさんも本文の中で再三言及しているが、そのほかに井川一久氏が二〇〇五年に発表した報告書の中で詳細に分析している。その内容を、筆者（白石）なりにまとめれば、以下のとおりである。[*4] まず、心理的な要素としては、

（1）進駐してきた連合軍によって捕虜とされ虐待されたり、戦犯として裁かれたりするのではないかという不安感：

一般論として、戦争中の兵士たちは「生きて虜囚《りょしゅう》の辱《はずかし》めを受けず」との精神を叩き込まれていた。敵の捕虜となれば、拷問や虐待を受けて自白を強要される。捕虜となるくらいならば、むしろいさぎよく「自決」すべきだとの戦陣訓である。大半の兵士たちは自決せず、連合軍に武装解除される道を選んだが、一部の人々は「逃亡」することによって、捕虜となる道を回避しようとした。

さらには、脱走しなければ戦犯容疑者として捕らえられるのではないかと疑い、逃亡を決めた者もいたであろう。事実、前述のとおり、連合軍によって武装解除された日本兵の中には、戦犯容疑者として尋問を受け、軍事法廷で裁かれた者が存在していた。とりわけ、憲兵として駐屯していた人々、一九四五年三月の明号作戦に際して仏印軍と実際に銃火を交えた人々（特にその指揮官）、投降したフランス兵を連行したり収容したりした人々の間には、そのような不安感が強かったであろう。

（2）連合軍占領下の日本本土に戻っても不幸な生活しか待っていないとの悲観論…
米軍による空襲を受けて焦土と化した日本についての情報は、インドシナに駐屯していた人々の間にも広く伝わっていたであろう。しかも、戦時中に「鬼畜米英」に対する敵愾心を徹底的に植え付けられてきた兵士たちにとって、連合軍に占領された祖国に関して明るい未来を展望することは困難であった。

（3）ベトナムの人々に対する文化的、宗教的な親近感や、現地に恋人ができたといったような個人的事情…
ベトナムは紀元前二世紀から紀元後一〇世紀まで、実に一〇〇〇年以上にわたって中華帝国の支配下にあった。一〇世紀に政治的に独立して独自の王国を設立した後も、中国から様々な制度や文物を取り入れてきた。このようにしてベトナムは、漢字文化圏、箸の文化圏に属する国となった。

文字については、今でこそアルファベット文字を使用しているが、かつては正書法として漢字を用いていた。現在でもベトナム語の語彙には、多くの漢字起源の言葉が残っている。例えば、注意は chú ý（チューイー）、大学は đại học（ダイホック）、制度は chế độ（チェード）といった具合である。

宗教についても、大乗仏教や儒教、道教の影響が強い。ベトナムを訪れたことのある日本人は、門柱や扁額に漢字が刻まれている寺院や廟を目にして、親近感を覚えたであろう。食事についても箸を使い、白米を主食とする。農村に行けば、水田が広がる。

（4）「大東亜解放」の理念に従い、フランスと戦うベトナム民族運動を支援したいという思い…
前述のとおり、「大東亜戦争」の大義名分は、アジアの諸民族を欧米植民地主義の支配から「解放」することにあった。ベトナムでは一九四五年三月の明号作戦によって、ようやくフランスの植民地支配を解体したが、それから半年足らずのうちに、日本は敗北してしまった。「アジア主義」的な心情に染まった日本人将兵の中には、不完全燃焼を覚える人々が少なからずいたことであろう。しかも、次節に見るように、終戦後のベトナムでは民族運動が盛り上がり始めていた。(5)特殊な事例ではあるが、陸軍中野学校出身者の場合には、残置諜者としての任務を果たそうとする義務感も存在した。

井川氏は、以上のような心理的要素が、多かれ少なかれ特定の個人の中に、複合的に共存していたであろうと推測する。

さらに、客観的な要素として、同氏は次のような事情をも指摘している。

(A)ベトミンなど現地の民族主義勢力からの強い勧誘があった(このあたりの事情については、次節で簡単に触れることとしたい)。

(B)日本の敗戦から連合軍の到着までの間に約一ヵ月の「猶予期間」があり、逃亡する機会が増えた。

(C)北部に進駐した中国国民党軍の規律は弛緩しており、収容所からの出入りやベトナム人との接触が容易であった。

(D)南部に進駐したイギリス軍は、治安維持の名目で現地の民族運動を取り締まるために、日本兵の武装解除を一時停止して、掃討作戦に従事させた。その際に日本兵たちが現地の人々と接触する機会が生じた。また、井川氏は明示的に述べていないが、戦争が終わったにもかかわらず、再び戦闘に巻き込まれること、しかも自分たちが助けるべきベトナム人たちを敵にしなければならないことに、嫌気がさしたり憤慨したりして脱走したケースもあったであろう。事実、南部での逃亡兵の数は、北部の二倍に上った。

なお、以上の将兵たちとは別に、終戦時点で北部に約一四〇〇人、南部に約五五〇〇人の民間日本人が在住していた。彼らのほとんども、やはり引き揚げ船で日本に帰国したが、自発的な意思で戦後のベトナムに留まった人々も少数だが存在した。

残留兵の多くが参加することになった「ベトミン」とはどんな組織だったのか？

「逃亡兵」としてベトナムに留まった人々の一部は、「庶民」として現地での生活に溶け込む道を選んだが、ほとんどの人々は現地の武装勢力、中でも「ベトミン」勢力に合流した。*5

「ベトミン」（Việt Minh）を漢字で表記すれば、「越盟」となる。「越南（ベトナム）独立同盟会」の略称である。「ベトミン」とは、いったいどのような勢力だったのであろうか？　ベトナムの歴史を少し遡ってみよう。

ベトナムを訪れたことのある人は、街のあちこちで「ホーおじさん」の肖像画や彫像を見かけたであろう。ホー・チ・ミン（胡志明 Hồ Chí Minh　一八九〇～一九六九年）は現在のベトナム（正式国号はベトナム社会主義共和国）の建国の父である。幼名はグエン・シン・クン（Nguyễn Sinh Cung）、成人後の本名はグエン・タト・タイン（Nguyễn Tất Thành）。中部ベトナム・ゲアン省に生まれたが、一九一一年にはフランス汽船の見習いコックとなって祖国を離れ、やがてベトナムの宗主国フランスの首都パリに定着した。彼はそこでグエン・アイ・クオック（阮愛国　Nguyễn Ái Quốc）と名乗って革命家としての人生を歩み始め、一九二〇年にはフランス共産党に加入。その後、共産主義の本拠地ソ連の首都モスクワに移って、国際的な革命家として成長した。一九二四年に中国の広東に渡って、ベトナムから亡命していた青年活動家たちと接触を持ち、ベトナム青年革命同志会を結成、続いて一九三〇年には香港でベトナム共産党を結成した。

その後、グエン・アイ・クオックはタイに渡ったり、モスクワに戻ったりしながら、革命活動を続けていたが、一九三九年には再び中国に戻り、中国共産党と活動を共にしたりしながら、中越国境地帯でベトナム国内の活動家たちとの接触を図った。そして、日本軍が北部仏印に進駐した後の一九四一年五月、中国から国境を越えてベトナム領内に潜入し、ベトナム共産党（当時の正式名称はインドシナ共産党）の中央委員会を主宰、その場でベトナム独立同盟会（ベトミン）の結成を決めた。彼が新しい革命家名「ホー・チ・ミン」を名乗り始めたのは、この頃からのことである。

ベトミンは、ベトナムの独立を志す人々を広く糾合するための組織、いわゆる民族統一戦線の組織である。「共産党」とか「共産主義」とか言われると尻込みしてしまう人々にとっても、「民族独立」のためという名目であれば賛同しやすくなる。このようにして、ベトミンは貧しい農民や労働者のみならず、農村の地主や富農、都市の知識人や金持ち階層の間にも支持者を増やしていった。

その間に戦況はますます日本にとって不利となり、太平洋戦域での制海権と制空権を失って物資輸送も不自由となった。それに伴って、日本の勢力圏に組み込まれていたベトナムの経済状況は急速に悪化していった。加えて、北部ベトナムのデルタ地帯を襲った大洪水などによって、大飢饉が発生していた。人々の不満は拡大し、ベトミンに対する支持が広がった。しかも、一九四五年三月の明号作戦によってフランスの統治機構が崩壊し、他方、日本軍による治安維持能力にも限界があったために、ベトミンの活動領域は、山岳地帯から平地へ、農村部から都市部へと急速に拡大していった。

ホー・チ・ミンたちは八月一三日から中国との国境に近いタンチャオで共産党大会、続いて国民大会を開催して、全国総蜂起を決定した。現地の日本軍は、八月一五日の敗戦によって茫然自失状態となり、ベトミンの活動を制圧する理由も意欲も喪失していた。他方、連合軍の部隊がベトナムに進駐するのは、まだかなり先のことであった。ベトミン勢力は各地で権力を奪取し、八月二七日にはハノイにベトナム民主共和国の臨時政府を樹立した。八月三〇日にはフエでグエン王朝最後の皇帝バオ・ダイが退位を宣言した。かくして、ベトミンによる八月革命が成功した。

九月二日、東京湾に浮かぶ米戦艦ミズーリ号上で日本が降伏文書に正式調印した日に、ベトナムではハノイのバーディン広場で大集会が実施され、ホー・チ・ミンがベトナムの独立宣言を読み上げた。ベトナムの建国記念日（国慶節）は、この独立宣言の日とされている。

ホー・チ・ミンたちは一九四六年一月に総選挙を実施し、三月に召集した第一回の国会で正式の政府を樹立、次いで一一月の第二回国会でベトナム最初の憲法を採択した。[*6] その間に、前述したとおり、ベトナム北部に中国国民党軍が、南部にはイギリス軍が連合軍として進駐し始めた。北部に進駐した中国国民党軍は、ベトミン政権に親中国系の党派を参加させるよう圧力をかけはしたが、独立を宣言したばかりの政権そのものを否定することはなかった。それに対して、南部に進駐したイギリス軍、そしてその援護下に上陸したド・ゴール派のフランス軍は、現地のベトミン勢力と正面衝突した。サイゴンで始まった戦闘は、すぐに南部ベトナム各地に拡大した。現地で降伏した日本軍将兵が武装解除を一時的に停止されて、ベトミン勢力掃討のために利用されたことは、既に記したとおりである。

一九四六年三月に中国国民党軍とイギリス軍とは、連合軍としての任務を終えてインドシナから撤退した。インドシナ全域での復権を狙うフランスは、北部ベトナムに拠点を置くベトミン政権との外交折衝を試みたが、両者間の妥協は成立しなかった。ベトナムの統一と真の独立を望むベトミンの主張と、戦前同様の支配体制を復活させたいフランスの立場とは、到底折り合うことができなかったのである。一九四六年一二月一九日ハノイでフランスとベトミンの間で軍事衝突が生じ、翌二〇日にホー・チ・ミンが全国の同胞に向けて「抗戦の呼びかけ」を発した。インドシナ戦争の勃発である。

戦争は当初、圧倒的な軍事力を誇るフランスが有利な形で展開した。ホー・チ・ミンたちはハノイなど都市部から撤退して、北部山岳地帯などの「自由区」に立てこもった。しかし、戦況は徐々に逆転していき、最終的には一九五四年五月のディエンビエンフーでの決戦によって、ベトミン側の勝利が決定づけられた。それから二ヵ月後の一九五四年七月二〇日、ジュネーブ協定の締結によってインドシナ戦争が終結し、フランス軍がベトナムから撤退した。[*7]

以上がインドシナ戦争終結に至るまでのあらましであるが、その間にベトミン勢力が直面した難題の一つが、フランスに対抗し得る軍事力をいかに構築するのかであった。ベトミンが採用した「長期持久戦略」において、とりわけ自分たちが劣勢な間は、防御やゲリラ戦を主とし、本格的な戦闘を回避することを旨とするものであったが、それにしても最低限の武器や戦術が必要であった。そこで着目したのが、現地に駐屯する日本軍将兵であった。

ベトミンによる現地日本兵に対する働きかけは、八月一五日の敗戦以前から開始されていたと思われるが、それが本格化したのは、やはり敗戦以降のことであった。そのようなベトミンの勧誘に応じた日本兵の心情などについては、既に前節に取り上げた。

ベトミンに合流した日本兵たちが担った役割は、主として青年たちに対する軍事訓練、そして実戦を通じての戦闘指導であった。当時のベトミンは軍事面での経験に決定的に欠けていたから、これら日本兵の貢献は大変貴重であった。彼らの教え子の中からは、一九六〇年代のベトナム戦争期に優秀な指揮官として活躍する人材が輩出した。

日本兵たちが「新しいベトナム人」と呼ばれ、それぞれの土地でベトナム女性と結ばれ家族を持つに至ったことは、小松みゆきさんが本文で詳しく述べている。

註

＊1 第二次大戦期のベトナム政治史の概観は、次を参照されたい。白石昌也「アジア太平洋戦争期のベトナム」『岩波講座・東アジア近現代通史』第六巻（岩波書店、二〇一一年）。

＊2 詳しくは、防衛庁防衛研修所戦史室『シッタン・明号作戦』（朝雲新聞社、一九六九年）。

＊3 Shiraishi, Masaya, "Présences japonaises: Les troupes japonaises en Indochine de 1940 à 1946", Fondation Maréchal Leclerc de Hauteclocque, *Leclerc et l' Indochine 1945-1947*, Albin Michel, Paris, 1992, pp. 43-46.

＊4 井川一久『ベトナム独立戦争参加日本人の事跡に基づく日越のあり方に関する研究』（東京財団、二〇〇五年）九頁以下。また、立川京一「インドシナ残留日本兵の研究」『戦史研究年報』第五号（二〇〇二年三月）、四七頁以下も「残留の動機・理由・背景」として、ほぼ同様の要因を指摘している。あわせて参照されたい。

＊5 当時のベトナムには、非ベトミン系の諸党派や宗教組織が結成した武装勢力も存在したが、その数は限定的であり、また地方的な存在に留まった。

＊6 八月革命期のベトナム政治史の概観は、白石昌也『ベトナム：革命と建設のはざま』（東京大学出版会、

一九九三年）三四頁以下。

＊7　インドシナ戦争の推移に関して概観は、白石昌也「第一次インドシナ戦争とジュネーブ会談」山極晃編『東アジアと冷戦』（三嶺書房、一九九四年）を参照。なお、ジュネーブ協定は北緯一七度線の臨時境界線をもってベトナムを南北に分割することに合意しており、その後ベトナム戦争（一九六〇～七五年）へと至る対立の火種を残すこととなった。

残留日本人の日本帰国の背景

東京大学名誉教授・日越大学学長　古田元夫

ベトナムでは、第二次世界大戦終結直後の一九四五年九月二日、ホー・チ・ミンがベトナム民主共和国の独立を宣言した。しかし、大戦中までベトナムを支配していたフランスは、ベトナムを手放す用意はなかった。ベトナムを含むインドシナには、南部にはイギリス軍、北部には中国の国民党軍が連合軍を代表して、日本軍の武装解除のために進駐したが、フランスはまず、植民地支配の回復に同情的だったイギリス軍の支援のもとに南部での復帰をはかり、国民党軍の撤退以降は北部にも復帰をはかって、一九四六年一二月からは、フランスとベトナム民主共和国は全面的な戦争状態に突入した。カンボジアやラオスの独立勢力もフランスに抵抗したので、戦争はインドシナ全体に広がる「インドシナ戦争」と呼ばれる戦争になった。

このベトナムの独立戦争には、軍人を中心とするかなり多くの日本人が残留して参加した。残留者は七〇〇〜八〇〇名、うち六〇〇名程度が、ベトミン（ベトナム独立同盟）に協力して独立戦争に参加したといわれる。

同じ独立戦争でも、インドネシアの独立戦争は一九四〇年代には決着がついたが、インドシナ戦争は、東西の冷戦構造に巻き込まれ長期化し、一九五四年のディエンビエンフーの戦いでのベトミン軍の勝利を経て、七月に締結されたジュネーヴ協定でようやく停戦となった。最後までベトミンに協力していた日本人残留者は、ベトナム人と結婚して家族を築いた人も大勢いたが、ジュネーヴ協定が締結されてインドシナ戦争が終結すると、ベトナム側から日本に帰国するよう求められ、大半が日本に帰国することになった。

こうした事態の背景には、独立直後の一九四〇年代後半のベトナムと、隣国中国に中華人民共和国が成立して以降の一九五〇年代のベトナムは、相当に異質な国家になっていたという事情がある。この小論では、一九四〇年代後半と一九五〇年代では、ベトナムがどのように変化したのかを検討して、残留日本人の日本帰国の背景を考えてみたい。

「ホー・チ・ミンの国」から「ソ連・中国圏の国」へ

第二次世界大戦の終結直後には、世界の人々は、連合国として同じ側で戦争を戦った米国とソ連の協調のもとで平和と民主主義の時代が世界に訪れるだろうと考えていた。しかし、大戦中に盛り上がった植民地の人々の独立の希求に、大戦で戦勝国となった旧宗主国が応える用意がなく、東南アジアでもインドネシアとインドシナでは独立戦争が発生した。また、ヨーロッパでは、次第に米ソの対立が深まり、冷戦と呼ばれる状況が生まれ、それは一九四九年の中華人民共和国の成立以降は、アジアにも波及して、一九五〇年には朝鮮戦争という実際の戦争＝「熱戦」が発生し、インドシナ戦争も、米国がフランスを、中華人民共和国がベトナムを支援して、冷戦構造の中の「熱戦」となった。

一九四五年八月革命でベトナム民主共和国の樹立を導いたのは、ホー・チ・ミンを指導者とするインドシナ共産党を中核としたベトミンだった。この点では、ベトナム民主共和国は共産党政権の国だった。

しかし、ベトナム民主共和国は、ソ連軍の支配下で生まれた東欧や北朝鮮の共産党政権とは異なり、八月革命という自生的な革命によって生まれた政権だった。国家のあり方としても、一九四〇年代いっぱいまではベトナム民主共和国は共産党政権としてはユニークな存在だった。

ベトナムのユニークさの一因は、ソ連や中国共産党の解放区という当時の国際共産主義運動の中心からはベトナムが地理的に遠く離れた存在で、ソ連や中国共産党からの直接的な支援を望めなかったことにあった。それと同時に、指導者ホー・チ・ミンの個性を反映したものでもあった。

ベトナム民主共和国のユニークさの第一は、政権を掌握した共産党が自らの解散を宣言したことだった。これは、日本軍の武装解除のためにベトナム北部に共産党政権に好感を持たない中国国民党軍が進駐するという状況のもとで、一九四五年一一月にホー・チ・ミンが、中国国民党軍との摩擦を軽減し、フランスの復帰に対抗する挙国一致体制をつくるためにとった措置だった。むろん、これは「偽装解散」で、共産党組織はその後も温存されていたが、ここにはホー・チ・ミンの共産党に対する考え方が強く反映されていたように思われる。

第二次世界大戦中までは、世界の共産党はモスクワに本拠を置く国際共産党＝コミンテルンの支部として存在し、国際的な階級闘争に奉仕すべき存在だった。しかし、インドシナ共産党の解散宣言が「階級的権利の上に国家的権利を置き、民族の共通の権利のためには党派の個別利害を犠牲にする用意がある」としているように、インドシナ共産党の解党には、共産党は国民の利益に奉仕する「国民共産党」になるべきだというホー・チ・ミンの発想が強く体現されていた。

第二のユニークさは、ベトナム民主共和国は閣僚や政府の要職に多数の非共産党員のナショナリストを登用していたことである。これは中国国民党軍の圧力で親中国のナショナリストを入閣させる以前の段階からの特徴で、一九四五年三月に日本軍がインドシナのフランス植民地政権を武装解除した仏印処理の後に生まれたチャン・チョン・キム（Trần Trọng Kim）内閣という「親日政権」の閣僚経験者も含まれていた。中国でも内戦の本格化までは国民党と共産党の合作が試みられ、東欧諸国でも東西冷戦の緊張が高まるまでは非共産主義者の存在が政権で重みを持っていたが、ベトナムでは、こうしたことが一九四〇年代いっぱいは続いていたのである。

第三のユニークさは、共産主義者が農民の支持を集める上で大きな意味を持つことが隣国中国で証明されていた、地主制の廃止と農民への土地分配という土地革命の実施が、回避されていた点にあった。これは、フランスへの抵抗に地主層など社会の上層階級を含めた広範な人々を結集するために採用された政策だった。

第四のユニークさは、ベトナム民主共和国が、その外交活動の力点を、遠方の社会主義国よりも周辺の東南アジア諸国に置いていた点にある。当時の東南アジアは、大戦後の世界で最も早く独立運動が高揚した地域だった。ソ連を含め世界中のどこからも国家的承認を得られなかったベトナム民主共和国は、タイのバンコクとビルマのラングーンに準外交施設とも言うべき代表部を置き、ここを拠点としてその外交活動を展開し、独立への動きが盛んな東南アジア諸国の連携をめざした。インドシナの反仏抵抗に同情的な自由タイ政府の支援のもとに、一九四七年には「東南アジア連盟」という、植民地主義に抵抗する東南アジア諸国の連携を図る組織が結成されるなどした。初期のベトナム民主共和国は、ホー・チ・ミンの個性が色濃く反映されたという意味で、「ホー・チ・ミンの国」だった。

しかし、こうしたベトナム民主共和国のユニークさは、一九四九年一〇月に中国に共産党が主導する中華人民共和国が成立し、インドシナ戦争が冷戦構造に組み込まれる中で、急速に失われることになる。

中華人民共和国が生まれた頃、ベトナムの抗仏戦争はフランスの「即戦即勝」の目論見は挫いたものの、ベトナムにとっても犠牲は大きく、戦争に勝てる見通しは立っていなかった。こうした状況下で陸続きの中国に共産党政権が誕生したことは、ベトナムの指導者にとっては光明に思えた。一九五〇年一月一四日、ホー・チ・ミンは、ベトナム民主共和国を代表して、その承認と外交関係の樹立を求めるアピールを発表した。これに応えて、中華人民共和国が一月一八日に、ソ連が一月三〇日にベトナム民主共和国を承認すると、ホーは中越国境を越えて中国に入り、北京を経由してモスクワへ向かった。この時期は、中国の毛沢東もモスクワを訪問していた。ホーは、中ソの最高指導者に、ベトナムの抗戦への支援を要請した。

一九五〇年二月にホーと会見したスターリンは、中ソなどの社会主義陣営（当時は民主陣営と自称）の支援がほしいならばベトナムのユニークさを放棄せよと、あからさまに迫った。スターリンは、ホーとの会談で、共産党の解散と土地改革の回避を問題にし、前にある二つの椅子を指して、「こちらは農民の椅子、あちらは地主の椅子、ベトナムの革命家はどちらの椅子に座るつもりか」とホーに迫ったと言われている。スターリンが、より直截に「共産党を早期に公開して活動せよ。もはや共産主義者が闇の中に隠れているべき時ではない。抵抗戦争が激しいからこそ、土地改革をして農民の精神と物質的パワーを戦闘に動員する必要がある。階級闘争と労農同盟がプロレタリア革命の基本原理だということを思い出さなければならない」と述べたという回想もある。いずれにせよ、スターリンは、ソ連や中国などの社会主義諸国の援助がほしいならば「旗幟を鮮明」にするよう、ホーに迫ったのであった。

当時は、「中国モデル」が、スターリンも公認した「アジア革命」の普遍モデルだった。ホーには、ベトナムのユニークさを放棄し、「中国モデル」を導入するという選択肢しかなかった。その場となったのが、一九五一年二月に開催された党大会だった。この大会では、一九四五年の「解散」以来地下に潜行していたインドシナ共産党を改組し、ベトナム・カンボジア・ラオスの三党に分離し、ベトナムに関してはベトナム労働党という名称で党が公然化することになった。ベトナム民主共和国は、この労働党の指導のもとにある、世界の「民主陣営」=「ソ連・中国圏」の一員であることが強調されるようになった。ホーは大会で、スターリンを「世界革命の総司令官」、毛沢東を「アジア革命の総司令官」と呼び、労働党の規約では、「マルクス・レーニン主義」に加えて、「スターリン主義」と「毛沢東思想」を党の「思想的基盤、行動の指針」とした。党大会の段階では、土地改革の即時発動は慎重に回避されたが、抗戦中にもその発動が想定されるようになった。こうしたイデオロギー的連帯を強調することで、ベトナム民主共和国は中華人民共和国からの支援を確保し、いまやアメリカの支援を得るようになったフランスに対抗することができるようになったが、「中国モデル」の採用は、ベトナム民主共和国のユニークさの喪失という大きな代償を伴うものだった。かくしてベトナムは、その個性を誇る「ホー・チ・ミンの国」から、「ソ連・中国圏」に共通する普遍性のある革命のモデルを体現する国家へと、そのありようを大きく転換したのである。

国民共同体の開放性

今日では、ベトナムが、多数民族であるキン族とそれ以外の少数民族からなる多民族国家であることは常識になっているが、そもそもは、ベトナムとはキン族のものであり、それを他の少数民族と分かち合うという発想はなかった。それに変化が生まれるのは、八月革命に向けてのベトミン運動に、ベトナム北部の中国との国境地帯である越北地方などで多数の少数民族が参加するようになってからである。

このような経緯で誕生した、八月革命時の「ベトナム国民」という共同性は、それまでキン族とともにベトナムという枠組みを分かち合うとは考えられていなかった人々を含む、きわめて開放的な枠組みだった。八月革命による独立達成の興奮の中でベトミンの旗であり後にベトナム民主共和国の国旗となる金星紅旗をうちふった体験を共有する中で、多くの人が、自分とまわりの人々が生まれ変わったように感じていた。このように感じた人々の集合が「ベトナム国民」という新しく「発見」された集団性だった。二〇世紀ベトナムを代表する作家の一人のグエン・ディン・ティ（Nguyễn Đình Thi）は、「われわれひとりひとりは、もはやバラバラの弱々しい存在ではないのだ。われわれ全体を、われわれの家族や村や隣近所を大きく包むなにものかを、われわれは発見したのだ。それが国民である」と述べている。

この時期に、ベトナムへの残留を決断し、ベトミンに参加し、ベトナム人と家族を持った日本人は、「新しいベトナム人」と呼ばれた。「新しいベトナム人」という用語は、日本人のみに使われた用語ではなく、少数民族など、八月革命後の開放的な「ベトナム国民」という共同性の新しい成員として認知された人々を指すために使われた用語だった。大量の日本人の「新しいベトナム人」としての残留は、このように「ベトナム国民」という共同性がきわめて開放的な性格を持っていた時期に実現した出来事だった。残留日本人は、意識としてはベトナム人になりきっていた人もいたと思われるが、原理的には日本人であることを放棄しなくても「新しいベトナム人」になれたのである。

ベトミンへのコミットが強かった日本人の中には、インドシナ共産党の党員になる人も出現したが、この時期のインドシナ共産党は、コミンテルン時代の、インドシナという地域に居住さえしていれば、その国民的・民族的出自は問わず、党員になれるという、居留地主義を原則に組織されていた「地域共産党」だった。したがって、残留者の入党が、日本人であるがゆえに実現しないということは、原理的にはなかった。

しかしながら、その後の推移は、「ベトナム国民」の開放性は、日本人にとっては閉じられる方向に向かった。一九五一年に誕生したベトナム労働党は、インドシナ共産党の後継政党だったが、組織原理は全く異なる政党で、規約にベトナム人であることを明示した。いわば「国民共産党」だった。ベトナム国民である少数民族は問題なかったが、ベトナム国籍を取得したわけではない日本人は、原理的にはベトナム労働党には入れないことになった。それまでに国籍選択が迫られたわけではないので、ただちにインドシナ共産党員だった日本人がベトナム労働党から締め出されたわけではなかったようであるが、「国民共産党」の原理では、日本人である以上は、ベトナム革命ではなく、日本革命に貢献すべきということになった。「国民共産党」という考えは、ホーの発想とも合致する面を持っている変化だったが、残留日本人をベトナム労働党から遠ざけることになった。

中国顧問団

そもそも、軍人を中心とする日本人にベトミンから残留の働きかけがあったのは、日本人の持つ軍事能力、技術が、フランスの復帰に直面したベトナムにとって、きわめて有用だったからである。戦勝連合国から見れば「日本ファシスト」と手を組んでいるという非難を招きかねないというリスクをおしても、残留日本人の協力は、抗戦初期のベトナムにとっては、積極的な意味を持った。しかし、この面での日本人の有用性は、中国からの支援が本格化する中で低下していく。

「ソ連・中国圏」の中のベトナムといっても、抗仏戦争の時代に直接ベトナムを支援したのは中国だった。一九五〇年三月、モスクワから北京に戻ったホー・チ・ミンは、中国に軍事物資の支援と軍事顧問の派遣を含めた支援要請を行ない、四月には羅貴波（中央軍事委員会弁公室主任）が中共党中央の連絡代表としてベトナム北部に入り、八月には韋國清（中越国境に住むチワン族出身の高級軍人。一九五五年中国人民解放軍上将）を団長とする軍事顧問団がベトナムに入り、ベトナム側の総参謀部、政治総局、補給総局、主力部隊三師団に顧問団を置いた。この時期から、日本人は、第一線からはずれ、後方勤務にまわされることが多くなった。

一九五〇年の九月から一〇月にかけて、ベトナム北部の中越国境地帯でのフランス軍の守備体制を崩壊させ、中国からベトナムへの支援ルートを確保する国境作戦の結果、中国からの軍事物資の支援と、ベトナム軍の中国での訓練が本格化することになった。中国からの軍事援助は、ベトナム側の五個歩兵師団、一個砲兵師団、一個高射砲連隊、一個警備連隊の装備にあてられ、一万五〇〇〇人以上のベトナムの将校と技術幹部が中国で訓練を受けるなど、一九五四年のディエンビエンフーに至る抗仏戦争の後期には中国からの支援が大きな意味を持った。これが、残留日本人の存在意義を減殺していったことは否定できないだろう。ジュネーヴ協定締結以降の、日本人残留者の日本への帰国という事態は、こうした事情が重なって生じた出来事で、当事者である残留者とその家族はもちろん、「小国」ベトナムも、国際政治の荒波に翻弄される中で起きた出来事だったと言えるだろう。

もっとも、この蜜月時代の中越関係に問題がなかったわけではない。

一九五〇年代は中越蜜月時代だったと言ってよく、当時の協力関係がはらんでいた問題が指摘されるようになるのは一九七〇年代末の中越関係悪化以降のことで、そこでは次のような論争が中越間に生じている。

ヴォー・グエン・ザップ（Võ Nguyên Giáp）将軍をはじめとする、ベトナムの指導者の軍事作戦指揮能力が高く評価されるようになるのは、一九五四年ディエンビエンフーの戦いだが、この戦いでは、二つの大きな判断がベトナム側に勝利をもたらしたと言われる。第一は、一九五三年冬から五四年春にかけての主要な作戦の方向を、インドシナ戦争で双方が主戦場とみなしていたベトナム北部の平野部ではなく、フランス側の兵力が希薄な、ベトナムの西北山岳地帯から上ラオスに定めるという、「敵の強いところを避け、弱いところを攻撃する」戦略を堅持したことである。第二は、実際のディエンビエンフー攻防戦において、当初の「迅速な攻撃」（速戦速勝）の方針を転換し、「漸進的攻撃」（確実な攻撃と前進）という方針に転換して、ディエンビエンフー盆地を囲む高地にフランスが予想しなかった大型火器を運び上げるなど、フランス側の軍事的優位の要因を一つ一つ潰していく作戦で勝利を獲得したことである。

ところが、ベトナム戦争終結後の中国とベトナムの関係悪化の中で、中国側から、当時のベトナム支援に参加した人の回想や軍事史研究という形で、この二つの戦略的判断にはいずれも中国から派遣されていた軍事顧問団、特にその最高責任者だった韋國清の役割が大きかったとする議論が、戦闘で中国が支援した武器弾薬が大きな役割を果したという指摘とともに出されている。

中華人民共和国の成立以降、中国からの人的、物的な支援が大きな役割を果したことは、ベトナム側も認めている。ただし、上記のような議論は、中国の役割の誇大視であり、受け入れられないというのが、現時点でのベトナムでの刊行物がとっている立場である。

まず、弾薬では、ディエンビエンフー戦で大きな役割を果たした一〇五ミリ砲弾について、ザップ将軍自身が二〇〇四年に出したディエンビエンフー戦に関する新しい回想録の中で、当時、ベトナム人民軍の保有していた一〇五ミリ砲弾は二万発あまりだったが、その多くは、フランス軍から奪った戦利品で、中国から送られたのは三六〇〇発だったことを指摘している。中国は、ベトナムへの一〇五ミリ砲弾の提供に力を注いだが、当時は朝鮮戦争停戦の直後で、この砲弾をかき集めるのに苦労し、追加の七四〇〇発の砲弾がベトナムに届いたのはディエンビエンフー戦の終結後だったとザップ将軍は述べている。

また、戦略的判断に関しても、当時のザップ将軍をはじめとするベトナムの指導部と中国の軍事顧問団の間に、深刻な意見の対立はなかったとしつつも、こうした判断をまずは中国側が下したというのは荒唐無稽な議論であるとベトナム側はしている。

ディエンビエンフー戦における「迅速な攻撃」から「漸進的攻撃」への転換の一つの理由は、フランス軍陣地の構築が途上にある段階で人海戦術による総攻撃をかけ、短期間で陣地を攻略する戦略からの転換という意味があった。ザップ将軍は、中国軍事顧問団が大きな役割を果たしたインドシナ戦争の時にも、常々、「友人の経験を学ぶことは大切だが、ベトナムは小国なので、将兵の命を大切にしなければならない」と、中国の経験の機械的学習に警告を発していたと言われる。

もっとも、これらは、中越関係が悪くなってから表面化した出来事だった。ただ、一九五〇年代半ばには、ベトナムが中国への過度の接近に警鐘をならす出来事が二つあった。一つは、外交の舞台での出来事である。ディエンビエンフーでのベトナム側の勝利で、戦場での軍事的力関係はベトナムに有利になり、ベトナム全土の約四分の三はベトミンの支配下に入っていた。しかし、戦争の休戦は、大国主導の国際会議であるジュネーヴ会議に委ねられていた。当時、ベトナム民主共和国の支援国だったソ連・中国は、米国の介入を招きかねない戦争の長期化を望まず、ベトナムに妥協を迫った。その結果、七月に締結されたジュネーヴ協定では、ベトナムをほぼ二分する北緯一七度線に軍事境界線が引かれることになった。一七度線を境界線として呑むようベトナムを説得したのは、最大の支援国中国だった。ベトナムとしては、こうした中国の外交姿勢に疑問を持たざるをえなかった。

いま一つは、ベトナムにおける土地改革をめぐって起きた事態である。ベトナム北部では、「中国モデル」採用の一環として、一九五三年から地主階級の廃絶をめざす土地改革が本格的に開始された。中国の経験を機械的に導入し、多くの中国からの顧問の指導のもとに実施された土地改革は、実際には当時の北部農村人口の二%あまりに過ぎなかった地主が、中国の経験から四~五%はいるはずだという想定に立って、多くの富農や中農も「地主」に分類して大衆動員による「糾弾」「打倒」の対象とし、抗仏戦争期に形成された農村の上層階層の出身者を多く含む基層の党組織を「組織整頓」の対象として糾弾するなど、過激な展開を見せるようになり、抗仏戦争時代の革命の基盤だったベトナム北部農村に不穏な状況を作り出していた。労働党は、一九五六年秋に開催された第二期第一〇回中央委員会総会で、このような土地改革の「行き過ぎ」を認め、自己批判を行なうことになった。

この土地改革では、紅河デルタと中流域の二〇三三村全体で、当初、六万三二一一三戸が地主とされたが、矯正後は三万一二六九戸と、五〇・四%も少なくなった。矯正後の数値では地主の占める比率は二・二%となり、五%という「中国モデル」の機械的適用がいかに深刻な事態を招いたかがわかる。当初、地主とされた人の間で、「悪徳地主」とされたのは一万四九〇八人だったが、これも矯正後は三九三二人に減少した。土地改革で処刑されたり自殺した人がどの程度にのぼるかは、八〇〇人から三万二〇〇〇人まで諸説あるが、ベトナムの公式の文献では、土地改革中に逮捕され、党が自己批判をした後の一九五七年九月までに「不当逮捕」であったとして釈放された人は、二万三七四八人に達するという数値が出されている。

一九五〇年代の半ば、ディエンビエンフーの戦勝とインドシナ戦争の終結という、ベトナムにとって晴れやかな出来事の陰で、それまでの抵抗戦争を支えた側の人々の間に亀裂を生むような事態が生じていた。こうした事態の十全な説明は、まだついていないと言うべきであろう。

加茂徳治さんのお墓探し

早稲田大学名誉教授　坪井善明

簡単ではなかった墓参の旅

二〇一七年一〇月、元ベトナム残留日本兵家族の一四人が日本訪問を果たした。

小松みゆきさんがライフワークとして二〇年以上の歳月をかけて調査し、地道に家族を発掘して、それらの方々と良好な人間関係を築いてきたことを基礎としている。その年の三月二日、訪越した天皇皇后両陛下が家族の代表の方々とお会いになり、長年の苦労を慰安なさったことで、知られていない歴史へ一気に焦点が当たったのだ。

その後、梅田邦夫駐越日本大使の尽力で日本財団から財政支援を受けることができ、今春、天皇皇后両陛下訪越に際してお会いになられた残留日本兵の家族を軸に、小松さんを含めて計一八人が、一〇月中旬から約一週間、父親や祖父の故国日本を訪問する旅が実現した。

旅にあたって「元残留日本兵の御家族の日本訪問を支援する会」が結成され、小松さんが事実上の会長を務めることになった。私も小松さんを昔から存じ上げていたこともあってこのメンバーになった。長年の小松さんの思いを形にすることに、少しでもお手伝いすることができればと思ったからだ。

九月、私はベトナム出張の折に小松さんに会って旅の計画について尋ねた。この旅には小松さんが同行してコーディネーター役を務めるので、旅の実現にあたっての具体的な話や問題点をお聞きして、何らかのお手伝いができないかと考えたのだ。

小松さんの話は興味深いものだった。訪日の旅に参加するベトナム人家族の多くは残留日本兵である父親・祖父の墓参りを強く希望しているが、それは簡単に解決する問題ではないということだ。

残留日本兵は約六〇〇人とされるが、その過半数はベトナムで戦病死した。一九五四年の第一次インドシナ戦争が終了した時まで生き残った兵士は二〇〇人弱だった。その内の七一人は、第一次帰国者として中国を経由して帰国船の興安丸で一九五四年一一月に舞鶴に戻ってきた。いわば、中国からの帰国者に紛れて、「人知れず」一人で帰国したのだ。

家族連れで帰国を望んだ者が大多数だったが、その願いは叶わなかった。理由は複雑で未解明な部分があるが、「ベトナム人妻子を同伴すると、マスコミの格好な話題となり、ベトナム独立運動に元日本兵が多数参加していた事実が明らかになるかもしれない。そのことを避けたいとする意思がベトナム側にあったからだ」と私は推測している。すなわち、第一次インドシナ戦争でベトナムの独立を勝ち得たのは、ベトナム人だけだったとする神話を当時は必要としていたのだ。

実際には、集められて帰国を促された元日本兵たちは、敗戦国日本の惨状で外国人家族を養えないだろうと説得されたり、ベトナム政府関係者の「家族の面倒は見る」という口約束もあったりして、「ベトナム人家族を連れて帰ることは、まかりならん」という空気が醸成され、断腸の思いで同伴をあきらめたのだ。

帰国した残留日本兵の多くは三〇歳代で、全国に散らばって新生活を始めた。その後、再婚して新しい家族を持つ者もいた。

したがって、日本政府はどこの省庁も帰国後の残留日本人兵の行方を追っていない。幾つかの例で、その後の軌跡が分かる人たちはいるが、家族・遺族やお墓も見つからない人が大多数である。

ようやく連絡が取れた場合も簡単ではない。遺族の中には、初婚だったベトナム人妻の存在は秘密にされているのでベトナム人家族の墓参は遠慮してもらいたいと申し出る人もいる。身近な家族には事情を告げていても、親戚や地元で話題になっては困るという話もあった。

また別の例では、ある残留日本兵が北海道の三笠市近郊にある墓地に埋葬されていることが判明した。しかし、東京から大阪にまわる一週間の滞在で団体行動を余儀なくされる一行から、一人だけ離れて北海道まで墓参に行くのは日程的にも物理的にも難しく、今回はあきらめざるを得ないとのことだった。

そんな話を聞いていた席で、訪日参加者の一人ファン・ホン・チャウさんの父上の加茂徳治さんのお墓を探すように依頼された。

加茂徳治さんは、クァンガイ陸軍士官学校の教官を務めた人物である。帰国後は日越友好協会の創設に参加したり、堪能なベトナム語を活かしてボー・グエン・ザップ将軍の著作を日本語に翻訳したりして、日越友好に帰国後の人生を捧げられた方だ。ベトナム研究をしている私にとっては、大変なじみ深い名前でもある。加茂さんは二〇一二年に逝去し、その最後の居住地は東京都青梅市だったそうだ。

私は小松さんの依頼に「全力で取り組んでみます」と答えた。

加茂徳治さんの足跡

小松さんの送ってくださった資料を読み、さらに私も独自に調査を始めた。その結果、加茂徳治さんの人生に関する驚くべき情報が集まってきた。

加茂徳治さんは一九一九年四月、福島県二本松市本町で生まれた。安達《あだち》中学から拓殖大学専門部に進学するも、一九四一年一二月一日に徴兵検査を受け、拓大専門部を繰り上げ卒業した。一九四二年最初の学徒兵として招集され、会津若松東部二四部隊に配属される。同年一一月、南方派遣勇兵団（第二師団）第二九連隊（勇一三〇三部隊）に転属させられる。一二月にはラバウルに赴き、ガダルカナル撤退作戦に参加した。その後、フィリピン、マラッカ、ビルマへ転進、一九四五年一月、「仏印」（フランス領インドシナ）での「明号作戦」（フランス植民地政府を打倒して日本軍が直接支配するという作戦）に従事するために、カンボジア・ラオス・ベトナムへと移動。五月、ベトナム南部の沿岸地ファンティエットに駐留した。

六月にロクニンに移動して、そこで八月一五日の敗戦を迎える。敗戦時には、サイゴンに本部を置く第二師団第二九連隊第三大隊第九中隊第二小隊の隊長を務め、階級は中尉だった。九月にファンティエットに小隊の部下たちを連れて戻った。敗戦の混乱の中で、部下を守るために当時中部ベトナムを支配したベトミン（ベトナム独立同盟）と接触し交渉した。そこでベトミンの大義に共鳴し、ベトナム人の優しさに感銘を受けて、ベトナム残留を決意する。

その軍歴と経験から、ベトミンから軍事訓練の指導をしてほしいと懇請され、訓練を施し、遊撃隊を組織した。実際に一九四六年一月、村を荒らしに来たフランス兵士の小隊を撃退することもあったという。フランスは加茂さんに懸賞金を懸け、指名手配をして追跡した。だが、ベトナム人からの密告はなく、生命を永らえることができた。

フランスから追われる身となり、またベトミンにも指導して欲しいと懇請されて、結局ベトナムの独立運動に本格的に参加する決断をしたという。さまざまな理由でベトナムに残留した日本兵の中で佐官（少佐以上）は四人（いずれも少佐）、士官（少尉以上）は五〇人だった。加茂中尉はその五〇人に含まれている。

当時のベトミンは農民主体の集団で銃や兵器も少なく、軍事訓練を受けたことも軍事知識も皆無の素人集団だった。宗主国のフランスはインドシナ植民地を取り戻すために、一九四六年から強力な軍隊を派遣し始めていて、ベトミンにとって対仏戦争のためには日本軍が残した兵器や日本の軍事技術・知識は必須だった。

一九四六年六月一日、戦闘の要衝地点の中部クァンガイ省に、クァンガイ陸軍中学（陸軍士官学校）が創設され、請われて教官として赴任した。この学校の教員は全員日本人だった。四〇〇人の学生を四隊に分け、四人の日本人教官（谷本喜久男、中原光信、猪狩和正、加茂徳治）、さらに四人の下士官が副教官として、軍事訓練を中心に授業を行なった。加茂さんは第四大隊一〇〇人の教官だった。この時にはベトナム語の名前を与えられていて、ファン・フエ（潘恵）と名乗った（このため、息子さんはファン姓を継いでいる）。この士官学校の経緯に関しては、加茂さん自身が著書で詳しく述べている（加茂徳治『クァンガイ陸軍士官学校――ベトナムの戦士を育み共に闘った9年間』暁印書館、二〇〇八年）。

クァンガイ陸軍士官学校でのエピソードとして一番印象的だったのは、校長だったグエン・ソン将軍が日本人教官に、「訓練はどんなに厳しくしてもいいが、学生を殴らないで欲しい」と要請されたことだ。当時の大日本帝国軍隊では、ビンタを含む「殴打」が日常茶飯事だったことはベトナム人も「仏印進駐」の時期に直接見聞きしていてよく知っていて、その悪弊というか私的制裁の暴力行為だけはベトナム人に加えるなと厳重注意したのである。日本人教員・下士官はその約束を守り、任期中一度たりとも暴力は振るわなかったという。

六ヵ月の訓練を終えて、学生を一人前の軍人に育てた後、戦局が厳しくなったこともあって、北部の山岳地帯（ビエット・バック）に移動して人民軍総司令部軍訓局などに勤務し、引き続きベトミン兵士の軍事訓練を担当した。対仏戦争は一九五四年四月のディエンビエンフーの戦いでホー・チ・ミンが率いるベトミン側が最終的に勝利し、終了した。この時点で、ベトミンは軍事的にも訓練を積み上げ、立派なベトナム国軍にまで成長した。残留日本人軍人の役割は終了したのである。そこで、帰国となった。

建国への貢献で勲章

帰国後の加茂さんの生活は定かではない。しかし、ベトナム語に堪能だったので、それを活かして、日越交流に努めようという気概を持っていた。日越友好協会の創立にも尽力し、長らく常任理事を務めた。また、日本では数少ないベトナム語の専門家として、多くのベトナム語の本を日本語に翻訳して出版した。ボー・グエン・ザップ将軍の著した『ベトナム解放宣伝隊』の翻訳を手掛け、『ビエット・バックの山々』、『ホー・チ・ミン選集』などの共訳もある。さらに、『ベトナムの昔話』という本も共著で出版している。その他にも多くのベトナム語本の翻訳をしている。

また一九九六年、ベトナム社会主義共和国から「ベトナム民主共和国の建国に貢献した功績により、戦勝勲章二級、戦功勲章一級」の叙勲がなされた。受勲のために、七七歳の高齢にもかかわらずハノイへ出かけ、アーミー・ホテルで開催された祝賀会に出席した。その後、クァンガイ省まで出向いて、『クァンガイ陸軍士官学校』五〇周年記念の式典に参加して、現地で懐かしい人々との再会を果たした。

ただし、その時には、タイグエンに在住していた一人息子のチャウさんには会えずじまいだったようである。

二〇〇七年一一月、国賓として訪日したグエン・ミン・チエット国家主席からレセプションへの招待を受け、チエット国家主席からベトナム民主共和国建国への貢献のお礼と感謝の意が伝えられ、抱擁されたという。加茂さんは著書の中で、「人生最良の日と言っても過言ではない」と書いている。

二〇〇八年に『クァンガイ陸軍士官学校』を出版したが、その四年後の二〇一二年に九三歳で逝去。看護婦だった奥さまのヨシ子さんは、これに先立つ二〇〇六年に享年七六歳で逝去されていて、二人の間には子供がなかった。最終の住所は、青梅市千ヶ瀬《ちがせ》町だった。

お彼岸に現地へ

加茂徳治さんについて調べていて、不思議な因縁を覚えた。生年が私の父親と同じ一九一九年（私の父は一九一九年二月）、出身地は義父と同じ福島県二本松市だった。

また、ボー・グエン・ザップ将軍の『ベトナム解放宣伝隊』を私は若い頃から愛読していた。その翻訳者として加茂徳治という名前は微かに記憶の底にあった。一九九〇年に実際にザップ将軍にお会いした時も、この日本語翻訳本について、直接お話ししたこともある。ちなみに、その時に通訳をしてくださったのは、当時の日商岩井ハノイ支店で働いていた松田一郎さんだった。松田さんの父上は日本軍軍医としてベトナムで勤務し、加茂さんと同様にベトナムに残留してベトミンを助けた人物である。松田さんは、その日本人の父親とベトナム人の母親との間に生まれた残留日本兵の子どもの一人である。

加茂さんの著した『クァンガイ陸軍士官学校』も、早速取り寄せて読んでみた。読み進むうちに、「これは自分で青梅の実際の住居跡まで行ってみて、お墓探しをしなければいけない」と思い定めた。

青梅市のホームページや千ヶ瀬町の地図を拡大して探すと、住所の隣に宗建寺という寺院があり、その周囲に多くの墓地があることが分かった。近所には延命寺という別のお寺もあったが、想像するに、長らく同じ住所に加茂さんが住んでいたとしたら、お隣のお寺さんと昵懇の可能性が高い。とすると、まず宗建寺を訪ねて、加茂徳治さんのお墓があるかどうかを尋ねるべきであると思われた。

スケジュールを調べると、九月二四日（日）なら青梅に出向けそうだった。九月二三日が秋分の日なので、二四日も秋のお彼岸の時期にあたる。このお彼岸に加茂さんのお墓探しをすれば、息子さんの墓参りを切望しているに違いない加茂さんの霊がお墓まで案内してくれるのではないかと、非科学的だが不思議な因縁の「験」を担ぎ、現地に足を運んでみることにした。

九月二四日午後一時、ようやく宗建寺を探し当て、庫裏《くり》のベルを押す。すぐに、七〇歳近くの温和な住職が対応に出てくれた。名刺を出して名前を名乗り、訪問した趣旨を話す。「加茂徳治さんのお墓を探しているのですが」とおずおずと尋ねてみる。

すぐに、「加茂徳治さんのお墓ですか？　当寺のお墓にあります。すぐそこの墓地ではなくて、坂を下がった第二墓地にあります」と即答された。住職は一度奥に下がって、墓地の地図を持ってきてくれ、「ちょうど、この三列目の墓の一番下の、両脇が現在空いている場所です」と場所を指してくれた。そして「この列の一番上のお墓は『坪井さん』ですよ。何かのご縁ですかね」とも付け加えてくれた。

改めて自己紹介をして、加茂さんがベトナムでの残留日本兵だったこと、ベトナムで生まれた一人息子が来月訪日団の一員として来日するので父親の墓参りを切望していること、そのためにお墓探しをしていること等を手短に説明した。

住職も名刺をくださった。そこには「臨済宗建長寺派　仙桃山　宗建禅寺　住職　棚橋正道（号、玄芳）」とあった。この宗建寺は、宝徳二年（一四五〇年）に開山した古刹であり、青梅市では一番由緒のあるお寺である。

「臨済宗なら住職でなくて『方丈』とお呼びした方が正確ですか？」という話から入り、棚橋方丈に加茂さんのお話をうかがった。

それよると、加茂さんには子供がなく奥さまも先に逝去されたこともあり、住んでいたところには、奥さまの遠縁の鈴木さんが新居を建てて住まわれている。しかし、その鈴木さんは婿養子で来られた方なので、加茂さんご自身に関してはあまりご存じではないようだった。したがって、鈴木家への訪問や挨拶は不要だと思うとアドバイスされた。

さらに、「加茂さんの口から、詳しくはないが、ベトナムに残留してベトナム人兵士を教育したことなどの話を聞いたことがあります」とも言われた。

棚橋方丈からのお話のうち、特に興味深かったのは運動会のエピソードだった。

「加茂徳治さんは大柄の人物で、身体も剛健だったが、何より気丈夫というか剛毅の方でした。ある時、運動会で走って転んで、腕を脱臼されたのですが、痛みを示さず、自分自身で脱臼した腕を肩に差し込んで治されてしまいました」

在りし日の加茂さんの様子を、生き生きとお聞きすることができたのは望外の喜びだった。私は、「一〇月二〇日ぐらいに息子さんがベトナムから墓参りに訪れる見込みなので、その前に外務省もしくは関係者から連絡があると思う。よろしく対応して頂きたい」とお願いし、棚橋方丈はご快諾くださった。

帰宅後に調べて判明したのだが、棚橋方丈は、地元の自治会長や青梅市文化財保護指導員も務めていらっしゃる。したがって、歴史や周辺の住民の消息にも詳しい方であった。さらに、「開かれた寺院」を目指して「坊主カフェ」「極楽カフェ」などと銘打って、季節ごとに寺院の中で臨時にカフェを開催したり、青梅市在住のシャンソン歌手による「エディット・ピアフ物語」というリサイタルを寺院内で行なうことを許可したりしている人物である

庫裏を辞し、教えてもらった花屋さんに立ち寄って花と線香を買い求め、お墓参りをしに墓地に向かった。

御影石の墓

墓は二〇〇一年に加茂徳治さんご自身が生前に建てられたもので、灰色の御影石の石材を磨いて床を敷き、その同じ御影石の石材で周囲を囲った素敵な墓地だった。

お墓の真ん中には「徳」の大きな文字が刻まれている大きな黒い御影石の墓石があった。その横に同じ黒い御影石の墓碑が建っていた。銘は次のように刻まれていた。

「平成十八年十一月二日　七十八歳　ヨシ子　平成八年　永年看護業務ニ従事シタ功績ニヨリ勲六等宝冠章受勲」、

「文教修徳信士　平成二十四年三月二日　享年九十三歳　徳治　ベトナム民主共和国建国ニ貢献シタ功績ニヨリ同国カラ一九九六年戦勝勲章二級　戦功勲章一級受勲」

お墓には花が既に供されていて、掃除も行き届いていた。きっと加茂さんの住所に住んでいる鈴木さんのご家族がお彼岸のお墓参りを済まされ、供花してくださったのだと推測した。

花を供えて線香に火をつけ、頭を下げてお祈りをしていると、加茂徳治さんの霊が「よく探してくれた。息子の墓参りを楽しみにしている」と語りかけてくださっているような錯覚に囚われた。六七歳になった息子の、きっと最初で最後の墓参りを一日千秋の想いで待ちわびているのではないかという感慨を持った。息子のチャウさんが加茂さんのお墓参りを果たし、ベトナム民主共和国建国と日越交流に多大な功績のあった立派な父親の事績を見て、父親を誇らしく思って帰国されることを切に願った。

小松さんには、お墓発見の第一報を現地から入れた。電話の向こうで、小松さんは喜びと驚きで絶句しているようだった。

チャウさんと会う

一〇月一八日、「残留日本兵のベトナム人家族」一行一八人が来日。その中に、ファン・ホン・チャウさんがいた。

到着翌々日の二〇日朝、訪日団全員で青梅市に行き、チャウさんのお父さんである加茂徳治さんのお墓参りを果たすことができたという。この日、あいにく私は先約があって三重県鈴鹿市に出張せざるを得ず、東京を不在にしていたので同行することができなかった。チャウさんのお墓参りは二〇日のNHKの昼のニュースで放映された。私も、お墓の前で号泣するチャウさんの姿をインターネットで見ることができた。

どうしてもチャウさんに直接お会いしたくて、鈴鹿から大阪に向かうことにした。二一日の夜に堺市のホテルで、日越堺友好協会（加藤均会長）が主催する歓迎会が開催される。

二一日一七時、堺市の駅に隣接する会場のホテルで待っていると、まず小松さんが到着した。身体的には疲れ切った様子だったが、興奮した声で一行の来日状況を詳しく報告してくださった。

「みんな日本を訪問したというのではなくて、『お父さんの祖国の日本に帰ってきた』と言うの」

「今回は、いろいろなところからお墓が見つかったという情報が殺到して、てんてこ舞い。関係者を本隊から分けて見つかったお墓にお参りしてもらうことにしたので、旅行のスケジュールがまったく計画通りに運ばず大変」

「ある家族は、父親がベトナム人家族を持っていたことを初めて知って、何とか支援ができないかと、今度ハノイに行って腹違いの兄弟姉妹に会いに行きたいという申し出もあった」

「北海道にもお墓のある方が何人かいるので、来年にでも再度墓参りの団体を組織できれば良いなと希望している」

「今まではベトナムに関係していたことを隠すような風だったのが、天皇皇后両陛下が残留日本兵のベトナム人家族にこの三月にお会いして励ましてくださったことで、封印されたものが一気に解き放たれたような雰囲気になった気がする」

今回、全員でお参りできたのは青梅の加茂さんのお墓だけだった。墓参がかなわなかった家族もいる。そんな中で、多くの参加者が『加茂さんのお墓を、自分の父親のお墓だと思ってお祈りした』と言っていたのだという。

次々に旅のエピソードを語る小松さんは、非常に高揚した様子だった。

「ひとつも恨んでいない」

しばらくしてチャウさんが登場し、ようやくお会いすることができた。旧知のハノイ国家大学社会科学大学講師のファム・ティ・トゥー・ザンさんが通訳として同行してくださっていたので、通訳をお願いした。

チャウさんに聞きたいことが二つあった。一つは、お父さんの加茂徳治さんをどう思っているか、もう一つは初めて訪れた日本に関してどういう印象を持ったのか、ということだった。いささかぶしつけな問いではあるが、本当の気持ちを知りたい。通訳してくれているのが日本語のニュアンスも熟知しているザンさんだったので、安心して、質問を次々に投げかけた。

「お父さんを恨んでいない？」

チャウさんは、即座に「歴史がそうさせたのだから、ひとつも恨んでいない」とはっきり答えてくれた。

「四歳で別れたそうですが、お父さんの思い出はある？」

「記憶にあるかどうかは定かではないが、母親と、特に祖母が『お父さんが一番息子を可愛がっていた。お前を一番愛していた人はお父さんだったよ』と繰り返し話してくれていたことはよく覚えている」

「お父さんとは生前に何度お会いしたの?」

「二度。最初は一九九四年、母親と一緒に会ったが、時間がなくて、抱き合ってすぐに別れざるを得なかった。次は翌年の一九九五年。再度来てくれて、その時は二週間ほど一緒に暮らすことができた」

「どんな仕事をして暮らしてきたの?」

「タイグエン省で雑貨を売る店をしている」

横からザンさんが「かなり大きなお店だそうです」と口添えしてくれた。

このほか、母親は再婚して五人の子供を作り、チャウさんは長男として一緒に暮らしていたこと。母親は八三歳まで生きて、加茂さんの逝去される前年の二〇一一年に亡くなられたこと。六七歳のチャウさんは独身を通してきて、家族はいないことなどを淡々と説明してくれた。

「父親の祖国、日本についての印象は?」との質問には、「日本人は聡明で、みんな親切。至るところが清潔できれいでビックリした。こんな素晴らしい国と人々の血を継いでいるのは嬉しい」と晴れがましい表情で答えてくれた。

宗建寺再訪、平和は尊い

このチャウさんのお墓参りを含めた旅の記録は、翌年二〇一八年三月に冊子になって発行された。「『父の国』へ行く:元ベトナム残留日本兵御家族訪日報告書」と題したこの報告書の発行元は在ベトナム日本大使館だが、勝恵美さんを中心とした「ＭＯＲＥプロダクション・ベトナム」という日越の女性チームが運営する会社が編集・デザインを担当した。桜の花のデザインが表紙を飾り、多くの写真と日越両国語が併用され、読みやすいが重厚で、かつ素敵な報告書に仕上がっている。

報告書には、天皇陛下・皇后陛下が今年の歌会始でそれぞれベトナムに関して詠まれた歌を写真と共に巻頭で掲載している。

天皇陛下御製「ベトナム国訪問：戦の日々　人らはいかに　過ごせしか　思ひつつ訪ふ　ベトナムの国」

皇后陛下御歌「旅：『父の国』と　日本を語る　人ら住む　遠きベトナムを　訪ひ来たり」

報告書発行の後間もなく、二〇一八年四月上旬、久しぶりにハノイで小松みゆきさんにお会いする機会を持った。その席で、宗建寺へこの報告書を郵送してくれないかと小松さんに依頼された。快諾して日本大使館から報告書を一〇部受け取った。

持ち帰った報告書を子細に読んでみて、これは郵送するのではなく、持参してことの顛末を棚橋方丈に直接報告して、それまでの協力に感謝の念を伝えるべきだと考えた。

ゴールデンウイーク後半の五月四日に宗建寺を再訪した。棚橋方丈は、温かく迎えてくださった。「『父の国』へ行く」五部を進呈すると、すぐに読まれて、「天皇皇后両陛下の訪越がすべての扉を開く機会になったのですね」と語られた。

加茂氏の墓を再訪

「徳」の字が刻まれた墓石

加茂さんの再婚した奥さまが宗建寺の檀家でもあったこともあり、この寺とも縁ができたこと、「徳」の字が中央にある黒御影石のモダンなお墓は加茂徳治さんご自身がデザインされ生前に建てられたこと、不幸にも奥さまが先に逝去されてお墓に入り、その六年後に加茂さんが亡くなられたこと等、昨年の訪問の時には聞けなかった話もしてくださった。

棚橋方丈は「加茂さんは過去のことは詳しく話さない方でした。もっと詳しく、いろいろなことをお聞きすれば良かった」と悔やんでおられた。しかし、方丈のお話で一番印象的だったのは「加茂さんは過去のことには寡黙でしたが、人知れず苦労を重ねた一生だったのでしょう、『戦争はダメです。平和は尊い』ということだけは何度も話され、『9条を守る会』などにも晩年まで積極的に参加されていた」とのエピソードだった。

方丈にお礼を述べて宗建寺を出た後、近くの花屋で花と線香を買い求め、加茂徳治さんのお墓にお参りした。息子さんのチャウさんが、どれほど父親の墓参を待ち焦がれ、昨年一〇月にこのお墓をどれほどの深い想いでお参りしたのだろうと想像しながら、お墓の前に立った。チャウさんの満腔の想いには遠く及ばないが、少しでも息子さんの代理のお参りになるように、お墓を清めて線香を上げ、献花して、精いっぱい深く頭を下げた。

初出：坪井善明「ベトナム定点観測」（時事通信発行「時事速報 Vietnam」連載）一九五、一九六、一九七、二一一二回記事より再構成。

二つのドキュメンタリー

NHK国際放送局多言語メディア部チーフプロデューサー　栗木誠一

二〇〇四年、番組作り開始

「時間との闘い」　そう、二〇〇四年の六月にある作業を始めてから、それは本当に一分一秒を争う時間との戦いだと感じていました。そして「こうなるまで放っておいた自分への罰なのかも」とも思っていました。そのとき始めた「ある作業」とは、日本に帰国した「ベトナム残留旧日本兵」の皆さんを探し出し、その話を聞くことです。

私たちはそのころ、戦後六〇年にあたる二〇〇五年の夏に放送するドキュメンタリーのテーマに、当時はほとんど知られていなかった「ベトナム残留旧日本兵」を選びました。第二次世界大戦が終戦を迎えたのちにもベトナムに残った人々。なぜ彼らは戦地に残ることを選んだのか。そして、なぜその人々は、一度はベトナム人として生きることを決めたにもかかわらず日本に帰国したのか。

まず始めたのは、手に入れた帰国者名簿をもとに、片っ端から帰国した旧日本兵や旧軍属の皆さんに連絡を取ることです。とにもかくにも、当事者の皆さんに会って話を聞かないと何もわからない。できるだけ多くの証言を集めることで当時の状況が詳しくわかり、ドキュメンタリー番組を作ることができる、ある意味番組作りの王道とも言える方針です。私たち制作スタッフは「帰国者名簿もあるし、すぐにたくさんの証言が集まるだろう」と高を括っていました。

しかし、その甘い予想は、旧日本兵の皆さんに接触を始めてすぐに裏切られることになります。電話を掛けても、旧日本兵ご本人が既に亡くなっていたり、ご存命の場合でも寝た切りだったりと、当時を語ることができる証言者がなかなか見つからないのです。中には、「ひと月前までは元気だったんだけど、病気で倒れてしまい寝たきりに。申し訳ないけれど取材は難しいです」などというケースもありました。考えてみれば、二〇〇四年は戦争が終わってから五九年。当時二〇歳だった方でももう七九歳です。終戦当時に三〇歳の方は八九歳なのですから、そもそも元気で生き残っている方はそれほど多くありません。そうしたことを、実感を持って知ることができなかった私たちは、確かに「戦争を知らない世代」なのだと思い知らされました。

「こうなるまで放っておいた罰」というのは、私のNHKでのキャリアに関係しています。

私は大学を卒業しNHKに就職すると、海外向けの放送を制作する国際放送局という部署に配属になりました。学生時代からVOAやBBCなどの海外からの放送を聞くのが趣味だった私にとって、NHKの国際放送局はそうした海外向けの放送と関わることができる、ほぼ日本で唯一と言ってよい職場です。そのため、国際放送局に配属されたこと自体は望むところだったのですが、単に海外の放送局から流れてくる異国情緒漂う音楽や、日本語とは響きの違うさまざまな言葉を純粋に「聞くこと」を楽しんでいた私は、「ふつうの大学生」としてのレベルを超えた語学の素養はまったくありませんでした。

就職してから二年目、私はベトナム語放送を担当するように指示を受け、そこから私とベトナムとの関わりが始まりました。国際放送という仕事に強い関心を持ってはいましたが、ベトナムという国そのものには特に思い入れもなかったため、辞令を受けた時の最初の印象は「インドシナ半島にある、アメリカとの戦争に勝った国だよな。どうせなら、戦争が激しい時に配属になって現地取材に行けたらカッコいいのに、タイミングを逃したなあ」という程度でした。それでもベトナム語放送に関わるようになり、放送番組を届ける対象として人々の暮らしや社会、文化を研究するために足繁くベトナムに通うようになってからは、ベトナムという国とそこに住む人々の魅力に引き込まれていきました。そんな中、時折職場に「私の父親は日本人です」という内容の手紙が届いていることを知りました。その時には「なぜ日本人の子どもがベトナムにいるのだろう。他の東南アジア諸国と同じように、商社マンが現地で知り合った女性と子どもを作り、そのまま帰ってしまったのだろうか。それとも仏印進駐から終戦に掛けての時期の話かな」などと考えたものの、あまり気にも留めていなかったのです。二〇〇四年、それから既に一〇年近くが経っていました。もしかしたらあの手紙のうち何通かは、いま探している旧日本兵の子どもが書いたのかもしれない。手紙の存在を知った時、きちんとその内容を読んでいたら、もっと早くこうした人々の存在を知ることができたのに……。

それでも、元気でインタビューを受けてもいい、という方を二人見つけることができました。それが、二〇〇五年の番組でお世話になった加茂徳治さんと杉原剛さんです。そして、私たちの番組作りは何とか動き出すことになったのです。

もう一つ、自分のジャーナリストとしての不明を恥じるとすれば、「ベトナム残留旧日本兵とその家族」を追ったドキュメンタリーを作ろう、というアイデアを最初に出したのは私ではありません。それは、小山裕司さんというテレビマンです。彼は二〇〇四年当時、私が勤めていたＮＨＫの関連会社に籍を置き、ディレクターとして精力的にドキュメンタリーや自然紀行番組などを手掛けていました。社員皆で戦後六〇年の特別番組企画を考えていた時、「栗木さん、ベトナムの専門家やったよね。こんな話知ってる?」と『季刊民族学』に小松さんが書かれた記事「ベトナムの蝶々夫人」を見せてくれたのです。その記事を読んで初めて、私が一〇年以上前から知っているあの「小松さん」が、ベトナム残留旧日本兵家族を支援し、その全貌を調べようと奮闘していることを知りました。小山さんの質問に、あいまいに「聞いたことはあるけど詳しくは知らないなあ」と話すと「じゃあ、俺といっしょに組んでこのテーマで番組作らへん? 栗木さんはベトナム側の取材ができるし。俺が日本側をやったらちょうどいいやん」と提案してくれました。その時、まだ特にこれといった企画を考えていなかった私は、いわば「渡りに船」というばかりに、その提案に乗ったのです。小山さんは、二〇一七年のドキュメンタリー制作にもプロデューサーの一人として参加してくれました。いわばこのドキュメンタリーシリーズの立役者の一人です。私はベトナムと以前から関わりがあるため、一般の日本の人々がベトナムについて抱くイメージや知識などをうまく推し量ることができなくなっていました。そんな時に「ベトナムのことなんて、アメリカと戦争してたとか、フランスの植民地だったとか以外はほとんど知らない。ベトナムにこんな残留兵家族がいるなんて初めて聞いた」という小山さんといっしょに番組作りができたのは、大変幸運なことでした。

まず私たちが行なったのは、小松さんにコーディネーターとしていっしょに番組作りに参加してもらうようお願いすることでした。日本兵家族と強い関わりを持っている小松さんの助力なく、私たちが独力で現地に住む日本兵家族の皆さんとの関係を一から作っているのでは、大変な時間が掛かってしまいます。それに、どう頑張っても小松さんが持っている以上の関係を築くことはできません。ここにも番組の成否が掛かっていましたが、幸いなことに小松さんは参加を即断してくださいました。

残留日本兵本人に会う

私たちがまず知りたかったのは「なぜ戦争が終わっても日本に帰らない人たちがいたのか」ということ、そして「いったんベトナムに残った人たちはそこでどんな暮らしをしていたのか」「ベトナムに残ることを決めた人たちが、なぜ妻子と別れて日本に帰ることになったのか」、加えて「残された妻子たちはどのように生きてきたのか」ということ、つまり、「日本兵は、なぜベトナムの地に留まり、その地に何を残したのか」ということです。もちろん、ただ知りたいだけではありません。それを少しでも多くの日本人に知ってもらいたい、という思いがあったからこそ、テレビドキュメンタリーとして制作しようと考えたのです。

まず、取材に応じてくださることになったお二人に話を聞くことになりました。私が担当したのは、加茂徳治さんです。お名前は『ベトナムの昔話』の著者のおひとりとして存じ上げていた程度でした。青梅市のご自宅に伺った時に「ずいぶん昔の話を聞きに来たね」とやさしい声でおっしゃったのがとても印象的だったのを覚えています。

子どものころからいつか海外で活躍したいと思っていたこと。一度は満州鉄道の入社試験に合格したものの、家族の反対で拓殖大学に入学。学徒動員で戦争に参加し、士官としてラバウルに着任、その後、フィリピン、マラヤ、ビルマと東南アジアの各地を転戦し、仏領インドシナで終戦を迎える、などの出来事をとても丁寧に答えてくださいました。祖父を早くに亡くしていた私にとって、初めて聞く戦争の話でした。「あの頃は戦争に行くのが普通でね。別に反対とか、そんな思いはなかったですよ。敢えて言えば『しかたがないなぁ』と思った程度でね」と、数年前に流行ったアニメ映画「この世界の片隅に」の描写のように、戦争が身近に存在した、あるいは戦争とともに存在した世界をとても淡々と話してくださいました。ベトミンに参加することになった経緯についても、「軍隊で使っていた通訳が実はベトミンの幹部でね。自分たちは素人で何にも知らないから、兵士の訓練を助けてくれと頼まれたんだよ。日本に帰っても妻子がいるわけでもなく、まあいいかと、なかばやけっぱちな気持ちだね」と事細かに教えてくれました。そして、ベトナム中部クァンガイに、日本人残留兵を教官として作られた士官学校があったこと、そこで三人の日本人士官とともにベトミンの若者に武器の使い方や歩兵の基本的な動作、小隊・中隊単位の部隊指揮の方法などを教えていたことなども話してくれたのです。

このベトナム中部の士官学校は、学校が置かれていた場所がフランスとの激戦地となったことでわずか半年で閉校してしまいますが、およそ四五〇人が卒業したと言われており、中には将官クラスにまで昇進した生徒もいるそうです。閉校後はベトミン軍の司令部である参謀本部付スタッフとしてベトナム北部の根拠地にいて、旧日本軍の兵士マニュアル「歩兵操典」をもとにベトナム軍向けの兵士マニュアルの編纂を担当し、ボー・グエン・ザップ将軍とも仕事をしたことがあるとのお話でした。

「兵士たちはただベトナムに残っただけじゃない。日本人がベトナムの独立に果たした役割は確かにあったんだ。これはどうしても日本の人たちに伝えなくては」、気持ちが奮い立った瞬間でした。加茂さんは、ベトナムで奥さんを娶った時のことについては、「ほっとすることができる、安息の場所ができた」と話してくださいました。また、加茂さんたち残留旧日本兵の皆さんは日本人としての名前を捨て、ベトナム名を名乗っていました。加茂さんのベトナムでの名前はファン・フエ。この時感じていたのは、ああ、本当にこの人たちはベトナム人としてこの地で生きていくつもりだったのだなあ、という思いです。

ただ、加茂さんへの取材で悔いが残っていることが一つあります。それは、どうして帰国することになったのか、そして、それほどまでにベトナムに溶け込み、ベトナム人として生きていこうと考えていたのに、妻子を残して帰国することに納得できていたのか、納得していたのならそれは何故か、など、「引き裂かれた家族」を生み出した根本の事情について、具体的なことをお話しいただくことが、ついにできなかったということです。加茂さんは「帰れとは言われなかった。あなたたちは日本人だから、日本に帰って国の発展のために、そしてベトナムとの友好のために尽くすのがいいですよ。と言われた……うまいもんで、どうしても帰ると言わざるを得ない方向になっちゃったんだよね」とおっしゃったのみでした。どうしてそのように追い込まれたのか、本当に納得していたのか、などについては、のらりくらりとはぐらかされてしまうのです。帰国前に旧日本兵を合宿させて行なわれたと言われる半年間の「学習」の内容についても、「いや、日本はどうなっているか。別に焼け野原になっているわけじゃなく、アメリカに虐げられているわけでもないから、あなたたちの活躍の場所はある、というような話だよ」と話すのみです。撮影では合計三日間をかけてお話を聞きましたが、帰国の経緯とその時の心持ちについては、どうしても納得がいく答えをいただけませんでした。

残った「帰国の謎」

番組の放送後も、「帰国の経緯がはっきりと描かれていないのがもやもやする」という意見や感想を多くの方からいただきました。これは、番組を作った私たち自身も感じていることです。取材が行き届かなかったため残念ながら番組には明確に盛り込めませんでしたが、日本側の事情を推し量るのはさほど難しくありません。一九五三年には、日本赤十字が中国やソ連（現在のロシア）からの残留邦人引揚事業を始めていました。こうした事業の推移もあり、日本赤十字が他の地域にも残る日本人を帰国させようと動いたことは想像に難くありません。実際に、日本赤十字や日本共産党系の日本平和委員会などの組織が残留兵の引揚について北ベトナム当局者と交渉していたことが分かっています。

分からないのは、なぜ北ベトナムがこうした動きを捉えて「帰国しようとは思ってもいなかった残留兵たち」を政府の命令のもとに集合させ、その意思にかかわらず単身帰国させる方向に持っていったのか、ということでした。

これはまったく分かっておらず、推測の域を過ぎませんが、私の考えは次のようなものです。

一つは、これは番組でもベトナムの元外交官の方が話してくださいましたが、当時の北ベトナムに対する中国の影響力の増加です。国共内戦を終結させ一九四九年に「新中国」として成立した中華人民共和国は、その翌年の一九五〇年には北ベトナムの指導者ホー・チ・ミンの求めに応じて、八〇人近くの軍事顧問の派遣を始めています。そして、自国からの援助を行ないやすいよう中越国境を確保するための軍事作戦をベトミン軍に提案し、実行していったのです。一九五六年に顧問団が完全に撤退するまで、中国からの軍事顧問と経済顧問あわせて二八一人が軍事、兵站、経済などの分野で北ベトナムを支援しました。党政治局員級の人物を団長とする国を代表した顧問団と、個人の意思で残留したせいぜい尉官止まりの旧日本兵たち。第二次世界大戦終戦直後、ベトミン軍の創成期に果たした役割は大きかったでしょうが、この時点でどちらが重視されるかは明らかです。もしかしたら、中国から「日本兵を帰国させよ」と言われたのかもしれません。

では、なぜ単身で帰国させようとしたのか。それは、当時の北ベトナム政府首脳部は日本の社会的、経済的な状況をはっきりとはわかっていなかったからではないか、もともと日本人である旧日本兵を帰国させることは問題ないとしても、ベトナム人である旧日本兵の妻子を状況のわからない日本に行かせるのは怖かったのではないかと思います。これは、第一次帰国者を除く、その後の帰国者が家族を伴って帰国していることからの推測です。

では、どのように日本兵を説得し、帰国を納得させたのでしょうか。これは帰国前に行なわれた「学習」でどんなことを学んだのかということにも関係します。

当時の東アジアでは朝鮮戦争が終わり朝鮮半島の分断が固定化する一方、日本では一九五五年から始まる自民党による長期政権、いわゆる「五五年体制」誕生の一つのきっかけとなった「保守合同」と呼ばれた政党再編がまだ行なわれておらず、左派政党である社会党も国会内で一定の存在感を持っていました。そのため、社会主義革命の日本への輸出という目的に向けた「工作」を託されたのではないでしょうか。ベトナムのために、そしてそこに残る妻子のために工作に従事する。それほどの「重大な使命」を帯びることで初めて、家族と別れて単身帰国するという、ある意味非人間的な事態にも納得できるのだと思うのです。当然、実際に帰国すると、既に高度経済成長の軌道に乗り始め、資本主義陣営の一翼として大きく発展しつつあった日本でそんな大それたことは到底できないことが分かってしまいます。それどころか、帰国者の多くは共産国家からの帰国者という理由で監視や差別の対象にされ、苦しい境遇に置かれました。それでも、日本とベトナムの友好を推進する活動に積極的に携わることでなんとかその目標に近づこうとしたのではないでしょうか。そして「帰国時に担わされた『使命』はその成功いかんに関わらず、帰国後は決して明かしてはならない。もし明かした場合は家族の安全は保証できない」と言われていたのならば、加茂さんの態度にも納得ができます。

実は、私の考えを裏付ける可能性のある材料が一つあります。それは、一九五四年に帰国した旧日本兵の一人が、帰国途上の中国からベトナムに住む妻に宛てて送った手紙です。ハノイに住むその兵士の息子さんが大切に保存していました。この手紙には流暢なベトナム語で「東西冷戦の中、日本が中国やソ連侵略の基地とされてしまう。それを止めに行くのだ。日本人にしかできない危険な任務だ。置いていくのを許してくれ」などと、私の考えを裏付けるような「秘密」が縷々綴られていました。ただし、この手紙一つだけでは、そこに書かれたことが事実であるということにはなりません。なぜならその手紙は、彼が生き別れになってしまう妻を納得させるためについた「やさしい嘘」だったかもしれないからです。

ドキュメンタリーというのは、自分たちが伝えたい事実を、さまざまな裏付けを使って検証しながら積み上げていき、その結果として伝えたい思いや考えを感じ取ってもらう、というジャーナリズムの手法です。二〇〇五年の番組は、ベトナム残留旧日本兵についてほとんど何も分からないところから始まったため、まさにそうした検証作業の積み上げでドキュメンタリーを「作った」という思いが強くあります。ここに記したような帰国の謎については、本当は番組に盛り込みたかったのですが、どうしても明確な検証ができませんでした。個人の想像として世に問うのはジャーナリストとしては掟破りなのですが、どうかお許しください。

この番組でもう一つ、どうしても伝えたかったのは、ベトミン創成期を支えた残留旧日本兵の存在を当時の北ベトナム、そしてそれを継承した現在のベトナムがどう見ていたかというものでした。何とかしてベトナム側に日本兵の貢献を認めさせることができないか。これは私が自分に課したミッションです。

ベトナム共産党の戦前から戦後にかけての議事録をしらみつぶしに探し「降伏した日本はもはや敵ではない。我々のために利用せよ」という一文を見つけた時には、その証拠を見つけた、と叫びたいほどうれしく思いました。やはり、当時のベトミンは積極的に旧日本兵を取り込もうとしたのです。番組の中ではほんの短い一カットでしかありませんが、とても大事なシーンとなりました。

そして、やはり大きかったのは、旧日本兵が果たした役割について、革命の軍事的指導者であり、歴史の生き証人であった「赤いナポレオン」、ボー・グエン・ザップ将軍にインタビューができたことでした。取材当時、ザップ将軍はハイフォンの別荘で療養中でした。既に九三歳と高齢だったため、インタビューできると連絡が来ても、実際に現場に向かうと「体調が悪くなったので難しい」と言われてしまうことが数回あり、三度目のハイフォン訪問でやっとお話を聞くことができました。通訳を介することなく、ベトナム語で直接インタビューし、「彼らはまだ弱小だった我々の軍隊の指導と育成に大きな貢献をしてくれた。その功績は称えられるべきだ」という言葉を引き出し、映像に収めることができたのは、自分のテレビマンとしてのキャリアの中でも最大の喜びの一つです。

「父の国」への想い

番組を作る中でもう一つとても印象的だったのは、これは二本目の番組を作る時にも同じく、あるいはより強く感じたことですが、旧日本兵の妻子の皆さんの「強さ」、そして子どもたちの日本への思いです。二〇〇五年の番組のために初めてスアンさんやロックさんの家を訪ねた時、子どもたち（とはいえ、皆さん私よりも年上の方ばかりですが）は、私たちをとても暖かく迎えてくれました。もちろん、小松さんが仲立ちしてくれたということも大きいのですが、それに加えて「やっと日本が、父親の国の人々が自分たちのことを見つけてくれた」という思いを持っていらっしゃるのをひしひしと感じました。そのおかげか、インタビューでも包み隠すことなく非常に率直に、父親への思いやこれまでの苦労を話してくださったことを覚えています。

戦後六〇年、ベトナム北部では戦前の日本を「ファシスト国家」だったと教えてきました。もちろん今ではベトナム全土でそのような教育がなされています。日本による仏印占領期に、「ファシスト日本」の横暴と圧政のもと、ハノイとその近郊で大変な数の餓死者が出たことはベトナムでは知らない人がいない常識です。そんな社会の中で、日本人の妻、日本人の子どもとして生きていくことは私たちの想像を絶することだったに違いありません。日本人の子どもだからといって軍への入隊を断られた、あるいは就職でも差別を受けた……いろいろな話を聞きました。ただ、同じ日本人の子どもたちの中にも問題なく軍への入隊を認められる方もいました。それぞれの境遇はその時の環境や地域の行政担当者の考え方の違いなど、運に左右されることも多かったようです。それは、こうした差別が組織的でなかったという点では救われるものですが、悪運を引き受けざるを得なかった本人には慰めになるよりもむしろ「なんであいつはよくて自分はだめなんだ」と、より理不尽で納得できないものに違いありません。

ただ、どの子どもたちも一様に感じたのは、ベトナムに生まれ、生活し、ベトナムを愛する、そういった意味での「ベトナム人」であるのと同時に「自分は日本人でもある」という強い気持ち、そして、幼くして別れてしまった父への思いと父の国への憧れでした。どの家を訪問しても、日本人形や扇などがガラス戸棚の中に飾ってあったり、日本の雑誌や新聞の切り抜き、あるいはカレンダーの切れ端などまで、さまざまな形で手に入れた日本と関係があるものを綺麗な木箱に入れたり、あるいは仏壇に供えたりなど、とても大事に取ってありました。ある方はベトナム人の成人が全員携帯を義務付けられているIDカードを見せてくれましたが、そこには「本籍：日本」と書かれていました。どうして「日本」というままにしておいたのかを聞いたところ、ご本人はぶっきらぼうに「面倒だから変えなかっただけだよ」とおっしゃいましたが、資本主義の国に対する激しい差別感情の中で敢えてIDカードに日本という文字を残していたのは、自分の出自に対する誇りの現れだったのだと思います。

日本兵の妻であるスアンさんやロックさんも、もちろんたった一人で子どもたちを育てて生きていくのは大変だったよとは言いますが、夫が一人で日本に帰ってしまったことや、その後結婚して家族を作ったことを責める言葉はありませんでした。それどころか、スアンさんは純粋に、ロックさんはやや皮肉を込めてと表現こそ違いますが、お二人とも夫に深い愛情を抱き続けていることがわかり、人間の心の強さ、しなやかさに大きな感動を覚えました。子どもたちがみな父親の面影を大事にしていることからも、お二人が夫の悪口を言わず、父親は自分たちを愛していたとしっかりと伝えていたことがうかがわれました。スアンさんは、夫がよく歌っていたという「湖畔の宿」をしっかりと覚えていて、私たち遠来の客に聞かせてくれました。その歌声は、まるで目の前の夫に聞かせているかのようにとてもやさしいものでした。

二〇〇五年に放送されたこの番組以来、特にスアンさん家族にはとても仲良くしていただきました。毎年旧正月になると、スアンさんから私に電話がかかってくるようになりました。いつも決まって「タインかい。元気にしてるかね。お父さん、お母さんのご様子はどう。いつベトナムに来るの。ハノイに来たらいつでもうちまで遊びにおいでね」と尋ねてくれました。タインというのは、私の名前「誠一」

の「誠」という文字のベトナム式の「音読み」です。ベトナム語には日本語と同様に、長い中国との文化的交流の結果として漢字由来の言葉が大量に残っていて、ほとんどすべての漢字はベトナム風の音で「音読み」ができるのです。例えばスアンさんの名前は「春」の音読み、つまり「シュン」のベトナム語読みなのです。それで、スアンさんは旦那さんに「ハルコ」と呼ばれていたそうです。

また、スアンさんと子どもたちは、私たちの番組がきっかけとなって、それまで生き別れになっていた旧日本兵、つまり、夫と、父親との再会が実現しました。このように、番組をきっかけとして少しでも家族の悲しみや苦しみを和らげることができれば、こんなにうれしいことはありません。しかし、この番組は一部のベトナム研究者には注目されたものの、残念ながら、広く日本人の視聴者の皆さんに、これまで知られてこなかった「ベトナム残留旧日本兵」とその家族の存在を知らしめるまでの力はありませんでした。

一二年後の続編

一般的に、シリーズものの制作以外では、一人のテレビマンが時を置いて同じテーマで二本のドキュメンタリーを作ることは滅多にありません。特に今回は一本目から一二年も経ってからの続編（？）制作という、異例とも言えるものでした。それを実現したのが、一〇年以上の時を経た日本とベトナムの交流の発展と、何と言っても天皇陛下のベトナムご訪問でした。二〇一七年のベトナムご訪問で、天皇陛下が「ベトナム残留旧日本兵の妻子」と面会なさいました。その時、九〇歳を超えたスアンさんは天皇陛下に対して「ワタシ……ハルコ」とはっきりとした日本語で自己紹介をされ、天皇陛下がベトナムにおいでになり、日本人の家族として自分たちを気にかけてくれたことに、丁寧にお礼の言葉を伝えられました。その様子が報道され、日本人のベトナムへの関心と、両国の人々をつなぐあたたかい気持ちが一気に盛り上がったのです。

ＮＨＫでは、この機会に「ベトナム残留日本兵とその家族」をテーマにしたドキュメンタリーを作ろう、という機運が起こりました。そして、一二年前に番組を制作した私が続編の制作を担当することになったのです。

私は続編づくりを担当するにあたり、一つの条件を出しました。それは、小松さん、小山さんという、一二年前の番組を一緒に作った仲間たちに再び番組作りに参加してもらうというものでした。「ベトナム残留旧日本兵」とその家族にアプローチするには、以前から家族と良好な関係を持っている人物が関わったほうがうまくいくと考えたからです。幸運なことに私の希望は受け入れられ、一二年前の番組にかかわったメンバーを中核として、そこに実際にロケを担当する新たなメンバーを加えた制作チームが結成されました。

まず初めに制作チームが直面した課題は、いかにして二〇〇五年の番組を超えるか、というものです。「ベトナム残留日本兵」とその家族がいる、という事実とその歴史的・政治的背景は、既に前の番組で当時盛り込める要素をほぼすべてを盛り込んでいました。具体的に新たなドキュメンタリー作りが動き出したのは二〇一七年五月、その段階では、天皇皇后両陛下がベトナムに残る旧日本兵の妻子と面会されたという事実以外、何一つ新しいものはなかったのです。前回の番組内容を流用し、そこにいくつか新しい要素を付け加えるというやり方も検討されたのですが、私を含めたすべてのスタッフが、せっかく新しい番組として世に問うならば、前回の番組を見た人たちにも新たな感動や発見を届けるものでなければ意味がないと思っていました。

もう一つの難題は、ベトナム側の状況の変化です。実は、外国の新聞社やテレビ局がベトナムで取材、撮影を行なうためには、必ずベトナム政府からの許可が必要です。前回「ベトナム残留旧日本兵」をテーマに番組を制作した時も、もちろん事前に申請をし、許可を受けたうえで行ないました。その時は許可を得るにあたり特段問題になることもありませんでした。しかし、二〇一七年に再び「ベトナム残留旧日本兵」とその家族をテーマに番組を作ると申請を出したところ、「許可できない」との返答が来たのです。早速窓口になっているベトナム外務省の担当者に理由を問いただすと「このテーマは非常にデリケートで、内容を詳細に検討してからでないと許可が出せない。そのため台本を提出せよ」と言われました。前回は問題なく許可された取材がなぜ断られるのか、さっぱりわかりませんでした。それに、台本の提出を求められるとは…。私はそれまで、ベトナムの名物麺料理「フォー」を紹介するグルメ番組からホーチミン市の若者起業家を追うヒューマンドキュメンタリー、市井の人々の暮らしをベトナム国道一号線を走る長距離バスを乗り継ぎながら辿る紀行番組、果ては枯葉剤被害者の現状を紹介するラジオリポートなど、ベトナムを舞台に数々の番組を制作してきました。そんな中で事前に台本の提出を求められたことはただの一度もなかったのです。しかも、ある出来事や人物を追いかけ、その中からストーリーを紡いでいくのがドキュメンタリーです。当然のことですが、出来事が起こる前に台本などを作れるわけがありません。

私は外務省の担当者に「申し訳ないけれど、ドキュメンタリーには台本はありません。でも、このドキュメンタリーが放送されるのは二〇一八年、折しも日本とベトナムの国交樹立四五年を記念する大事な時期です。そんな時に両国関係を損なうような番組を作るわけがありません。むしろ、今まで顧みられることの少なかった『ベトナム残留日本兵』とその家族の存在と生き様を日本の人々に知ってもらうことで、両国の理解と友好はさらに深まるはずです。私たちを信用してください」と訴えました。

ベトナムの専門家としてこの国での取材を幾度となく経験した私。その中で培ったのが、「しっかりと意図を伝えて納得させることができれば、ベトナム外務省のスタッフは力強い味方になってくれる」ということでした。台本ではありませんが、番組に考えられる取材の要素やインタビューの内容をA4用紙一〇枚にも及ぶベトナム語の文書にして事細かに伝え、「両国の友好に役立てたい」という制作スタッフの思いなどを繰り返しやり取りするうちに、外務省の担当者も「ベトナムでもこうした事実を知る人々は少ない。日本人に知ってもらう意義も大きく、この番組はぜひ実現すべきだ」と上層部を説得してくれるようになりました。また、以前の番組でコーディネーターとしてロケに同行したベトナム外務省の人たちも「彼はベトナムのことを理解している。彼が担当するなら大丈夫だ」と口添えをしてくれたそうです。こんな経緯からベトナム外務省内で再び検討が行なわれた結果、無事取材許可を得ることができたのです。

後から分かったことですが、私たちの取材申請に先立ちアメリカの公共放送局PBSが「The Vietnam War」と題したドキュメンタリー番組の制作を進めていました。これは、アメリカの視点からベトナム戦争について検証した、全一〇回からなる大作ドキュメンタリーです。この番組では、アメリカ人のほかにもアメリカ国内に、そしてベトナムに住む多くのベトナム人にもインタビューしており、その中では北ベトナム側勢力によって行なわれた南ベトナム市民の殺害や、一部の共産党幹部による子息の徴兵逃れなど、現在のベトナムではタブーとなっている問題についても取り上げられました。その結果、祖国を救ったベトナム戦争の「正当性」に傷を付ける恐れのあるものとして、ベトナム国内でのこの番組への評価は大きく分かれたと言われています。アメリカNewsweek紙は、この番組の取材チーム受け入れを担当したベトナム外務省の担当者が更迭されたと報じました。こうした事情も、私たちの取材申請に影響を与えたのかもしれません。また、ベトナム側の対応一つ一つからは「あまりに乱暴に過去の事柄を扱うと、日本とベトナムの友好・協力関係なども含め、現在うまくいっているさまざまなことに悪影響を及ぼす結果になりかねない。そうした無用な軋轢を生む動きは控えるべきだ」という慎重な考えがあることが窺われました。

ドキュメンタリーが生まれた

取材許可を得るとすぐに、「何か新しい情報や展開はないか」という番組の最初の課題を探るため、ロケを担当するディレクターがベトナムに飛びました。このディレクターにとって、ベトナムは初めての土地です。彼の新鮮な目線でもう一度旧日本兵家族に会い、取材をすることで、既に関わりを持っている私たちが見落としているような出来事がないかを探ってもらいました。帰国した彼は、一二年前の私と同様に、旧日本兵の妻子の皆さんの夫、父親、そして「祖国」日本への思いにじかに触れて、そのあまりのまっすぐさに驚くとともに「この人たちが、こうした思いを抱えてベトナムの地で生きている、その事実をしっかり伝えたい」と思ったと話してくれました。しかし、番組の核となるべき新しい事実は特に見つけられませんでした。

悶々としていた制作チームに、ハノイの小松さんから一つの情報が届きます。それは、旧日本兵の子どもたちが、秋に日本に来る動きがある。その時には小松さんも案内人として彼らに同行する、というものでした。旧日本兵の子どもたちの『里帰り』、これは梅田邦夫駐ベトナム日本大使の声掛けで実現したもので、天皇皇后両陛下のベトナム訪問で旧日本兵家族の存在に光が当たったが故の出来事でした。この知らせが届いた時にはまだ「日本に来る」ということが決まっただけで、そこで何ができるのか、誰と会えるのか、までは決まっていませんでした。「その旅を追いかけて、いったい何が撮れるのか」制作チームの不安は残りましたが、それでも一筋の光明を見つけた思いでした。

しかし、旅の詳細について詳しい情報が届くたびに、その思いは落胆に変わっていきました。まず、唯一元気だった「旧日本兵の妻」スアンさんは、高齢と体調不良で来日を断念します。そして、旅の内容についても、具体的な父親や肉親との再会、父親のお墓参りなどの旧日本兵の子どもとしての特別なものはほとんどなく、単なる観光旅行の域を超えることができなさそうだ、と小松さんからの知らせを受けたのです。しかし、その旅を軸に据えるほかに番組を「現在」のものにすることは難しい、そう判断し旅の密着ロケを行なうことになりました。

ロケがうまくいくのか、不安を隠せませんでしたが、それでも印象的だったのは、旅の始まり、羽田空港での、初めての「祖国」に降り立った子どもたちのとてもうれしそうな姿です。もちろん、一人ひとりの心の中には、せっかく日本に来たのに父親の墓参もかなわない、義理の兄弟など父親を通してつながっている親戚にも会うことはかなわないなどの事実に対して複雑な思いがあったであろうことは想像に難くありません。しかし、何十年も夢に見た「祖国」に、自分のルーツの半分が存在するこの国に自分がいるという事実が、子どもたちに喜びを感じさせていたのだと思います。

そして、その喜びはそれだけで終わりませんでした。来日するまでほとんど「観光旅行」でしかなかった七日間の旅に次々と思いも寄らぬことが起こり、その結果、数多くの実りのある旅に変わっていったのです。番組作りのために彼らを追いかけていた我々にとっても、それは驚きの連続でした。例えて言えば、二〇〇五年の番組は「ドキュメンタリーをつくる」という努力の結果出来上がったものでしたが、今回は我々の目の前でまさに「ドキュメンタリーが生まれる」過程を記録する番組だったと言えます。旅の詳細は小松さんが書いていらっしゃるでしょうからそちらに譲りますが、思いも寄らなかった墓参や血を分けた肉親との出会いなど、信じられない出来事の連続でした。

こうしたことが同時並行的に次々と起きていったため、私たちが悩んだのは「一組しかいないロケクルーでどちらの出来事を追いかけるか」ということでした。ドキュメンタリーづくりでは、こうした選択に直面することはそれほど珍しいものではありませんが、一つの番組取材の中で何度もそうした出来事に遭遇することは初めてでした。こうしてロケ中に出来事が「動く」時、それを記録した番組は躍動感に富んだものになります。

そして、この取材ではこうした「動き」は旅の後にも続きました。旅の過程で、日本にいる義理の妹から父親の遺骨を分けてもらい持ち帰った一家がありました。それは、前回の番組以来とても私をかわいがってくださっている旧日本兵の妻スアンさんの一家です。子どもたちは、旅から戻ると自分たちの手で父親を弔おうと盛大な法要を行ないます。番組を作る側としては、この場に妻であるスアンさんがいてくだされればとても「絵になる」のですが、やはり体調が思わしくなく、療養中の病院からは出られないと聞いていました。

ところがです。法要が行なわれるスアンさんの自宅を訪ねると、そこにスアンさんがいるではありませんか。なんでも、「夫が帰ってきたのに私がいないでどうする。そんなことはあり得ない」と子どもたちも主治医も説き伏せて退院してきたのだといいます。月並みな言葉で、私のようなものが口にするのは安っぽいばかりですが、スアンさんが体現しているのは、「本当の愛」の一つの形なのだろうと、震えるように感じました。

入院中のスアンさんを訪ねた時には、病室内ということもありほとんど話もできませんでしたが、自宅での法要が終わったあと、スアンさんとゆっくり話すことができました。いつもの電話と同じようにやさしい声で「タインや、よく来てくれたね。お父さんお母さんは元気かね。ご両親を大事にするんだよ」と話してくださったのがとてもうれしかったです。

ただ、私はこの時、スアンさんにお目にかかるのはこれが最後になるだろうとも感じていました。夫の法要を終えたいま、高齢で弱った体に命の火を灯してきた、スアンさんの「生きる意味」の最も大きなものが失われてしまったからです。戦争が生んだ悲劇を体現しながらも強く、やさしく、実直に生きた一人の女性をいつまでも記憶に残しておこうと、スアンさんの手を握り、皺が刻まれた一つ一つの指を撫でていました。出来うるならばスアンさんに私たちのこの番組を届け、日本で子どもたちが体験したことを見ていただきたかったのですが、その思いは届かずスアンさんは翌年一月、番組放送のひと月前に亡くなってしまいました。

この旧日本兵の子どもたちの旅を追いかけたドキュメンタリーは、英語版が国際放送として世界中で放送されたほか、NHKの海外向けホームページではベトナム語字幕版も公開されました。それはベトナム国内でも話題を呼び、トゥオイチェー紙やVNExpressなどの有力メディアでも紹介されました。それを見たベトナムの若い人たちから「ベトナムと日本とのあいだにこんな歴史があることを知りませんでした」、「私もこうした旧日本兵の子どもの一人です。番組をつくってくださり大変ありがとうございました」などの反響を数多くいただいたのは、大変うれしかったです。前述したように一本目の番組も、知られざる歴史を視聴者に届けようとの思いで制作したのですが、その思いは果たせませんでした。それが、二本目のこの番組でようやく果たせたのです。

放送後、アジア太平洋の放送局が集まるＡＢＵという団体のドキュメンタリーワークショップに、ＮＨＫの代表としてこの番組を出品しました。各放送局のディレクターやプロデューサーが自身の作品を持ち寄ってお互いにそのドキュメンタリーを視聴し、その内容や表現方法の向上を目指して批評しあうというワークショップでしたが、ワークショップ後の互選で、参加番組の中で最高の評価をいただくことができました。日本とベトナムの歴史的な事柄を描いているので、タイやパングラデシュ、香港、韓国、中国など他の国からの同業者にどう映るのか不安でしたが、番組が捉えた親子の情や夫婦の愛、人々の思いは人種や宗教を超えて伝わるのだと改めて感じました。

というわけで、「ベトナム残留旧日本兵とその家族」は、私にすばらしい番組をつくる機会を二度もくれる、テレビマン人生を振り返ってもとても大事なテーマとなりました。それもこれも、とりもなおさず小松さんが長年にわたって旧日本兵家族をフォローし、家族たちとの関係を丹念に育て、深めてくださったおかげです。番組づくりが微力ながらそのお手伝いの役割を果たせたのだとしたら、少しは恩返しになったのかな、と思います。

資料

レ・ティ・サンさんの手記

レ・ティ・サンさんは、一九五四年帰国の残留日本兵森太吉さん（帰国後結婚して櫻田太吉）の次女で、同じ残留日本兵である杉原剛さんの長男、ホン・ニャット・クアンさんと結婚した。現在はタインホア省に在住している。以下は、サンさんが私へ送ってくれた手記を訳したものである。（ ）は小松の註。

私の母はグエン・ティ・ズーといい、タインホア省ビンロック郡ビンタイン村タンロン集落で生まれました。

母から聞いた話によると、私の父は櫻田太吉で、旧日本の軍人で日本の敗戦後当地に残りました。その後、抗仏戦争が始まって、ベトミンに加わりました。そしてベトナム名レ・バン・ナムという「新しいベトナム人」になりました。

一九四六年、あるベトミン幹部の紹介で父は母と結婚し、祖父の家に住むことになりました。母が結婚した理由は二つあります。母は二人姉妹で姉は嫁いでいたので、妹の自分が結婚して家にいれば祖父の面倒を見られると思ったから。二つめは、父がとてもやさしい人で、道徳的な青年だったからです。母は他にもあった結婚申し込みを断り、「新しいベトナム人」の父と結婚しました。結婚する時は別れの日が来るなんて想像もせず。

私の両親には四人の子がありました。

長女　レ・ティ・チエウ　一九四七年生まれ

次女　レ・ティ・サン　一九五〇年生まれ（私）

長男　レ・ヒエップ・チン　一九五二年生まれ

次男　レ・ヒエップ・カット　一九五四年生まれ

一九五四年、ベトナムが平和になり、政府は新しいベトナム人たちをホクタップ（帰国のための学習会）に行かせ、日本に帰すことになりました。その時、母は末っ子を出産したばかりでした。父は、母に本当のことを話せば病気になって子供の世話をする人がいなくなるのではないかと心配して、言い出せなかったそうです。それで父は、祖父にだけ話しました。

「私は長い出張に出ます。五年か一〇年したら戻ってきます。妻に子どもの面倒を見るように、私が戻ってくるのを待っているように励ましてやってくれませんか。そうすれば、私が戻ってきた時、家族全員が揃い幸せになりますから」

父が去ってしまうと母は悲しさのあまり倒れてしまい、「もう生きていけない」と思ったそうです。そんな時祖父は「四人の子はどうなるんだ、頑張れ！」と母を励まし、一緒に泣きました。祖父は泣き過ぎて目が見えなくなりました。祖母はずっと前に亡くなっているので、母は一人で一家を支えるため市場に行って野菜を売り、子どもたちと自分の父を養ってきました。

それから五年たっても一〇年たっても、父は戻ってきませんでした。

私たちは常に寂しさと同居していました。

そのかわり、母の愛情と近所の愛情でこれまで生きてきました。でも夫や父親のいない家族の寂しさは、言葉に表せません。テト（ベトナムの旧正月）が来ると、母は子どもたちに新しい服を買うために、近所の人からお金を借りるなどして工面しました。他の家族はみんなが揃って楽しんでいるのに、わが家だけは母がずっと泣いていたし、それを知った祖父も泣いてしまうし、私たちも泣きました。そんなことが毎年繰り返される中で、私たちは成長しました。

母は日本の情勢、日本の社会を知らずに、父だけを思い、父を愛していました。だから父が日本で生きているのに、妻や子どもたちのことを忘れるなんて想像できません。なぜなら、ベトナムにいた頃の両親はとてもしあわせで、子どもたちを愛し、妻の家族も尊敬していたからです。父がベトナムに住んだ期間は短かったけれど、家族や近所に、とてもよい印象と思い出を残しました。ある時期、具合の悪い人に治療をしたり、貧しい人を助けたりしていたので、父は、優しくて道徳のある人として広く信頼されていました。大きくなった私たちは、「最近、お父さんから手紙が来ましたか」と、よく聞かれたものです。

「むかし、お父さんに私の病気を治してもらいました」と言われると、嬉しくなりました。父のことを聞かれた時、何と答えればいいかわからず、つらかった。当時ベトナムの農村は経済的に厳しく、特にわが家は苦しかったのですが、母は子どもの教育を重んじる人で勉強を続けさせてくれました。私たちも勉強が好きだし、頑張りました。

しかし、私たちの努力だけでは限界がありました。政府と党の政策が正しくても、地方政治ではそれが正しく実施されず、私たちに対する偏見があったのです。たとえば私たちは学校の成績がいい方で学校や郡から表彰されるほどでしたが、中学卒業後、高校進学をさせてもらえないのです。このために姉は、一九六五年一七歳で商業関係の仕事につきました。

私は一九六六年に中学を卒業したあと、専門学校進学を希望しましたが、書類審査で不合格になり、一緒に書類を出した友人だけが入りました。それでやむなくハムロン精米工場の労働者になりました。一九六八年に、やっと弟が高校に進学できました。その後ハノイ工科大学に「三〇点満点中の二七点」で合格したのに、入学通知が来ないのです。母は省と中央レベルのえらい人に会い、一九七二年にやっと入学できました。

私たちきょうだいは社会と家族と自分のために一生懸命頑張りましたが、社会に認めてもらえませんでした。一九六九年、数え歳二〇歳の私は党員になる条件が整ったにもかかわらず、職場の党支部が履歴書を承認せず、入党できませんでした。

その後はもうどんなに努力をしても、個人の力ではどうにもならないことがわかり、社会の流れのまま我慢してきました。そして一九九一年まで働き、早期退職をしたのです。弟も同じ環境なので苦労しました。彼は明るく活発で働き者ですが、タインホア省の機械工場の労働者です。カンボジア国境の戦争中は、彼は五年もカンボジアの戦地にいました。除隊後は南部のカントーへ行き、交通機械工場で定年まで勤めあげました。

私たちが今日まで成長できたのは、母と近所の人々のおかげです。そのことは一生忘れません。日本人の父は私たちを養育したことはないのですが、私は父が悪いと思ったり父を憎んだりしたことはありません。根はやさしくて、心は温かい人だと思います。

私たちは日本とベトナムのコンライ（混血）ですが、まわりの人と何も違いはありません。愛し合った親から生まれ、愛情の中で育てられ、社会や人類のために貢献したい気持ちだけはたくさんあります。でも私たちに対し偏見を持つ人がいることも、また事実です。

考えてみれば、父も戦争指導者たちによる犠牲者です。戦争は終わりましたが、この影響はいつまで続くのでしょうか。日本に原爆が投下されてから何十年にもなりますが、世界の人類の記憶からは消えません。地球上から戦争がなくなり、みんなが平和に暮らせることを祈っています。

一九五四年に帰国した父が生存しているという情報を知ったのは、一九八一年でした。でも言葉が分からないので、手紙も出せませんでした。タインホア省に妻がいる別の日本人から、一九九五年に手紙とお金を受け取りました。私は四歳で父と別れたので、その後一度も父に会ったことがありません。手紙には「私は病気でベトナムに来られない」とありました。同じ年の一〇月、末の弟が重い病気で亡くなりました。その一年後、日本の父は一度もベトナムに戻ることができないままこの世を去りました。

この悲しみ、胸の痛みはどこにどうすればいいのでしょうか。私に満たされない何かがあるとすれば、おそらく先祖のたたりなのかと思います。父が生まれた故郷の国に向かって、ひたすら手を合わせるしかありません。

この手紙を、過去の記憶をたどりながら涙の中でしたためております。

二〇〇五年五月　レ・ティ・サン

橘さんの「戦争体験記」と「手紙」

橘さんから私に送られた手紙と、「戦争体験記」を、生前の本人の承諾を得て採録する。
「戦争体験記」では橘さん個人の事情は省かれているが、この体験記が同封されていた長文の手紙にはプライベートな内容が書かれ、その補足資料のようになっていた。

橘さんの「戦争体験記」（二〇〇一年）より

私は、日本軍の侵略戦争時代と敗戦後、ベトナムでの仏侵略軍との解放戦争と二つの戦争を体験してまいりました。日本の天皇制軍国主義勢力が引き起こした悲惨な十五年の太平洋戦争は、アジア全土の人たちに二千万人といわれる犠牲と計り知れない苦しみ、そして自国民にも三百数十万人の多大な犠牲と各都市を焦土と化し、結果として得るものは何もなかったのです。

私も軍国青年として戦争に組み込まれ、昭和十七年三月、徳島の連隊に入隊した時から始まり、満州の関東軍へ、下士官学校を経て、次に悪名高い中野学校（陸軍が創設したスパイ活動の技術を教える養成所で東京の中野にあった）へ進み、諜報謀略宣伝、ゲリラ等をたたき込まれ、戦況悪化の中、十九年初めにはフィリピンへと移動し、その頃にはフィリピンのみならず、東シナ海、台湾海峡すべてが米軍の制圧下にあり、連日米軍の空襲を受けて居ました。フィリピンからサイゴンへ二回転進を試み、二回とも爆撃を受け、百数十名の兵士が船と運命を共にしたのです。

私も大波の海上を二時間も漂流、かろうじて救助され、サイゴンに上陸しました。この時、中野学校の同僚六名中四名は、海底深く消えました。

休む間もなく北部ハノイへ転進し、フランス軍との戦闘となり数日にしてベトナム全土を日本軍が制圧したのです。しかしその時期も長くは続かず、翌一九四五年八月、ハノイ郊外にて敗戦となったのです。「日本が降伏した」との第一報が私たちに入ったときのことを今でも忘れはしません。

その翌日の事、ベトナムの各戸に一斉に赤に星のベトナム旗がはためいたのです。

日本が敗れる事を知らなかったのは私たちだけで、ベトナム政府、人民は早くからその敗戦を見越しており、着々と独立の準備はできていたのです。そして同時に独立を宣言いたしました。

日本の敗戦、そしてベトナム民主共和国の独立、ここから私の当時の運命も変わって行ったのです。私らの機関（特務機関）の任務の関係上、ベトナムの人や組織との裏交流もあり、私どもに極秘に解放軍からの招致があったのです。将校以下、数名の同僚と共に日本軍を見限り、ベトナム軍へと身を託しました。

日本敗戦後、まもなくフランス軍は、待っていましたとばかりに、元の植民地へとベトナムに攻撃を仕掛けてきました。それから初期の三年は、軍の幹部養成学校の同僚と二人で、基礎訓練、ゲリラ訓練に専念し、軍上層部からの信頼も厚く、たくさんの幹部を解放軍へ送り出しました。此の間、自分自身もベトナム語を勉強し、片言のベトナム語で生徒に接し、また彼らも私どもを大変親切に尊敬し、私は副校長として頑張りました。

それ以後フランス軍は、近代兵器や空軍の威力で平野部を占領し、私どもは奥地の山岳部へと後退を余儀なくされ、私も実戦部隊の隊長として責任を負い、ベトナム軍の幹部と共に作戦を練り、山に寝、谷に伏し、苦しい争いが続きました。

私は毎日の野営生活と作戦でアメーバ赤痢に罹り、マラリアにも侵され、月に一度は四〇度を超す高熱に悩まされ、おかゆをすすりながら、兵士たちと苦労を分かち合い、戦闘に参加しました。昼の間に仏軍拠点の綿密な偵察を行い、また周辺住民の情報も得て、細かい攻撃計画を立て、夜襲をかけ、一つの拠点に総力を挙げ、攻撃、爆破、武器弾薬を奪い、小さなゲリラ戦をくりかえし、徐々に力をつけ大きな戦争もできるようになって行きました。

私の所属していた一〇一大団（日本でいう連隊）の所属軍隊：旅団　三〇四号　連隊六六で私の任務はそのなかの一大隊長（フン・ティ・タイ）、拠点はタインホア省で、田園と山岳と相半ばした地帯でした。この拠点群に対し大団あげての総攻撃が行われたのです。私の大隊もトーチカ拠点攻撃任務を受け、一斉攻撃が開始されました。敵も激しい重火器攻撃に出てきたため、敵前五〇～六〇メートル地点で中隊長一名、分隊長一、兵数名が敵弾に倒れ、私自身も左腕に二発の銃弾を受け、複雑骨折と裂傷を負いました。私は重傷を引きずり（ママ）何とか大隊を指揮し、ついにトーチカ陣地は占領することが出来ました。左腕は軍医さんの賢明な努力により、切断を免れましたが出血多量のため、生死の境をさまよう羽目に陥り野戦病院での長い療養の末、やっと原隊復帰ができたのでした（小松註：この戦いはのちに「ホアビンの大攻略」と記されディエンビエンフーの戦いの口火となる）。

私はこの時の功によってか帰国後、国軍司令部より駐日ベトナム大使館を通じて功一級功三級の勲章を授与されました。この賞は若き日のベトナム解放戦争の記念として保存しています。

多大な軍民の犠牲の上に、軍は大きく成長し、正義の力はついに仏軍をディエンビエンフーに追い込み、集中総攻撃により仏軍を降伏せしめたのでした。この大勝利の結果、ベトナム政府はこの解放戦争における日本人の功を多大に評価され、日本人当時七〇名（ママ）が北部に集合、約半年間の学習の後、一九五四年一一月、私は晴れて祖国の土を踏むことが出来ました。

ベトナムの祖国の独立正義の解放戦争も多くの尊い命、血と汗の結晶として得られたものです。私たち人類の幸せは、まず平和に尽きると思います。戦争は命も物も破壊し去ります。私どもは何をおいても平和を守ることが第一だと思うのです。

そのベトナム人民の戦後の貴重な幸せも長くは続かず、フランス敗退後まもなく、凶暴なアメリカ軍がベトナム売国奴たちを足場にベトナムに襲い掛かり、仏軍の何十倍の爆弾、ナパーム弾（焼夷弾）枯葉剤をまき散らし、ベトナム全土を焼き尽くしたのです。今日、なお、凶悪な枯葉剤の後遺症は次々と見るも痛ましい障害を持った子どもが生まれているのです。それにも負けず、ベトナム人民は一丸となり復興に全力をささげ、今日の輝かしいベトナムを築き揚げたのです。

橘さんの帰国後の生活（小松への私信より）

戦いに明け暮れたベトナムでの生活は別紙（小松註：「戦争体験記」）のとおりですが、帰還の際、軍より傷病軍人重症者として五年間の特別手当を頂き手紙と私の身銭全額家族元と学校当局に依頼してきましたが、これが全くハノイの家族には届いて居ないということがのちに判明しました。私たち七十一名は舞鶴に上陸、国からえた金は一人一万円のみ着たまま姿のあわれな帰還でした。県庁へ何度も足を運びましたが共産国のベトナム帰りということで対応は全く冷たく、軍の手当ては一切ナシ。身体傷害者手帳の交付がやっとでした。住居は片田舎でバラックの引揚げ者賃貸住宅をしぶしぶ手配してくれました。

就職探しで職安の紹介も先ず共産圏から帰った者、その上、身体障害の負傷者という事で何社行っても回答ナシ。やっと歩合給での看板の注文外交は何日も自転車で走って注文ナシ、公園に座って涙した事もあります。此の間にも公安警察がたびたび訪ねてきてベトナムでの話をしろ！とか、ねちねちしつこく近づいてきました。

そうした私の苦しみをじっと見つめ何とか面倒を見てくれたのが親戚の今の妻（十三歳下）でした。ベトナムには国交が回復したら迎えに行くと云って居ながら文通も交流もないまま三年後、結婚しました。大使館を通してベトナム妻には離婚届を提出しました。結婚後は二人で思い切ってT市へ行って商売でもと小さな借家で水物等ヨーグルト委託と配達の販売（ママ）二人で懸命に走り回りましたが私が交通事故で骨折入院したため駄目になり次に大衆食堂と金の無い者が何をやっても駄目でした。そのうち子供は娘が二人になり、結局妻はホテルの仲居をして働き、私は身傷者でも出来るガソリンスタンドを定年まで（七十歳まで）転々とした生活でした。二人の娘を大きくし何とか今日までやって来られたのは、今の妻の力が大だったのです。

ベトナムの家族を気にしながらも一九六〇年にはアメリカの大群が南のカイライ政権を利用してベトナムに襲い掛かり、ベトナムの長い苦闘が始まりどうにもならない有様でした。タインくんとズンくんからは毎回私を非難する手紙が来ました。アメリカが撤退後、文通がやり易く成りかけ、最初はお金や衣類を妻が用意しカナダ経由で送っていました。その中に妻のミンさんが一九八六年八月十八日六十一歳で亡くなったことを知りました。そのあと長男タインくんの死も書いてあった訳ですが、その頃私はベトナム語が十分理解できなくなっていました。

その後は金も工面して十万円、二十万円送ってやった事もあり、ズンくんの気持ちも少しずつ落ち着いてきたようでした。

今回神戸で対面するまで小松様には親身になってお世話して下さり、恩田さん（小松註：神戸のホームステイ先）の大きな好意も有り、私の妻も良かったと大変よろこんで呉れています。妻も私の余命は薄々感知してか今回の事についても大変氣配りと力を入れて呉れ、神戸行きには妻がかき集めた五十万円をズンくんに用意して、恩田さん宅で晩餐の際に渡したのですがどうしても受け取らず、みなさんが喧しく言って呉れてやっと二十万円だけ受け取りましたが、帰りに私共の娘にと十万円を無理やり押し付けられました。結局彼が持ったのは形だけの十万円のみでした。その上ズンくんから妻や子供等に沢山のお土産まで持って来て呉れました。そして彼は、私の死後妻や娘らが困って居れば、仕送りすると云って呉れました。

小松様がお送りくださりし「ベトナムの蝶々夫人」十一月十三日付のお便りを読ませて頂き、ご意向の論文に少しでも資せればと私のベトナムでの戦闘記と帰国後の事情について色々と書きました。読みづらいと思いますが取り上げる部分があれば使ってください。

ズンくんに渡した封筒に日本語で書いた便箋が入って居ます。ご面倒ですが読んでやってください。

小松様へ荷物になるのでお土産も探して居ません。

ほんの気持ちだけのお礼です。お受け取りください。

妻から呉れ呉れも宜しくと申しております。お体を大切に頑張って下さい。

今後ともベトナムの家族を宜しくお願い申し上げます。

お母様くれぐれも御自愛、お大事にしてあげて下さい。

十一月二十二日付お手紙（十一月二十五日）頂き有り難く内容を読ませていただきました。

二〇〇四年（平成一六年）十一月二五日　高松にて　橘

橘さんから家族への手紙（一九五四年）

一九五四年一〇月、身重の妻と四歳の長男を残しベトナムを去った橘さんは、帰国の途上から家族に宛てて長文の手紙を送っている。それは次男ズンさんが長年保管していて、親しくなってから見せてくれた。そこには、家族を置いて帰国することになった理由や家族への思いが、ベトナム語で綴られていた。以下はその訳である。

妻ミン宛　一九五四年一〇月二〇日

私の愛するミンさん。出張する前に、祖国に対する私の任務と責任を貴女に説明しておく。貴女にはこれを読んで私に共感し、革命闘争と家族との関係を理解してもらいたいと思っている。素晴らしい社会を築いてはじめて、素晴らしい家族が作れるのだから。

ミンさんも知っている通り、また、私からも話した通り、現在の世界には二つの潮流がある。一つはソ連が率いる民主派で、もう一つはアメリカ帝国主義者が率いる派である。この二つの潮流は現在激しく戦っている。民主派は世界の平和を守るため全力を尽くしているが、アメリカ帝国主義者は世界で戦争を引き起こすため、あらゆる手段をとっている。

アメリカ帝国主義者は、朝鮮戦争で敗北してからも侵略陰謀を止めない。ヨーロッパでドイツを、アジアで日本を主要な基地とし、東南アジアと東北アジアを侵略しようとしている。アメリカ帝国主義者は中国とソ連を攻撃する予定だが、各国の反対により、結局失敗に終わった。しかし、アメリカ帝国主義者は戦争を引き起こす陰謀を、今でもやめようとはしていない。

ベトナムは長年、フランス植民地主義者とアメリカ帝国主義者との戦いに励んだ。ベトナム国民はホーチミン主席とベトナム労働党の正しい指導の下、団結して勇敢に戦ったが、多くの兵士や国民の命が奪われた。八年間にわたるフランス植民地主義者との戦いで、わが国の軍事力は日増しに強められ、数十万人の敵軍を殲滅した。また、ディエンビエンフー作戦の勝利と有利な外的要因によって、フランス植民地主義者は、インドシナに平和をもたらす停戦交渉に参加せざるを得なくなった。わが国と平和を愛好している世界の人々は、この勝利を喜んでいる。ベトナム政府と人民は、平和の強化、国の統一を進めるとともに、ソ連や中国と同じような社会主義国家の建設に向けて力を入れ始めた。ベトナム人は、八〇年間にわたる奴隷状態から脱出して、自由と幸福の生活を送れるようになったのだ。

しかし、その停戦協定の実現は難航している。フランス植民地主義者とアメリカ帝国主義者はインドネシアの平和を破壊するため、多くの陰謀を練っている。アメリカ帝国主義者は世界人民の敵対勢力で、常に、戦争を引き起こしたいのだ。そのため、ベトナム人民は金星紅旗の下に、決意を固めて、全力を尽くす必要がある。

愛するミンさん。ベトナム人民は長年にわたる困難を乗り越え、敵対勢力との戦いに全力を尽くしてきた。わが国（日本）もその戦いに貢献している。以前にも話したことがあるが、私の元々の祖国である日本は、第二次世界大戦後同盟軍に降伏した。アメリカ帝国主義者はその状況を利用して、国連の名で日本を占領した。この一〇年、日本では戦争が続いている。アメリカ帝国主義者は日本国内に主要な軍事基地を置いてソ連や中国を攻撃し、アジア諸国を侵略して第三次大戦を引き起こしたいようだ。アメリカは、吉田政権と天皇を操作している。敵対勢力が緊密に協力しあって日本国民の自由を略奪し、日本人民の闘争運動を抑圧した。また、武装警察も強化され、国を愛する人々を弾圧している。

経済について言えば、アメリカは日本の技術の八五%を手にしている。兵器製造技術は発展しているが人民に利益をもたらす平和目的利用の技術は進んでいない。また、一般人民に対し、過酷な税を課している。農民が生産した食糧は、アメリカの小麦との競争に負けた。また、米を強制徴収し、アメリカ産の小麦を販売する政策が取られて、農民は生存できなくなる。地主は徐々に農民の耕地を奪い、農民は地主の奴隷となった。多くの農民は、仕方なく家屋や子供を売らざるを得なくなった。子供を売って得たお金では、米五〇〜六〇キロしか買えなかった。都市部に出稼ぎに行った農民も仕事がなくて、乞食となった。結局、彼らは帝国主義者の軍隊に入隊することになり、帝国主義者の代わりに死んだ。労働者も休むことなく一日、一二〜一四時間勤務しているが、賃金は安くて、妻子の生活費を賄うことはなかなかできない状態だ。また、病気にかかったら直ぐに解雇される。労働者二〇〇〇万人が失業している。日本人の労働者の三〇%は結核病にかかっている。日本社会の主な階級である農民と労働者は、このように苦しい生活を送っているが、他の階級も同様である。日本の女性およそ一〇〇万人以上は売春婦になった。学生も、学校に通うために、自分の血を売らなければならない。

ミンさん、貴女は愛する子供を売らざるを得ない母親の心の痛みを、きっと理解できるだろう。ここまで、わが国の状況を簡単に説明してきた。現在、日本人はアメリカ軍と日本国内の反動勢力の抑圧を受けているから、ベトナム人よりはるかに苦しい生活を送っている。

日本人民にとって現在最も危険なことは、アメリカと反動勢力によって日本人が利用され、砲弾のえじきにされるという陰謀だ。その上、アメリカは日本の領土を軍事基地にして、日本の技術を利用して、中国の攻撃を準備している。アジアで第三次大戦が発生したら、日本をはじめ、アジア諸国は悲惨な状態に陥るだろう。

ミンさん、私の祖国の状況と日本人民が瀕している危機について説明した。日本人労働者である私が祖国に対し、何ができるかを考えてみてほしい。

私は、ベトナムの革命のため、八年間にわたる戦争に多くの困難を乗り越え、この身をささげてきた。この五年は家族と離れて暮らし、革命運動のため全力を尽くしてきた。その間、貴女も多くの困難を乗り越えて生活してきたね。

ベトナムの革命が成功を収めつつある現在、私と貴女はその恩恵を享受し、一家で一緒に暮らすことができるようになった。しかし、私の祖国は存亡の危機に追い込まれている。だから私は、ベトナム政府の援助を受け、アメリカ帝国主義者と反動勢力を打ち破るため、帰国することにした。これは長期的、かつ困難な任務であるが、必ず勝利の日が到来するだろうと思っている。

なぜ私は、貴女と愛する子タインくんをベトナムに残して帰国するのか？ それは私が日本人だから。日本人だけが日本を解放できる。外国人には頼れない。苦しい状態に置かれた私たち日本人は帰国して、共に戦いに参加するよう呼びかけられているのだ。

私がベトナムにいて革命事業を行なっていても、日本の革命に寄与することはできる。私たちはアメリカ帝国主義者という共通の敵があるのだから。しかし、これでは十分とは言えない。帰国して、革命闘争を続けて初めてアメリカを打ち破れる。これは私の責任である。ベトナムはもう平和になったが、ベトナムにいて、自分の祖国がアメリカの支配下に置かれている光景を見たくないのだ。

ミンさん。私は帰国するが、この帰国を長期出張と考えてくださいね。私は帰国するが、家族のことをいつまでも懐かしんでいる。私は貴女と子供をとても愛している。貴女は幼い頃から多くの苦しみに耐えてきた。私と結婚する前も苦しい生活を送っていた。そして、結婚してからも、私は戦闘のためにいつも家族と離れていて、家族の面倒を見ることはできなかった。しかし、私はいつも家族のことを思っていた。貴女を愛すれば愛するほど、戦闘に励んだ。素晴らしい社会を築かなければ、幸せな家族を作ることはできないからね。だれも戦闘に参加せずに自分の家族のことだけを思っていては、民族の独立を勝ち取ることはできないね。革命に対する感情と家族に対する感情は、このように密接に連携している。私が帰国すれば、貴女はきっと心を痛めるだろうが、貴女は私がこのような重要な任務を果たすために帰国するのだということを理解して許してくれるね。

ミンさん、私はベトナムで自分の家族を作った。これは貧しいけれども私の一生に唯一の家族で、最も幸せな家族である。私と貴女との愛は「二つの墓が安置された松林」(Đồi thông hai mộ)という歌にあるカップルの愛情のようだ。二人は離れて暮らしているが、思いと愛情は常にそばにある。日本の革命が成功する日に、私と貴女は再会する。これは私の約束だ。貴女は私たちの子供であるタインくんを育ててください。タインくんを「ホーおじさんのよい孫」にするために、そして、将来は国の主人公になれるよう、きちんと教育してください。

国が託した任務に対する私の決意と家族に対する私の思いは、一九四五年に北部ハイフォン市で、ベトナムの妻を残して帰国した日本人兵士のものとまったく違う。

私が自分の家族を残して革命闘争に参加することは、将来、私たちの子供に幸福を間接的にもたらすという意味だ。なぜなら、もし、日本の革命事業が強化されれば、アメリカは平和になったベトナムに戻ることができなくなるからだ。

私だけでなく、家族を持っているほかの同志たちも、同じ決意を固めている。だれもが一時的に妻子を置いて、民族解放闘争に身をささげる決意を固めている。

次に挙げるのは、貴女が実践すべき項目だ。
一、私の革命闘争の志を理解した貴女は、悲観せずにいつも楽観的な生活を送ること。困難を乗り越えてまた会う日まで待ち、革命幹部の妻の名に恥じない貢献を果たすこと。
二、貴女は私たちの子供タインくんと、これから生まれる〇〇ちゃん（小松註：橘さん帰国後の一九五五年ズンさんが生まれる）を、「ホーおじさんのよい孫」になるよう育てること。
三、婦人協会の活動などに参加し、他の女性と協力して、国の建設事業に貢献すること。
四、栄光の日まで生きるために、無理をせず、身体に気を付けること。健康はプロレタリアートにとって最も貴重な財産だから。
ミンさん。なぜ、私は貴女に直接に話さず、このような手紙を書いているのか？　それは、私の帰国が上層部の命令であり、機密情報であるからだ。この情報が外部に漏れてしまうと、私たちの革命事業に悪影響を与えるから。それが、貴女にもっと早く知らせることができなかった理由だ。

この手紙は、私が遠くに出張している間の証拠品として保存してください。これは貴女に対する私の愛情を表すものでもある。もう一度言うが、私が知らせる数人を除いて、他の人々に知らせないでください。それはベトナムと日本政府との援助、世界平和擁護ベトナム委員会に悪影響を与えるのだ。

貴女は、今は両親もいないし親戚もいない。貴女は一人で暮らしているのに、私は長期出張しなければならない。だから貴女は、政府の政策を信じて生活を送ってください。解決できない困難に直面した時は、世界平和擁護ベトナム委員会の本部に赴いてください。団体は貴女の状況をよく理解しているから。

ヒェンさんは、貴女の妹のような存在だ。貴女もヒェンさんを信頼している。彼女がいつお嫁に行くか分からないが、それに関わらず、困難に直面したり、悲しいことがあったらヒェンさんに相談すれば、力になってくれると思う。私が帰る日まで、二人で互いに助け合い、困難を乗り越えてください。

長い手紙になったね。最後に、貴女と子供が、いつも元気でベトナムの全国民と共に楽しい生活を送れるよう祈っている。そして貴女は、私や日本人の闘争に関心を寄せてくださいね。

独立と統一、そして民主主義のベトナム　万歳
ホー・チ・ミン主席　万歳
日本人民の闘争は必ず勝利する
世界の平和と民主主義　万歳

首都一九五四年一〇月二〇日

チャン・ドク・チュン

長男タイン宛　一九五四年一〇月二〇日

私の愛する唯一の子タインくんへ

愛するタインくん。あなたは二歳になったが、まだ物事を正しく理解できないね。私は、革命闘争のために帰国する前に、君にいくつかのことを伝えたいのだ。何年か後に、君はこの手紙を読んで、革命事業に対する私の意志を理解してほしい。そして、これを私の家族とあなた自身の拠り所として、母と

共に楽しく生活を送り、日本革命の勝利の日が来るまで私を待ってください。

　君は一九四九年に生まれた。あれからもう五年も経った。私はベトナム革命のため、常に家を離れて、出張に行っていた。今は、停戦が実現して家族団欒ができるようになったが。その期間に、君はお母さんと共に生活を送った。誰も助けてくれないので、いつも病気がちだった。お母さんは君のため、多くの困難を乗り越えてきた。母は君の生活を幸福にして、正しい生活様式に従って、私の帰る日を待っていた。今、君が元気でいい子になったのは、お母さんのおかげだよ。

　お母さんにも詳しく説明したように、私は祖国である日本をアメリカ軍から解放するため、長期出張しなければならない。アメリカは日本を軍事基地にして、完全に占領した。また、アメリカは日本人を利用して、アジア人や日本人を撃つ野望を練っている。アメリカは日本の技術を利用して、原子爆弾をはじめ各種の武器を生産した。農民の耕地は奪われ、飛行機、軍事訓練場所、兵士の寄宿舎などに転用された。日本全国でアメリカの軍事基地八五〇ヵ所が建設された。アメリカは日本の天皇、地主、日本の独占資本家、反動勢力などを利用して、中国とソ連を攻撃しようとしている。もし、アメリカのこの陰謀が実現された場合、アジアはまた悲惨な戦場になるだろう。その悲惨さは第二次世界大戦よりはるかに恐ろしいものだ。原子爆弾、水素爆弾が罪のないアジアの人々に投下されるだろう。私の祖国は戦争により破壊され、日本人民は絶滅し、立ち上がることさえできなくなるだろう。

　私の祖国とアジア人民は上記のような危機に追い込まれている。だから私は日本人として、日本人と団結して、アメリカと反動勢力に対する戦いに参加するため帰国しなければならない。これは今の私にとって、最も重要な任務だ。その正義の任務を果たすため、私は君と君のお母さんをベトナムに置いたまま日本に帰らざるを得なくなった。日本が完全に独立すれば、その時ベトナムは初めて、自分の平和を守ることができる。私が帰国するのは、日本人民の幸福のためであるものの、ベトナム人民の幸福のためでもあるのだ。私が帰国するのは、君と君のお母さんを捨てるという意味ではない。私には唯一の妻と子供がいる。これは、私がベトナムにいた間に、家を離れて戦闘に参加したことと同じだ。そのため、君は以下の言葉を記憶しておいてください。

来年、君はベトナム民主共和国で、そして、ホーおじさんの指導の下に、学校に通えるようになる。我が国は平和になった。学校に通うことができない日本の子供と比べて、君はより幸せな生活を送っている。

私が留守にするから、お母さんは君の教育責任を全部負うことになる。そのため、君はお母さんを愛し、お母さんの言うことをよく聞いて、お母さんが悲しまないように頑張ってください。私の家族には君とお母さんの二人しかいないので、お母さんに悲しみを与えないでください。

学校では、他の友達と同様に学問や政治的な知識を一生懸命に勉強してください。そして、友達と団結して、互いに助け合ってください。「ホーおじさんのおとなしい孫」になるため、頑張ってください。わが国は平和になったが、今後もさらに、完全に統一されるだろうと確信している。その時、君と君のお母さんは幸福な生活を送れるようになるだろう。

私は戦闘のため、遠く離れて暮らすことになるが、心はいつも君と君のお母さんのそばにいる。私は戦闘に全力を尽くし、日本での革命が成功してから、必ず君とお母さんの元に帰る。

私がそのような価値のある戦闘に参加するため、帰国することを許してくれるね。

私の子供がいつも楽しくて、元気で、「ホーおじさんのおとなしい孫」になるよう祈っている。

首都一九五四年一〇月二〇日　チャン・ドク・チュン

バー宛　一九五四年一一月一一日

橘さんが、帰国後に妻ミンさんの力になってくれそうな知人女性「バー（お婆さん）」に宛てた手紙らしい。バーは、ベトナムでは年長の女性を指してよく使われる敬称。

お婆さんへ

今日、私は指定された場所に着いた。お婆さんお二人に挨拶するために、この手紙を書いている。貴女とタイさんはお元気ですか？

菅笠作りは忙しいですか？　私が出発した時、貴女は市場に行っていたので、別れの挨拶ができなかった。私の失礼を許してください。

私の仕事は緊急だったのでとても大変だった。しかし、指定された場所に無事到着できてほっとしています。

お婆さん。私の妻は安心して生活を送っていますか？　彼女はまだ動揺しているだろうから、心配しています。菅笠づくりか、あるいは何かを小売りするのが、最も安定した生活ができると思う。これからも、私の妻が楽しく生活できるように、常に励ましてください。今日、私は世界平和擁護ベトナム委員会を通じて、妻にお金を送った。これは政府のお世話により、私が前もって受けた傷病手当金です。

このお金で、私の家族は生計を立てることができる。私が前に話した計画に従って、貴女は私の妻に助言したり教えてやってください。

今、菅笠は高く売れていますか？　仕事で頑張りすぎて無理をしないでください。将来、また私と出会えるように、長生きしてくださいね。

私は祖国、および世界の平和のため、今後も引き続き戦闘に励みます。

最後に、お婆さん二人とタイさんがいつも元気で、仕事に多くの成果を収めるよう祈ります。

ヴァンさんの夫婦、リーさんの一家、サンお爺さん、および、村のすべての人々にお見舞いの言葉を伝えてください。

一九五四年一一月一一日　チャン・ドク・チュン
住所：世界平和擁護ベトナム委員会

妻ミン宛　一九五四年一一月一二日

愛するミンさんと愛する子供タインくんへ

愛するミンさん、まずはじめにお詫びを言わなければならない。

これまで、貴女に非常に重大なことを隠していたのだ。私は貴女の政治的意識を信頼できなかったのだ。もし、機密が漏洩すれば、他の同士に悪影響を与えてしまうことを心配したのだ。貴女が私の帰国について同意してくれるかどうかを考えると、直接言えなかった。しかしこの数日、ずっと考えた結果、貴女に知らせることにした。私たちは、今から三時間以内に車に乗って、帰国するために出発する。

ホアン・タイさんはまだ来ないが、フンさん、カウさんはもう着いた。

私が言わなくても貴女は、日本をはじめ、アジア人民が戦争に直面している危機を理解できるだろう。私は、日本の勝利のために、帰国しなければならない。だから、私が帰国することに同意してくださいね。悲しまないでくださいね。ベトナム政府と世界平和擁護ベトナム委員会は、私たちの愛国精神を歓迎している。私はこれから長い間、家族と離ればなれになるが、できる限り手紙を書く。貴女はタインくん、そして、まもなく生まれるホアちゃん（小松註：橘さんはまだ見ぬ子の名前を決めていたのか）を、きちんと育てるように頑張ってくださいね。

勝利の日が来るまで、祖国のために勇敢に戦うことを誓う。

勝利の日に、必ず貴女と私たちの愛する子供の元に戻る。

時間がないからここで手紙を終える。行政委員会のニョさんに、私から貴女に宛てた長い手紙（小松註：ミン宛一九五四年一〇月二〇日）を預けてあるので、それを受け取ってください。その手紙を読めば貴女は私の考えを理解し、そして、私が帰国することを許してくれるだろう。

私の勲章と写真すべては、総司令部の政治総局に預かってもらっている。これらを持っていくことができないから。

お婆さんには手紙を書かないので、貴女からお婆さんに話してください。

世界平和擁護ベトナム委員会に関して、何か聞きたいことがあったら、ハノイの公安局に尋ねてください。

これは私のお願いですが、絶対にハイフォンに来ないでください。（小松註：当初はハイフォンから帰国の船が出る予定だったのであろう）

一九五四年一一月一二日　深夜一時　　チャン・ドク・チュン

ミンとタイン宛　一九五四年一一月一二日

愛するミンさんと愛する子供タインくんへ
ミンさん。昨日、この目的地に着いた。家族にお見舞いの言葉を送ると共に、貴女と子供が安心できるようにこの手紙を書いている。一一月七日にソ連人民は一〇月革命の勝利を祝っていたが、その日に、私は祖国のために出発した。

この手紙がベトナムに着いた時、多分、貴女は帰省しているだろう。しかし、これは喜ばしいことだ。貴女は私の意見に従って生活を送っている。貴女は、いつも私が望まないことをしないから。あれから、貴女とタインくんは元気でしょうか。お体を大事にしてくださいね。いつも元気でね。貴女は薬を注射しましたか？

私は上部組織に対し、私の今後五年分の傷病手当金を前払いするよう提案した。これは政府の私たちの家族に対する関心の高さを示している。これによって、私の出張中に私たちの家族の生活費を賄う金額を送ることができた。そのお金を受け取ったら、既に話し合っていたように、それを使って生計を立ててください。フォさんに頼んでもよいし、貴女に任せる。そのお金は二二万ドンだ。そのうちの二万ドンは、タイン君が大きくなってから彼に自転車を買ってあげてください。私の傷病軍人証明書をきちんと保管しておいてくださいね。

今日、貴女にお金と手紙を送った。長く書かなくても、私と貴女は互いの気持ちをよく分かっている。その愛情は、「Đôi thông hai mộ」（小松註：前出の歌謡曲「二つの墓が安置された松林」）の歌に登場する男女の愛情より深い。

貴女は安心して生活を送り、タインくんを「ホーおじさんのよい孫」になるよう育ててください。この後、私はドンお婆さんに手紙を送る。また、サンさんやダンのお婆さんとお爺さんを含めた家族全員に、私からお見舞いの言葉を伝えてください。

貴女とタインくんがいつも元気で、楽しい生活を送れるよう祈っている。

前日、クイさんと会えなかったので、クイさんにも私のお見舞いを伝えてくださいね。

一九五四年一一月一二日

世界平和擁護ベトナム委員会の研究講座
チャン・ドク・チュン

ミンとタイン宛　一九五四年一一月二五日　天津から

愛するミンさんと愛する子供タインくんへ
愛するミンさん、タインくん。私は昨夜、中国北部にある天津市に到着した。貴女と子供に、私の消息がわかるように手紙を書いている。
ミンさん。今日は一一月二五日だ。貴女と子供と離れてから、二〇日ほどたった。四〇〇〇～五〇〇〇キロメートルも移動したが、貴女のそばにいるような感じがしている。今後、帰国していても、きっとそう感じるだろう。あれから、貴女は元気にしているか？　生活は大丈夫か？　この状況は貴女の健康に影響を与えていないだろうか？　前日まであった痛みは治ったか？　どうかお大事に。

タインくんは元気にいたずらをしているだろうか。彼は「お母さんのおとなしい子供」になっているか？　まだ歯が痛いか？

ボンお婆さんとタイ君のお婆さんは元気か？

一家は菅笠を作って、お金をたくさん儲けているか？

私が世界平和擁護ベトナム委員会を通じて送った二二万ドンを受け取ったか？

世界平和擁護ベトナム委員会の幹部と出会って、いろいろと話をしたか？

貴女は仕事をしているか？　菅笠を作っているか？　何をしてもいい。重要なことは、人民と共に生活を送ることだ。私がニョさん（小松註：「行政委員会」のニョさんのことか）に送ったものを受け取ったか？　私はヒェンさんにも手紙を送った。ヒェンさんに会ったら、受け取って読んでくださいね。

貴女に話したように私は勉強を続ける予定だ。わが政府と中国、および日本政府の方針は変化するかもしれないので、このチャンスを見逃さないように、私と他の残留日本人は直ぐに帰国しなければならない。私たちの帰国については、世界に既に公表されている。私は貴女に帰国に関する秘密を漏らしていたが、それは、今はもう問題ない。世界人民も既に知ってしまった。しかし、今後もベトナムにおける私の革命活動に関する情報については、貴女は秘密にしておく必要がある。貴女はきっと、私の帰国にあたっての行動に驚いただろうが、貴女は私の気持ちをよくわかっているね。どうか安心して生活してください。私には二つの祖国がある。私は今、日本に帰国するが、これは実際には帰国ではなく、長い出張なのだ。近い将来、必ず、貴女と私の子供がいる祖国ベトナムに戻る。

今回の「出張」にあたり、私たちは、ベトナム政府、世界平和擁護ベトナム委員会、および赤十字協会から、無条件で十分な援助を受けた。彼らは飲食費、衣服などすべてを十分に提供してくれた。また、中国に到着してからは中国政府、人民、赤十字協会の援助を受けた。ベトナムと中国からの援助は、崇高な精神に基づく国際的な相互理解だ。この精神は、私たちを大変励ましてくれた。いつまでもこの援助を忘れられないだろう。日本に帰国後は仕事を探すことは難しく、生活は多くの困難に直面するだろうが、今後数ヵ月間の当座の生活費が用意されている。

今日、日本のラジオ局が私たちの旅についての番組を放送した。貴女は、私の任務がいかに重要か理解しているだろうか？　今回、私たちの一行の他に、中国からも多くの人たちが帰国する。あと二、三日間で興安丸が入港し、そして日本に向かう。日本に着いたあとも、できる限り貴女に手紙を送るが、その手紙を受け取れない可能性もある。でも、受け取れなくても心配しないでください。私が遠く離れていると考えずに、前と同じように出張していると考えてください。ここからは、ベトナム北部まで六日間、日本までは四日間しかかからない。

今日、貴女に短い手紙を書いた。貴女と子供が元気でいられるよう願っている。私のかわりに子供をきちんと育てて、いろいろと教えてくださいね。

私はお婆さんにも手紙を送った。お婆さんは私たちの気持ちをよく理解していた。すべての人々に私からのお見舞いを伝えてくださいね。国の建設、平和の強固、完全な独立の実現に向けてすべての人々は元気でいられることを祈る。

私が送ったお金を受け取れない場合、ハドン省の連越委員会（小松註：ベトミン）、または、ハノイにある世界平和擁護ベトナム委員会を訪ねて聞いてください。また、必要に応じて、彼らからの援助を求めてください。

一九五四年一一月二五日　　中国北部の天津市にて　　チャン・ドク・チュン

呉連義さんの手記による「ホクタップ」

「帰国できなかった残留日本兵」である呉連義さんの手書きのメモ。ホクタップの内容について当事者が記した貴重な記録である。内容には呉さんの思い込みや事実誤認も一部含まれると思われるが、原則として手記のまま掲載した。表記は本文と統一した。

場所　ベト・バック（小松註：ベトナム北部）

カオバン省　バクカン省　ランソン省　ハザン省　タイグエン省　トゥエンクアン省のベトナム北部六省を包括したトゥエンクアンのとある集落

期間

一九五四年三月～約半年（小松註：八月という記述と九月という記述がある）

一〇月一ヵ月自宅で帰国準備　一一月集合　一九五四年テト二月三日（水）

各地（主にベトナム北部）から集まったので必ずしも全員が同じ期間とは限らない。

参考（ちなみにディエンビエンフー勝利は五月七日、「ジュネーブ協定」一〇月一〇日は「ハノイ入

場（ママ）」の日）

召集区域

北緯一六度以北のフランス領区域を除く共産政権の管理区に居住する日本人
（小松註：別の人の記述ではベトナム全土とあるが、実際は北部だけか？）

人員

九三名（台湾人五名を含む　朝鮮人なし）

景色：環境

森の中に数多くの長屋のような簡易平屋が建設された。生活に必要な日用品の売店や日常生活を豊かにする各種用品があり、敷地内の囲いから出る必要もない。出かけるにしても市場や村からはかけ離れていた。一時的とはいえ半年あまりかかった学習会議の期間中、特に不便も感じなかった。元来ここベトバック地区は、革命が秘密時代においてベトナム革命の根拠地であった。革命後の抗仏闘争時代期は、中央の政府機関や党の中枢幹部が活動する根拠地で重点地区でもあった。一九五四年と言えばフランスへの一斉攻撃が仕掛けられようとしている時期、それに対し諜報活動に対する警戒ネットワークも激しかった。そこへ下手な越南語を発音する外国人が口を出すと、周囲の原住民（ママ）の注視をひくことでもあった。

僕を会議場へつれてゆく案内人はニンビン省の公安幹部であった。何百キロメートルという困難な道程を、案内人がガイドするままに付き添うだけだった。ホアビンを経てフランスの艦隊を撃沈したソンロー地点を過ぎて目的地の会議地点に到着した。そして当直の接待責任者に引き渡すようなものでした。どこへ連れて行くとも言わずに、連れられてきた僕がそうであるように九〇人余りの日本人も、会議場の地点が行政上の何省の何県何村であるか知らなかったのも無理ない事です。僕たちとしてもそれを知りたいのですが、抗仏戦争中の三つ知らないことが時の流れに普遍して居た。

三つの「知らない」とは？

一　何を聞かれても知らない

二　誰にも言わない

三　誰にも「そこだ」と指差さない

（ベトナム語で Không biết, Không nói, Không chỉ）

そういう時代ですから僕たちも聞かないのだ。とにかく目的地に着きさえすればいいので、いらないこともいう必要がないわけです。

討論方法

日本人の自主性に任す。自由な討論によって真理を追究することで、最も学習効果を得る方法で講釈師なし。シンポジウムのようなものです。僕がこれまで生きてきた中で初めての、自由形式討論の学習会でした。ワンマンな社会で中央機関の会議はいざ知らず、地方機関から庶民の会議に至るまで稀有でした。

学習討論では激論も

討論に先立って会議開催主宰者スアン・トゥイさんが出席し冒頭の挨拶で「日本人民とベトナム人民は元来友だちだ」と述べた。その言葉をテーマに討論が始まる。うっかりこれを聴いていると大したことではないと思われがちだが、激論と化した。半年あまりの学習の中でこのテーマは一ヵ月以上もかかった。すぐに頷けるものでもない。あるものは何百年前からダナン省のホイアン地区で生存し、友誼的な交流がなされているではないか。日本人の墓もあり日本橋もかけられている、と証拠を挙げて討論した。一方で「友だちじゃない」と反論するものもみられた。なぜ抗仏戦争中になにも悪い事をしない日本人を牢屋に入れたのか？　という問いも日本人の中に湧き上がった。

（小松註：スアン・トゥイは後に外務大臣。パリ和平会議ではベトナム民主共和国代表団団長・一九八五年死去、国葬）

帰国のための学習会議

日本の敗戦後、複雑雑多な計り知れない不安な日本国内や世界情勢の中で、アジアの人々と共に生きて行くことを望んで残ったベトナム残留日本人に、戦後一〇年近くなって初めて帰国の機会が訪れたのです。「井の中の蛙、大海を知らず」の言葉にある通り、一〇年以上も母国と切り離されて以来、日本の終戦後は苦悩に満ちた戦後だった。ベトナムでは長く続いた戦乱に追い回された日々の日常生活であった。だから日本国内や国際情勢に疎いのも無理ないこと、やっと訪れたこの機会に、前もって知らなければならない事柄の学習するために設けられたのであった。

帰国に追い立てられる状況とは？

その結果、日本人は帰国の決意に向けられる内容になっていった。たとえば「みなさんが留守にしている間の日本は三ヵ年に渡る朝鮮戦争があり特需景気に沸いた。日本の戦後は悩みに満ちたアジアの戦乱の中でぬくぬくと未曾有の高度成長へと足がかりをつかんだ。

また、この戦争の恩恵によって日本政府の吉田首相は、極端な戦争に参加していた。

日本の権力者は平和憲法を屑にした。

日米相互防衛援助協定の形で日本は再軍備をし、会場警備や警察予備隊を解除して保安隊を発足した。そしてすでに公布されている平和憲法を時の人としてもてはやされた権力の人達が自らこれを紙屑にしてしまった。

以上が学習会で知りえた日本の国内情勢とそれにつながる国際情勢であった。

それらを聞いていくと日本の将来は暗澹たるものであり異国でのうのうと暮らしていてよいのか？（君たちは）ただ故郷に帰るのではないのだ。何とかして一日も早く帰り故郷の為、国の為、東洋平和の為、ひいては世界平和の為に役立つのだ。希望の無い日本の将来に対し誰がそれを救えるのか？　誰がこの不安を憂いない者があろうか。

そんなことを聞いてじっとして居られなくなるのは当然だ。

それぞれの地域で平和運動の為に身を尽くしたい気持ちに駆られるものである。日本人の帰国は単に母国へ帰るばかりでなく、世界平和のための運動参加のために帰るのである。これが目的の学習会であった。

戦後の日本は米国占領下にあり、共産主義を嫌い一九五〇年七月からレッドパージが始まった。共産主義に警戒心を持つのが当時の情勢であり雰囲気であった。赤狩りに気違いになる日本が共産主義観念のしみ込んだ共産国ベトナム残留の日本人が帰国するのでは日本政府はいかなる悪辣な措置をとるのか、親心として越南政府は不安にかられていた。

その上、帰国後はどんな仕事につけるのかという生活不安定の中で、風俗習慣も知らないベトナム人の妻や子を連れて帰ることは火を見るより明らかです。

先ず帰国した皆様が口減らしの中で築いた生活の安定後再びベトナムへ戻って、愛情の絆で結ばれた妻子を連れ帰るのが良いことです。

と会議主宰者のスアン・トゥイさんが説明して下さった。

学習会では班ごとに分かれて国際情勢で自由討論会場で次のようなやりとりがあった。

帰国のための学習会は一九五四年九月に終幕、スアン・トゥイさんが閉幕式に来られて挨拶をした。最後の睦ましい会合の場で何か疑いを晴らしえないことがあったら、どんな質問にでも答えるというので家族を持つ帰国者の中から誰もが考える質問が出た。

問　うしろ髪を引かれる思いから未練がましい事を云うが、いつになったらベトナムに戻りベトナムの妻子を連れて帰れるのか？

答　それは何時とはいえないが、帰国後日本人の皆様が平和運動への参加努力によって世界平和が訪れたときだ。

（まことながら聴く者誰も割り切れない顔つきだった）

問　できない約束の中で、もしその間に妻がほかの人と結婚したらどうしますか？

答　それはやむを得ない。皆様お互いの認識にお任せいたします。

（あとで思えば帰国した日本人の多くは、新たな日本人と結婚しています）

そんな割り切れない思い気持ちのまま各人がそれぞれの家庭に持ち場に帰ったと思われる。

なお第一次インドシナ戦争となる戦争終結は北部の森の中で知ったという。

参考資料

三日月直之『台湾拓殖会社とその時代』（葦書房、一九九三年）
An ninh the gioi No. 486 2005, 9, 14

私家版手記『日本が私を棄てた――越南残留台湾人元日本軍属の望郷』（二〇〇一年一〇月）

あとがき

ベトナム残留日本兵とその家族の「止まっていた時計」が動きだした二〇一七年。天皇陛下訪越の報道や、翌年春に日本で日本語版が放送されたNHKドキュメンタリー「遥かなる父の国へ」を目にしたたくさんの人から、声をかけられるようになった。

私が住んでいるハノイの知り合いだけではなく、日本からもメールが次々に届いた。

「残留日本兵という存在は、まったく知らなかった」

「インドネシアやフィリピンだけでなく、残留日本兵はベトナムにもいたんだ」

「みゆきさんがずっとやっていたのは、このことだったのね」

「聞いたことはあったけど、ようやく理解できたような気がする」

ホーチミンとハノイの日本商工会から講演の声がかかったり、日本からのスタディツアーなどで話をさせていただいたりする機会も増え、こう言われるようになった。

「もっと知りたい」「ちゃんとまとまったものを読みたい」

そうした声に、背中を強く押された気がした。

一九九二年、ハノイ旧市街の日本語学校の教室で「私ノ父ハ日本人デス」と言うソンさんに出会ってから、長い間ずっとつきあってきた「ベトナム残留日本兵・日本人」。たったひとりで、手探りではじめた調査は、もちろんうまく進むことの方が少なかった。時間ばかりがたって、人々の記憶はどんどん風化していき、関係者はどんどん歳をとる。もちろん私自身もそうだ。このまま関係者がみんな死んでしまい、知る人もいなくなって、この問題はフェードアウトしてしまうのではないかとも思っていた。

そこにいくつかの追い風が吹いた。『季刊民族学』や、それがきっかけになったドキュメンタリー。そして調査のなかで出会った人々、徐々に増えて行った理解者の存在。それらの風を背中に受けながら歩んできたような気がする。なかでも最大の追い風は二〇一七年の天皇陛下訪越時の残留日本兵家族との対面で、そこから訪日旅が実現し、誰もが夢だと思っていた日本の家族との交流や墓参も実現した。

ベトナム人は、長年の懸案が解決したり、難局を乗り越えたりしたときに、叙事詩『キエウ伝(Truyện Kiều)』の一節を読みあげる。この詩は、一九世紀初頭、当時のグエン朝の重臣でもあった詩人グエン・ズーが中国の小説をもとにベトナム語の風俗を取り入れて著した長大なもので、ベトナムの国民文学である。一部が教科書にも載っているらしく、暗記している人も多い。

Trời còn để có hôm nay,
Tan sương đầu ngõ vén mây giữa trời.

意訳すると、「今日のような日が来るなんて想像できなかった。さっきまで霧がかかっていて見えなかった）路地の霧が晴れて空の雲も見える」となるだろうか。家族たちの日本訪問を果たしたとき、私もこの詩を大声で朗誦したい気分だった。

その高揚感のなかで、私はまた、この事実を誰がどう伝えていくのか、とも考えていた。墓参と交流という残留日本兵家族の悲願実現に尽力し、そこに立ち会えた自分が、やはりきちんとこのことを残さないといけないのではないだろうか。私はただベトナムに住んで、残留日本兵家族と交流して、彼らと冠婚葬祭の付き合いをして、いつの間にか同世代の友人のような関係になって何か手掛かりがあれば調べてきただけだ。研究者でもジャーナリストでもないけれども、彼らのことを誰よりも知っている私が書かないといけない、と思った。

私がベトナムに来てそろそろ三〇年、いつの間にか七〇代になった。今は放送局の日本語放送の部署で働いているが、あとどれくらいベトナムにいられるのかはわからない。

「遺言代わりに、まとめる」

昨年の旧正月に、親しい友人たちに決意表明をした。

最初は、残留日本兵とその家族のことを書きたい、知ってもらいたいという一心だった。しかし、なぜ自分がこの問題にかかわったのか、もっと言えば、なぜ心惹かれて三十年近くも付き合うようになったのか。書くという作業を通して、そうした自分の半生を深く見つめ直すことにもなった。そして、単なる記録ではなく、未来に向けてのひとつの指針となるようなものにしないといけない、と強く思うようになった。

書き終えて、今は正直なところホッとしている。しかしやり残したこともある。

私がかかわって訪日と墓参を実現できた人は、ほんの一握りだ。それ以外の人は、まだ家族を探し続けている。たとえば、近年知り合ったバクザン省在住の姉妹、グエン・ティ・ミーさんとビンさんだ。彼女たちは、父親の名前を憶えている。しかしそれはベトナム名なのだ。「新しいベトナム人」として残留日本兵たちが名乗ったベトナム名と日本名の氏名対照表があればすぐにわかるはずなのに、それがない。きっとベトナムのどこかにあるはずだと思って、ずっと探しているのだが、今のところ見つかっていない。

ベトナム残留後、南部に移動した人々のことも気になっている。本書では私の住むベトナム北部を中心に、残留してその後帰国した日本兵とその家族を追った。それ以外の形でベトナムに残った人々、特に南部で抗仏戦争とその後のベトナム戦争の時代を過ごした人々は、そこでどのように生きてきたのだろうか。ベトナム在住が不可能になって、日本に脱出を余儀なくされた人もいたという。日本に帰ることなくベトナムに根を下ろし、後年になって日本政府が戦後賠償で建設したダニムダム（ラムドン省）の建設にあたった日本企業で、通訳として働いた例もあった。そうした歴史を持つ人の家族たちとも、少数だが実際に出会う機会があった。南部の残留日本兵の会「サイゴン寿会」の落合茂さんや綱川貢さんの子どもたちだ。そして一九九〇年代以降は、その子ども世代が、ＪＩＣＡや日本企業の通訳としてベトナムで活躍している。呉連義さんとともに、帰国のために集合場所まで行きながら対象外とされた荘百伴さんの孫は、現在ベトナムで日本人向けガイド雑誌を制作・編集している。こうした若い世代の活躍を見ると、つくづく人の運命の不思議さを思う。

一九五四年の帰国組と異なって、ハノイ協定後の一九五九年以降の帰国では家族帯同が許されている。つまり、ベトナムから日本にやってきたベトナム人の妻たちや幼い子どもたちが、たくさんいたということである。彼らはその後日本でどう生きたのか。その中には、日越にまたがって自分のルーツ探しをしている人もいる。

そして、日本軍の仏印進駐のことだ。後年、平和な時代になって生まれた子どもたちに「和」という名前をつけていた残留日本兵たちの想いに気づいたとき、私は改めて日本の戦争責任について深く考えることになった。残留日本兵家族にとって、訪日・交流・墓参という念願を果たしたことは大きな喜びである。私もそれはとても嬉しい。しかし、それで「めでたしめでたし」と、すべてがハッピーエンドになったわけではない。そもそも、なぜ彼らの家族は引き裂かれたのか。その原因になっているのは、やはり戦争なのだ。

まだまだ日本が戦争を引きずっている時代に育ち、社会の不条理を体感しながら青春時代を送り、反戦・平和運動にもかかわってきた私は、残留日本兵家族たちの「私たちは日本に認められたんだ」という笑顔を目の当たりにしながらも、やはり手放しで喜ぶことはできない。

残留日本兵・日本人をとりまく問題は、このほかにもたくさんある。

彼らはベトナムと日本で今も暮らしている。いつか父の墓参を、いつか日本の家族との交流をと願う家族はほかにもいる。その次の世代も生まれている。

だから、残留日本兵・日本人家族と私の旅は、まだまだ続くのだと思っている。

本書をまとめるにあたっては、たくさんの方のお世話になった。記してお礼を申し述べたい。「素人の集めた聞き書き」を補完して余りある、長文の論考を快くお寄せいただいた白石昌也先生、古田元夫先生。そして加茂徳治さんのお墓探しの経緯を心温まる文章にまとめてくださった坪井善明先生。ベトナム研究最前線の先生方が「小松応援団」になってくださったことは、何よりも私を奮い立たせ、本書を書き進むための大きな励みになった。

NHKの栗木誠一さんは、ドキュメンタリーの作り手としての想いを熱く語ってくださった。栗木さんと小山裕司さんがこのテーマを深く理解し、想いを共有してくれたことは、それまでたった一人で取り組んできた私にとっては本当に嬉しいことだった。また「遥かなる父の国へ」番組監督の児玉知仁さんにはいささか辟易するほど質問攻めにされ、そのおかげで、私は見過ごしてきたたくさんのことに気づくことができた。

調査の初期に通訳をしてくれた今は亡きグエン・ティ・トゥエット（放送名マイさん）さん、近年はファム・ティ・トゥ・ザンさん。翻訳では、私の勤務先のVOV5（ベトナムの声放送局）日本語課の同僚たち。

朝日新聞、共同通信やNHKなど、ハノイ駐在のマスコミ各社のみなさんには、日本への情報発信で多くの協力をしていただいた。

『季刊民族学』への橋を架けてくれた文化人類学者の樫永真佐夫先生、出版社をご紹介くださった中野亜里先生、仏印時代に詳しい湯山英子先生、新妻東一さんはじめ、ベトナムにかかわりのある研究者のみなさん。

日本との往来で、重い本や資料を快く運んでくれた友人のみなさん。

編集協力の只木良枝さん。ずっと本にまとめたいと思いつつも、あまりに長い時間かかわってきた私は、一人一人の背負う人生の重さに圧倒されてそれにおぼれかけていた。優先順位を決められずに立ちすくんでいたところを、きれいに整理・誘導していただき、海に道ができるような思いであった。只木さんがいなければ本書はまとめられなかった。

そして、株式会社めこんの桑原晨さん。初回打合せの席で「ベトナム残留日本兵は、いつか取り組みたかった」と言ってくださり、とても勇気づけられた。長年抱えてきたテーマの出版にこぎつけたのは、桑原さんのこの理解と共感あってのことだった。

一三年間のラストライフをハノイで暮らし、とても穏やかに旅立った母に、感謝とともに本書をささげたい。

二〇二〇年のテト（旧正月）に。

小松みゆき

原稿がほぼ書き上がった頃、文中にも登場する残留日本兵・杉原剛さんが亡くなったという知らせが届いた。日本の大学を卒業し日本の大手企業で働く自慢の孫・ナムくんの結婚式の直前の訃報だった。享年九八歳。残留日本兵としてベトミン軍に投じ、一九五四年に帰国、その後は日本ベトナム友好協会の活動を精力的に続け、両国の交流に大きな貢献をした方だった。一九五四年に帰国したベトナム残留日本兵のうち、私が知る限りではご存命なのは、もう杉原さんだけだった。二〇一七年の訪日旅の途中、大阪でお目にかかったことが懐かしく思い出される。心からご冥福をお祈りしたい。

参考文献

安藝昇一『勝利の日まで――ヴェトナム解放戦記』新評論社、一九五五年。

アジアアフリカ研究所編『資料　ベトナム解放史』労働旬報社刊、一九七一年。

井川一久「日越関係発展の方向を探る研究　ヴェトナム戦争参加日本人――その実態と日越両国にとっての歴史的意味」東京財団『東京財団研究報告書二〇〇六―二』二〇〇六年。

石川達三『包囲された日本――仏印進駐誌』集英社、一九七九年。

石田松雄『ベトナム残留日本兵――動乱の三〇年を生きぬいて』筑波書林、一九九〇年。

岡正路『日本人アン・トルンの放浪』みすず書房、一九五四年。

小倉貞男『ドキュメントヴェトナム戦争全史』岩波書店、二〇〇五年。

小高泰『ベトナム人民軍隊――知らざれる素顔と軌跡』暁印書館、二〇〇六年。

亀山哲三『南洋学院――戦時下ベトナムに作られた外地校』芙蓉書房出版、一九九六年。

加茂徳治『クァンガイ陸軍士官学校――ベトナムの戦士を育み共に闘った9年間』暁印書館、二〇〇八年。

厚生省援護局編『引揚げと援護三十年の歩み』厚生省、一九七七年。

五代目　柳家小さん『咄も剣も自然体』東京新聞出版局、一九九四年。

小林昇『私の中のヴェトナム』未来社、一九六八年。

小松清『ヴェトナム』新潮社、一九五五年。

小松みゆき「ベトナムの蝶々夫人」国立民族学博物館監修『季刊民族学』一〇八、千里文化財団、二〇〇四年。

呉連義『私家版手記　日本が私を棄てた――越南残留台湾人元日本軍属の望郷』二〇〇一年。

在ヴェトナム日本国大使館報告『ヴェトナムと日本軍占領１９４０―１９４５』一九六七年。

坂野重太郎編『第二十一師団通信隊回想録』（私家版・非売品）、一九八三年。

三九会（第二十一師団通信隊戦友会）『仏領インドシナ　ベトナム　戦跡慰霊の旅』森出版、一九九三年。

ジュール・ロワ（朝倉剛・篠田浩一郎訳）『ディエンビエンフー陥落――ベトナムの勝者と敗者』至誠堂、一九六五年。

杉松富士雄編『サイゴンに死す――四戦犯死刑囚の遺書』光和堂、一九七二年。

中原光信『ベトナムへの道――日越貿易の歴史と展望』社会思想社、一九九五年。

西山彰一『ハノイ・ハイフォン回想』（私家版・会員配布用）、一九七七年。

日本ベトナム友好協会『日本とベトナム友好運動の三〇年』一九八五年。

日本赤十字社『日本赤十字社史稿』第七巻（昭和三一年～昭和四〇年）、一九八六年。

野田衛『辻正信は生きている』宮川書房、一九六七年。

畠山清行『陸軍中野学校終戦秘史』新潮社、二〇〇四年。

半沢良夫『ジプシー分隊――わが青春の墓標』日月書店、一九八〇年。

古田元夫『ベトナムの世界史――中華世界から東南アジア世界へ』東京大学出版会、一九九五年。

ボー・グエン・ザップ（竹内与之助訳）『総蜂起への道：ボー・グエン・ザップ回想録』新人物往来社、一九七一年。

毎日新聞社「④空襲　敗戦　引揚げ」『1億人の昭和史』毎日新聞社、一九七五年
丸山静雄『アジアの覚醒』日本出版協同、一九五二年。

三日月直之『台湾拓殖会社とその時代』葦書房、一九九三年。

水野孝昭「ふたりの日本人」朝日新聞社編『みんな生きてきた　戦後五〇年』朝日文庫、一九九五年。

元残留日本兵のご家族の日本訪問を支援する会『Về "Quê cha"「父の国」へ行く　元ベトナム残留日本兵御家族訪日報告書』在ベトナム日本国大使館、二〇一八年。

山根良人『ラオスに捧げたわが青春――元日本兵の記録』中央公論社、一九八四年。

山本ませ子『ベトナムに消えた兄』西田書店、一九九九年。

吉沢南『私たちの中のアジアの戦争——仏領インドシナの「日本人」』朝日選書、朝日新聞社、一九八六年。

ルイス・アレン（長尾睦也、寺村誠一訳）『日本軍が銃をおいた日——太平洋戦争の終焉——』早川書房、一九七六年。

渡辺栄『サイゴンの日本人外科医』時事通信社、一九七二年。

ロバート・キャパ日本展『ロバート・キャパ展〝戦争と平和〟』ＰＰＳ通信社、一九八四年。

第二〇回国会　衆議院海外同胞引揚及び遺家族援護に関する調査特別委員会第二号
昭和二九年一二月六日
https://kokkai.ndl.go.jp/#/detail?minId=102003933X00219541206

小松みゆき（こまつ・みゆき）
1947年新潟県北魚沼郡堀之内町（現・魚沼市）生まれ。中学卒業後に上京、共立女子短期大学卒。出版社、法律事務所等勤務を経て、1992年にベトナムの首都ハノイに日本語教師として赴任。2008年よりベトナム社会主義共和国国営ラジオ局VOV「ベトナムの声」放送局勤務。現在、シニアアドバイザーをつとめている。ベトナム残留日本兵家族会コーディネーター。2017年外務大臣表彰。
認知症の母親をハノイで介護したエピソードは日越合作映画「ベトナムの風に吹かれて」（アルゴ・ピクチャーズ、2015年）になった。著書『ベトナムの風に吹かれて』（角川文庫、2015年）

動きだした時計
ベトナム残留日本兵とその家族

初版第1刷発行 2020年5月25日

定価2500円＋税

著　者　**小松みゆき**©
解　説　**白石昌也／古田元夫／坪井善明／栗木誠一**
編　集　只木良枝
装　幀　水戸部 功
発行者　桑原 晨
発　行　株式会社 めこん
〒113-0033 東京都文京区本郷3-7-1
電話03-3815-1688　FAX03-3815-1810
ホームページ http://www.mekong-publishing.com

印刷・製本　株式会社太平印刷社

ISBN978-4-8396-0321-2　C0030　Y2500E
0030-2003321-8347